Née en 1863 à Sancoins dans le Berry, ***Marguerite Audoux*** *est avant tout une couturière, comme elle le dit elle-même : « Je n'ai écrit ce livre que pour tromper ma solitude. Mon métier, c'est de coudre des corsages. » Elle écoule pourtant 75 000 exemplaires de* Marie-Claire *qui obtient le prix Femina en 1910. Dix ans plus tard, elle en publie la suite,* L'Atelier de Marie-Claire, *et connaît le même succès. Les deux ouvrages sont ici réunis en un seul volume.*

Marie-Claire

SUIVI DE

L'Atelier de Marie-Claire

Du même auteur

Douce Lumière, Grasset, 1937.
De la ville au moulin, Fasquelle, 1926.

Imprimé en U.E, avril 2010
Dépôt légal : mai 2010
ISBN : 978-2-8129-0119-5

Marguerite Audoux

Marie-Claire

suivi de

L'Atelier de Marie-Claire

De Borée
Terre de poche

Marie-Claire

Préface

Francis Jourdain, un soir, me confia la vie douloureuse d'une femme dont il était le grand ami.

Couturière, toujours malade, très pauvre, quelquefois sans pain, elle s'appelait Marguerite Audoux. Malgré tout son courage, ne pouvant plus travailler, ni lire, car elle souffrait cruellement des yeux, elle écrivait.

Elle écrivait non avec l'espoir de publier ses œuvres, mais pour ne point trop penser à sa misère, pour amuser sa solitude, et comme pour lui tenir compagnie, et aussi, je pense, parce qu'elle aimait écrire.

Il connaissait d'elle une œuvre, Marie-Claire, *qui lui paraissait très belle. Il me demanda de la lire. J'aime le goût de Francis Jourdain, et j'en fais grand cas. Sa tournure d'esprit, sa sensibilité me contentent infiniment… En me remettant le manuscrit, il ajouta :*

« Notre cher Philippe admirait beaucoup ça… Il eût bien voulu que ce livre fût publié. Mais que pouvait-il pour les autres, lui qui ne pouvait rien pour lui ?… »

Je suis convaincu que les bons livres ont une puissance indestructible… De si loin qu'ils arrivent, ou si enfouis qu'ils soient dans les misères ignorées, d'une maison d'ouvrier, ils se révèlent toujours… Certes, on les déteste… On les nie et on les insulte… Qu'est-ce que cela fait ? Ils sont plus forts que tout et que tout le monde.

Et la preuve c'est que Marie-Claire *paraît, aujourd'hui, en volume, chez Fasquelle.*

Il m'est doux de parler de ce livre admirable, et je voudrais, dans la foi de mon âme, y intéresser tous ceux qui aiment encore la lecture. Comme moi-même, ils y goûteront des joies rares, ils y sentiront une émotion nouvelle et très forte.

Marie-Claire *est une œuvre d'un grand goût. Sa simplicité, sa vérité, son élégance d'esprit, sa profondeur, sa nouveauté sont impressionnantes. Tout y est à sa place, les choses, les paysages, les gens. Ils sont marqués, dessinés d'un trait, du trait qu'il faut pour les rendre vivants et inoubliables. On n'en souhaite jamais un autre, tant celui-ci est juste, pittoresque, coloré, à son plan. Ce qui nous étonne surtout, ce qui nous subjugue, c'est la force de l'action intérieure, et c'est toute la lumière douce et chantante qui se lève sur ce livre, comme le soleil sur un beau matin d'été. Et l'on sent bien souvent passer la phrase des grands écrivains : un son que nous n'entendons plus, presque jamais plus, et où notre esprit s'émerveille.*

Et voilà le miracle :

Marguerite Audoux n'était pas une « déclassée intellectuelle », c'était bien la petite couturière qui, tantôt, fait des journées bourgeoises, *pour gagner 3 francs, tantôt travaille chez elle, dans une chambre si exiguë qu'il faut déplacer le mannequin pour atteindre la machine à coudre.*

Elle a raconté comment, lorsque en sa jeunesse elle gardait les moutons dans une ferme de la Sologne, la découverte, dans un grenier, d'un vieux bouquin lui révéla le monde des histoires. Depuis ce jour-là, avec une passion grandissante, elle lut tout ce qui lui tombait sous la main, feuilletons, vieux almanachs, etc. Et elle fut prise du désir vague, informulé, d'écrire un jour, elle aussi, des histoires. Et ce désir se réalisa, le jour où le médecin, consulté à l'hôtel-Dieu, lui interdit de coudre, sous peine de devenir aveugle.

Des journalistes ont imaginé que Marguerite Audoux s'écria alors : « Puisque je ne peux plus coudre un corsage, je vais faire un livre. »

Cette légende, capable de satisfaire, à la fois, le goût qu'ont les bourgeois pour l'extraordinaire et le mépris qu'ils ont de la littérature, est fausse et absurde.

Chez l'auteur de Marie-Claire, *le goût de la littérature n'est pas distinct de la curiosité supérieure de la vie, et ce qu'elle s'amusa à noter, ce fut, tout simplement, le spectacle de la vie quotidienne, mais encore plus ce qu'elle imaginait, ce qu'elle devinait de l'existence des gens rencontrés. Déjà, ses dons d'intuition égalaient ses facultés d'observation… Elle ne parlait jamais à quiconque de cette « manie » de griffonner, et brûlait ses bouts de papier, qu'elle croyait ne pouvoir intéresser personne.*

Il fallut que le hasard la conduisît dans un milieu où fréquentaient quelques jeunes artistes, pour qu'elle se rendît compte combien les séduisait, combien les empoignait son don du récit. Charles-Louis Philippe l'encouragea particulièrement, mais jamais il ne lui donna de conseils. Adressés à une femme dont la sensibilité était si éduquée déjà, la volonté si arrêtée, le tempérament si affirmé, il les sentait encore plus inutiles que dangereux.

À notre époque, tous les gens cultivés, et ceux qui croient l'être, se soucient fort de retour à la tradition et parlent de s'imposer une forte discipline… *N'est-il pas délicieux que ce soit une ouvrière, ignorant l'orthographe, qui retrouve, ou plutôt qui invente ces grandes qualités de sobriété, de goût, d'évocation, auxquelles l'expérience et la volonté n'arrivent jamais seules ?*

La volonté, d'ailleurs, ne fait pas défaut à Marguerite Audoux, et quant à l'expérience, ce qui lui en tient lieu, c'est ce sens inné de la langue qui lui permet non pas d'écrire comme une somnambule, mais de travailler sa phrase, de l'équilibrer, de la simplifier, en vue d'un rythme dont elle n'a pas appris à connaître les lois, mais dont elle a, dans son sûr génie, une merveilleuse et mystérieuse conscience.

Elle est douée d'imagination, mais entendons-nous, d'une imagination noble, ardente et magnifique, qui n'est pas celle des jeunes femmes qui rêvent et des romanciers qui combinent. Elle n'est ni à côté ni au-delà de la vie ; elle semble seulement prolonger les faits observés, et les rendre plus clairs. Si j'étais critique, ou, à Dieu ne plaise, psychologue, j'appellerais cette imagination une imagination déductive. Mais je ne me hasarde pas sur ce terrain périlleux.

Lisez Marie-Claire… *Et quand vous l'aurez lue, sans vouloir blesser personne, vous vous demanderez quel est parmi nos écrivains – et je parle des plus glorieux – celui qui eût pu écrire un tel livre, avec cette mesure impeccable, cette pureté et cette grandeur rayonnantes.*

Octave MIRBEAU.

Première partie

UN JOUR, IL VINT beaucoup de monde chez nous. Les hommes entraient comme dans une église, et les femmes faisaient le signe de la croix en sortant.

Je me glissai dans la chambre de mes parents, et je fus bien étonnée de voir que ma mère avait une grande bougie allumée près de son lit. Mon père se penchait sur le pied du lit, pour regarder ma mère, qui dormait les mains croisées sur sa poitrine.

Notre voisine, la mère Colas, nous garda tout le jour chez elle. À toutes les femmes qui sortaient de chez nous, elle disait :

« Vous savez, elle n'a pas voulu embrasser ses enfants. »

Les femmes se mouchaient en nous regardant, et la mère Colas ajoutait :

« Ces maladies-là, ça rend méchant. »

Les jours qui suivirent, nous avions des robes à larges carreaux blancs et noirs.

La mère Colas nous donnait à manger et nous envoyait jouer dans les champs. Ma sœur, qui était déjà grande, s'enfonçait dans les haies, grimpait aux arbres, fouillait dans les mares et revenait le soir les poches pleines de bêtes de toutes sortes qui me faisaient peur et mettaient la mère Colas bien en colère.

J'avais surtout une grande répugnance pour les vers de terre. Cette chose rouge et élastique me causait une horreur sans nom, et s'il m'arrivait d'en écraser un par mégarde, j'en ressentais de longs frissons de dégoût. Les jours où je souffrais de points de côté, la mère Colas défendait à ma sœur de s'éloigner. Mais ma sœur s'ennuyait et voulait quand même m'emmener. Alors, elle ramassait des vers, qu'elle laissait grouiller dans ses mains, en les approchant de ma figure. Aussitôt, je disais que je n'avais plus mal, et je me laissais traîner dans les champs.

Une fois, elle m'en jeta une grosse poignée sur ma robe. Je reculai si précipitamment que je tombai dans un chaudron d'eau chaude. La mère Colas se lamentait en me déshabillant. Je n'avais pas grand mal ; elle promit une bonne fessée à ma sœur, et comme les ramoneurs passaient devant chez nous, elle les appela pour l'emmener.

Ils entrèrent tous les trois avec leurs sacs et leurs cordes ; ma sœur criait et demandait pardon, et moi j'avais bien honte d'être toute nue.

MON PÈRE NOUS EMMENAIT souvent dans un endroit où il y avait des hommes qui buvaient du vin ; il me mettait debout entre les verres, pour me faire chanter la complainte de Geneviève de Brabant. Tous ces hommes riaient, m'embrassaient, et voulaient me faire boire du vin.

Il faisait toujours nuit quand nous revenions chez nous. Mon père faisait de grands pas en se balançant ; il manquait souvent de tomber ; parfois, il se mettait à pleurer tout haut en disant qu'on avait changé sa maison. Alors, ma sœur poussait des cris, et, malgré la nuit, c'était toujours elle qui finissait par retrouver notre maison.

Il arriva un matin que la mère Colas nous accabla de reproches, disant que nous étions des enfants de malheur, qu'elle ne nous donnerait plus à manger, et que nous pouvions bien aller retrouver notre père, qui était parti on ne savait où. Quand sa colère fut passée, elle nous donna à manger comme d'habitude ; mais, quelques instants après, elle nous fit monter dans la carriole du père Chicon. La carriole était pleine de paille et de sacs de grains. J'étais placée derrière, dans une sorte de niche, entre les sacs ; la voiture penchait en arrière et chaque secousse me faisait glisser sur la paille.

J'eus une très grande peur tout le long de la route ; à chaque glissade, je croyais que la carriole allait me perdre, ou bien que les sacs allaient s'écrouler sur moi.

On s'arrêta devant une auberge. Une femme nous fit descendre, secoua la paille de nos robes, et nous fit boire du lait. Tout en nous caressant, elle disait au père Chicon :

« Alors, vous pensez que leur père les voudra ? »

Le père Chicon branla la tête en cognant sa pipe contre la table ; il fit une grimace avec sa grosse lèvre et il répondit :

« Il est peut-être parti encore plus loin. Le fils à Girard m'a dit qu'il l'avait rencontré sur la route de Paris. »

Le père Chicon nous mena ensuite dans une belle maison, où il y avait un perron avec beaucoup de marches.

Il causa longtemps avec un monsieur qui faisait de grands gestes et qui parlait de tour de France. Le monsieur mit sa main sur ma tête, et il répéta plusieurs fois :

« Il ne m'avait pas dit qu'il avait des enfants. »

Je compris qu'il parlait de mon père, et je demandai à le voir. Le monsieur me regarda sans répondre, puis il demanda au père Chicon :

« Quel âge a donc celle-ci ?

– Dans les cinq ans », dit le vieux.

Pendant ce temps, ma sœur jouait sur les marches avec un petit chat.

La carriole nous ramena chez la mère Colas, qui nous reçut en bougonnant et en nous bousculant ; quelques jours après, elle nous fit monter en chemin de fer, et le soir même nous étions dans une grande maison où il y avait beaucoup de petites filles.

Sœur Gabrielle nous sépara tout de suite. Elle dit que ma sœur était assez grande pour aller aux moyennes, tandis que moi je resterais aux petites.

Sœur Gabrielle était toute petite, vieille, maigre, et courbée ; elle dirigeait le dortoir et le réfectoire. Au dortoir, elle passait un bras sec et dur entre notre chemise et le drap, pour s'assurer de notre propreté, et elle fouettait à heure fixe, et avec des verges, celles dont les draps étaient humides.

Au réfectoire, elle faisait la salade dans une immense terrine jaune.

Les manches retroussées jusqu'aux épaules, elle plongeait et replongeait dans la salade ses deux bras noirs et noueux, qui sortaient de là tout luisants et gouttelants, et qui me faisaient penser à des branches mortes, les jours de pluie.

J'EUS TOUT DE SUITE une amie.

Je la vis venir vers moi en se dandinant, l'air effronté.

Elle n'était guère plus haute que le banc sur lequel j'étais assise. Elle appuya ses coudes sans façon sur moi, et elle me dit :

« Pourquoi ne joues-tu pas ? »

Je répondis que j'avais mal au côté.

« Ah ! oui, reprit-elle ; ta maman était poitrinaire, et sœur Gabrielle a dit que tu mourrais bientôt. »

Elle grimpa sur le banc, s'assit en faisant disparaître sous elle ses petites jambes ; puis elle me demanda mon nom, mon âge, m'apprit qu'elle s'appelait Ismérie, qu'elle était plus vieille que moi, et que le médecin disait qu'elle ne grandirait jamais. Elle m'apprit aussi que la maîtresse de classe s'appelait sœur Marie-Aimée, qu'elle était très méchante et punissait sévèrement les bavardes.

Elle sauta tout d'un coup sur ses pieds en criant :

« Augustine ! »

Sa voix était comme celle d'un garçon, et ses jambes étaient un peu tordues.

À la fin de la récréation, je l'aperçus sur le dos d'Augustine, qui la balançait d'une épaule sur l'autre, comme pour la jeter à terre. En passant devant moi, elle me cria de sa grosse voix :

« Tu me porteras aussi, dis ? »

Je fis bientôt la connaissance d'Augustine.

UN MAL D'YEUX que j'avais s'aggrava. La nuit, mes paupières se collaient l'une contre l'autre, de sorte que j'étais complètement aveugle, jusqu'à ce qu'on me les eût baignées. Ce fut elle qui fut chargée de me conduire à l'infirmerie. Tous les matins, elle venait me prendre au petit dortoir. Je l'entendais venir depuis la porte. Ce n'était pas long ; elle me saisissait la main, et m'entraînait du même pas qu'elle était venue, sans s'occuper si je me cognais aux lits.

Nous traversions les couloirs comme le vent, et descendions les deux étages comme une avalanche ; mes pieds rencontraient une marche de temps en temps ; je descendais comme on tombe dans le vide ; Augustine avait une main ferme qui me tenait solidement.

Pour aller à l'infirmerie, il fallait passer derrière la chapelle, puis devant une petite maison toute blanche ; là, on redoublait de vitesse.

Un jour que, n'en pouvant plus, j'étais tombée sur les genoux, elle me releva avec une tape sur la tête, en disant :

« Dépêche-toi donc, on est devant la maison des morts. »

Tous les jours ensuite, dans la crainte que je tombe, elle m'avertissait quand nous étions devant la maison des morts.

J'avais surtout peur de la peur d'Augustine. Puisqu'elle courait si fort, c'est qu'il y avait du danger. J'arrivais à l'infirmerie en nage et sans souffle ; quelqu'un me poussait sur une petite chaise, et mon point de côté était passé depuis longtemps quand on venait me laver les yeux.

Ce fut encore Augustine qui me conduisit dans la classe de sœur Marie-Aimée. Elle prit une voix timide pour dire :

« Ma sœur, voilà la nouvelle. »

Je m'attendais à une rebuffade, mais sœur Marie-Aimée me sourit, m'embrassa plusieurs fois, et dit :

« Tu es trop petite pour être sur un banc. Je vais te mettre ici. »

Et elle me fit asseoir sur un petit banc, dans le creux de son pupitre.

Comme il y faisait bon dans ce creux de pupitre ! Comme la chaleur des jupes de laine caressait mon corps tout meurtri par les escaliers de bois et de pierre !

Souvent deux pieds se posaient de chaque côté de mon petit banc et je me trouvais étroitement enclavée entre deux jambes nerveuses et chaudes. Une main tâtonnante m'appuyait la tête sur les jupes entre les genoux, et sous cette main douce, et sur cet oreiller chaud, je m'endormais.

Quand je m'éveillais, l'oreiller se transformait en table. La même main y déposait des débris de gâteaux, de menus morceaux de sucre, et quelques bonbons.

Autour de moi, j'entendais vivre le monde.

Une voix pleurait :

« Non, ma sœur, ce n'est pas moi. »

Des voix criardes disaient :

« Si, ma sœur, c'est elle. »

Au-dessus de ma tête, une voix pleine et chaude imposait silence, en s'accompagnant de coups de règle sur le pupitre, qui résonnaient et faisaient dans mon creux un bruit énorme.

Parfois, il se faisait un grand mouvement. Les pieds se retiraient de mon petit banc, les genoux se rapprochaient, la chaise remuait, et je voyais se pencher vers mon nid une guimpe blanche, un menton mince, des dents fines et pointues, et enfin deux yeux caressants qui m'apportaient la confiance.

AUSSITÔT QUE MON MAL D'YEUX fut guéri, un alphabet s'ajouta aux friandises. C'était un petit livre où il y avait des images à côté des mots. Je regardais souvent une grosse fraise que j'imaginais au moins aussi grosse qu'une brioche.

Quand il ne fit plus froid dans la classe, sœur Marie-Aimée me plaça sur un banc entre Ismérie et Marie Renaud, qui étaient mes voisines de lit. De temps en temps, elle me permettait de revenir à mon cher creux, où je trouvais des livres avec des histoires qui me faisaient oublier l'heure.

Un matin, Ismérie m'entraîna en grand mystère pour m'apprendre que sœur Marie-Aimée ne ferait plus la classe, parce qu'elle allait prendre la place de sœur Gabrielle pour le dortoir et le réfectoire. Elle ne me dit pas où elle avait appris cela, mais elle en était toute chagrinée.

Elle aimait beaucoup sœur Gabrielle, qui la traitait toujours comme un petit enfant ; mais elle n'aimait pas cette sœur Aimée, ainsi qu'elle l'appelait avec un air de mépris, quand elle savait n'être entendue que de nous.

Elle disait aussi que sœur Marie-Aimée ne lui permettrait pas de nous grimper sur le dos, et qu'on ne pourrait pas se moquer d'elle comme de sœur Gabrielle, qui montait les marches tout de travers.

Le soir, après la prière, sœur Gabrielle nous annonça son départ. Elle nous embrassa toutes, en commençant par les plus petites. La montée au dortoir se fit en grand désordre : les grandes chuchotaient et se révoltaient à l'avance contre cette sœur Marie-Aimée ; les petites pleurnichaient comme à l'approche d'un danger.

Ismérie, que je portais sur mon dos, pleurait bruyamment ; ses petits doigts m'étranglaient un peu, et ses larmes me tombaient dans le cou.

Personne ne pensait à rire de sœur Gabrielle, qui montait péniblement en disant : « Chut ! chut ! » sans se lasser, et sans que le bruit diminuât. La bonne du petit dortoir pleurait aussi : elle me secoua un peu en me déshabillant ; elle disait :

« Je suis sûre que tu es contente, toi, d'avoir ta sœur Marie-Aimée. »

Nous l'appelions Bonne Esther.

Des trois bonnes que nous avions, c'était elle que je préférais. Elle était un peu bourrue, mais elle nous aimait bien.

La nuit, elle réveillait celles qui avaient de mauvaises habitudes, afin de leur épargner les verges du lendemain. Quand je toussais, elle se levait et à tâtons me fourrait dans la bouche un morceau de sucre mouillé. Bien des fois aussi, elle m'avait emportée de mon lit, où j'étais glacée, pour me réchauffer dans le sien.

LE LENDEMAIN, on entra en grand silence au réfectoire. Les bonnes nous ordonnèrent de rester debout ; plusieurs grandes se tenaient très droites avec un air fier ; Bonne Justine restait humble et triste au bout de la table, tandis que Bonne Néron, qui avait l'air d'un gendarme, faisait les cent pas au milieu du réfectoire.

Elle regardait souvent la pendule en haussant dédaigneusement les épaules.

Sœur Marie-Aimée entra en laissant la porte ouverte derrière elle ; elle me parut plus grande avec son tablier blanc et ses manches blanches. Elle marchait lentement en regardant tout le monde, le chapelet qui pendait à son côté faisait entendre un petit bruit, et sa jupe se balançait un peu dans le bas. Elle monta les trois marches de son estrade, et nous fit asseoir d'un geste de la main.

L'après-midi, elle nous mena dans la campagne.

Il faisait très chaud. J'allai m'asseoir près d'elle, sur une hauteur ; elle lisait un livre en surveillant d'un coup d'œil les petites filles, qui jouaient dans un champ au-dessous de nous. Elle regarda longtemps le soleil couchant en disant à chaque instant :

« Que c'est beau ! que c'est beau !... »

Le soir même, les verges disparurent du petit dortoir, et au réfectoire la salade fut retournée avec de longues spatules. À part cela, rien ne fut changé. Nous allions en classe de 9 heures à midi, et l'après-midi nous épluchions des noix pour un marchand d'huiles.

Les plus grandes les cassaient avec un marteau, et les plus petites les séparaient des coquilles. Il était bien défendu d'en manger, et surtout ce n'était pas facile : il s'en trouvait toujours une pour vous dénoncer, par jalousie de gourmandise.

C'était Bonne Esther qui nous regardait dans la bouche. Quelquefois, elle s'attardait à une incorrigible gourmande. Alors, elle lui faisait les gros yeux, puis elle lui disait en la renvoyant d'une taloche :

« J'ai l'œil sur toi. »

Nous étions quelques-unes en qui elle avait grande confiance. Elle nous faisait pivoter en faisant semblant de nous regarder, et elle disait en riant :

« Ferme ton bec. »

J'avais souvent envie d'en manger, mais les bons yeux de Bonne Esther passaient devant moi, et je rougissais à l'idée de tromper sa confiance.

À la longue, l'envie devint si forte que je ne pensais plus qu'à cela : pendant des jours et des jours, je cherchai le moyen d'en manger sans me faire prendre. J'essayai d'en cacher dans mes manches, mais j'étais si maladroite que je les perdais aussitôt ; et puis, j'avais envie d'en manger beaucoup, beaucoup. Il me semblait que j'en aurais mangé un plein sac.

Un jour, enfin, je trouvai l'occasion. Bonne Esther, qui nous menait coucher, glissa sur une coquille, et lâcha sa lanterne, qui s'éteignit. Comme je me trouvais à côté d'une bassine pleine, j'en pris une grosse poignée, que je fourrai dans ma poche.

Aussitôt que tout le monde fut couché, je sortis les noix de ma poche, et, la tête sous les draps, j'en pris ma pleine bouche ; mais aussitôt il me sembla que tout le dortoir entendait le bruit que faisaient mes mâchoires ; j'avais beau croquer doucement et lentement, le bruit cognait dans mes oreilles, comme des coups de maillet. Bonne Esther se leva : elle alluma la lampe, regarda sous les lits en se baissant.

Quand elle fut près de moi, je la regardai épouvantée. Elle dit tout bas :

« Tu ne dors donc pas ? »

Puis elle continua ses recherches. Elle alla jusqu'au bout du dortoir, ouvrit et referma la porte, mais à peine était-elle recouchée et la lampe éteinte que le loquet de la porte tapa comme si on l'ouvrait.

Bonne Esther ralluma encore la lampe et dit :

« Ça, c'est trop fort ; ce n'est pourtant pas la chatte qui ouvre la porte toute seule. »

Il me semblait qu'elle avait peur : je l'entendais remuer dans son lit, et tout d'un coup elle se mit à crier :

« Mon Dieu ! mon Dieu ! »

Ismérie lui demanda ce qu'elle avait. Elle nous dit qu'une main ouvrait la porte à la chatte, et qu'elle venait de sentir un grand souffle sur son visage.

Dans la demi-clarté, on voyait la porte entrouverte. J'étais très effrayée. Je pensais que c'était le démon qui venait me chercher. Au bout d'un long moment, on n'entendait plus rien. Bonne Esther demanda si l'une de nous voulait bien se lever pour souffler la lampe, qui n'était cependant pas très loin de son lit. Personne ne répondit. Alors elle m'appela. Je me levai, pendant qu'elle disait :

« Toi qui es si sage, les revenants ne te feront rien. »

Elle se tut en même temps que je soufflai la lampe, et tout de suite je vis des milliers de points brillants, pendant que je sentais un grand froid sur les joues. Je devinais sous les lits des dragons verts avec des gueules tout enflammées. Je sentais leurs griffes sur mes pieds, et des lumières sautaient de chaque côté de ma tête. J'éprouvais un grand besoin de m'asseoir et, en arrivant à mon lit, je croyais fermement qu'il me manquait les deux pieds. Quand j'osai m'en assurer, je les trouvai bien froids, et je finis par m'endormir en les tenant dans mes deux mains.

Au matin, Bonne Esther trouva la chatte sur un lit près de la porte.

Elle avait fait ses petits pendant la nuit.

On rapporta l'histoire à sœur Marie-Aimée. Elle répondit que c'était sûrement la chatte qui avait ouvert la porte, en se dressant vers le loquet. Mais la chose ne fut jamais bien éclaircie, et les petites en causèrent longtemps tout bas.

LA SEMAINE SUIVANTE, toutes celles qui avaient huit ans descendirent au grand dortoir.

J'eus un lit placé près d'une fenêtre, tout près de la chambre de sœur Marie-Aimée.

Marie Renaud et Ismérie restèrent mes voisines. Souvent, quand nous étions couchées, sœur Marie-Aimée venait s'asseoir près de ma fenêtre. Elle me prenait une main qu'elle caressait, tout en regardant dehors. Une nuit, il y eut un grand feu dans le voisinage. Tout le dortoir était éclairé. Sœur Marie-Aimée ouvrit la fenêtre toute grande, puis elle me secoua, en disant :

« Réveille-toi, viens voir le feu ! »

Elle me prit dans ses bras. Elle me passait la main sur le visage pour me réveiller en me répétant :

« Viens voir le feu. Vois comme c'est beau ! »

J'avais si envie de dormir que je laissais tomber ma tête sur son épaule. Alors, elle me donna une bonne gifle, en m'appelant petite brute. Cette fois, j'étais réveillée, et je me mis à pleurer. Elle me prit de nouveau dans ses bras ; elle s'assit et me berça en me tenant serrée contre elle.

Elle avançait la tête vers la croisée. Son visage était comme transparent, et ses yeux étaient pleins de lumière.

Ismérie aurait bien voulu que sœur Marie-Aimée ne vînt jamais vers la fenêtre ; cela l'empêchait de bavarder ; elle avait toujours quelque chose à dire ; sa voix était si forte qu'on l'entendait à l'autre bout du dortoir. Sœur Marie-Aimée disait :

« Voilà encore Ismérie qui parle. »

Ismérie répondait :

« Voilà encore sœur Marie-Aimée qui gronde. »

J'étais confondue de son audace. Je pensais que sœur Marie-Aimée faisait semblant de ne pas l'entendre.

Pourtant, un jour, elle lui dit :

« Je vous défends de répondre, espèce de naine. »

Ismérie cria :

« Mon gnouf ! »

C'était un mot dont nous nous servions entre nous et qui voulait dire : « Regarde mon nez, si je t'écoute. »

Sœur Marie-Aimée s'élança vers le martinet. Je tremblai pour le petit corps d'Ismérie, mais elle se jeta à plat ventre, en gigotant, et se tordant avec des cris bizarres. Sœur Marie-Aimée la poussa du pied avec dégoût ; elle dit en lançant le martinet au loin :

« Quelle affreuse petite créature ! »

Dans la suite, elle évitait de la regarder et ne paraissait pas entendre ses insolences. Toutefois, elle nous défendait sévèrement de la porter sur notre dos. Cela n'empêchait pas Ismérie de grimper après moi comme un singe. Je n'avais pas le courage de la repousser, et, en me baissant un peu, je la laissais s'installer sur mon dos.

Cela se passait surtout en montant au dortoir. Elle avait une grande difficulté à enjamber les marches ; elle en riait elle-même, elle disait qu'elle montait comme les poules.

Comme sœur Marie-Aimée était toujours en avant, je tâchais de me trouver dans les dernières ; il arrivait parfois qu'elle se retournait brusquement ; alors Ismérie glissait le long de moi avec une rapidité et une adresse étonnantes.

Je restais toujours un peu gênée sous le regard de sœur Marie-Aimée, et Ismérie ne manquait jamais de me dire :

« Tu vois comme tu es bête : tu t'es encore fait prendre. »

Elle n'avait jamais pu grimper sur Marie Renaud, qui la repoussait toujours, en disant qu'elle usait et salissait nos robes.

Si Ismérie était bavarde, par contre Marie Renaud ne causait jamais.

Chaque matin, elle m'aidait à faire mon lit ; elle passait soigneusement ses mains sur les draps, pour lisser les cassures ; elle refusait obstinément mon aide pour faire le sien, prétendant que je roulais les draps n'importe comment. J'étais toujours stupéfaite de voir que son lit n'avait aucun désordre à son lever.

Elle finit par me confier qu'elle épinglait ses draps et ses couvertures après son matelas. Elle avait une quantité de petites cachettes pleines de toutes sortes de choses. À table, elle mangeait toujours un bout du dessert de la veille ; celui du jour restait dans sa poche ; elle le caressait et en mangeait un petit morceau de temps en temps. Je la trouvais souvent dans les coins en train de faire de la dentelle avec une épingle.

Sa plus grande joie était de brosser, plier et ranger ; aussi, grâce à elle, mes souliers étaient toujours bien cirés, et ma robe des dimanches soigneusement pliée.

Cela dura jusqu'au jour où il vint une nouvelle bonne, qui s'appelait Madeleine. Elle ne fut pas longtemps à s'apercevoir que je n'étais pour rien dans le bon arrangement de ma toilette ; elle se mit à crier en me traitant de mijaurée, de grande fainéante, disant que je me faisais servir comme une demoiselle, et que c'était honteux de faire travailler cette pauvre Marie Renaud qui n'avait pas deux liards de vie. Bonne Néron se mit d'accord avec elle pour dire que j'étais une orgueilleuse, que je me croyais au-dessus de tout le monde, que je ne faisais jamais rien comme les autres, qu'elle n'avait jamais vu une fille comme moi, et que j'étais dépareillée.

Elles criaient toutes deux à la fois en se tenant penchées sur moi.

Je pensais à deux fées braillardes, une noire et une blanche : Bonne Néron si haute et si noire, et Madeleine si blonde et si fraîche avec de grosses lèvres ouvertes, ses dents si écartées et sa langue large et épaisse qui remuait et poussait de la salive au coin de sa bouche.

Bonne Néron leva la main sur moi et dit :

« Voulez-vous baisser les yeux ! »

Elle ajouta en s'éloignant :

« C'est qu'elle vous fait honte quand elle vous regarde comme cela. »

Je savais depuis longtemps que Bonne Néron ressemblait à un taureau, mais il me fut impossible de trouver à quelle bête ressemblait Madeleine. J'y pensai pendant plusieurs jours en repassant dans ma tête le nom de toutes les bêtes que je connaissais, et je finis par y renoncer.

Elle était grasse et elle marchait en fléchissant les reins ; elle avait une voix perçante qui surprenait tout le monde.

Elle demanda à chanter à la chapelle, mais comme elle ne savait pas les cantiques, sœur Marie-Aimée me chargea de les lui apprendre. Marie Renaud put recommencer de brosser et de plier mes habits sans que personne eût l'air de s'en apercevoir. Elle était si contente qu'elle me fit cadeau d'une épingle double pour attacher mon mouchoir, que je perdais toujours. Deux jours après, j'avais perdu l'épingle et le mouchoir.

Oh ! ce mouchoir, quel cauchemar épouvantable ! Maintenant encore, quand j'y pense, une angoisse me prend. Pendant des années, je perdis régulièrement un mouchoir par semaine.

Sœur Marie-Aimée nous remettait un mouchoir propre contre le sale que nous jetions à terre devant elle. J'y pensais seulement à ce moment-là ; alors, je retournais toutes mes poches ; je courais comme une folle dans les dortoirs, dans les couloirs, jusqu'au grenier ; je cherchais partout. Mon Dieu ! pourvu que je trouve un mouchoir !

En passant devant la Vierge, je joignais les mains avec ferveur : « Mère admirable, faites que je trouve un mouchoir ! »

Mais je n'en trouvais pas, et je redescendais, rouge, essoufflée, penaude, n'osant pas prendre celui que me tendait sœur Marie-Aimée.

J'entendais d'avance le reproche si mérité. Les jours où je n'entendais pas de reproches, je voyais un front plissé, des yeux courroucés qui me suivaient longtemps sans se détourner ; j'étais si écrasée de honte que je pouvais à peine lever les pieds. Je marchais tout effacée, sans remuer le corps ; et, malgré cela, je perdais encore mon mouchoir.

Madeleine me regardait avec un air de fausse compassion, et elle ne pouvait pas toujours s'empêcher de me dire que je méritais une sévère punition.

Elle paraissait très attachée à sœur Marie-Aimée ; elle la servait attentivement, et fondait en larmes au moindre reproche.

Elle avait des crises de gros sanglots que sœur Marie-Aimée calmait en lui caressant les joues. Alors, elle riait et pleurait tout à la fois. Elle avait un mouvement des épaules qui laissait voir son cou blanc, et qui faisait dire à Bonne Néron qu'elle avait l'air d'une chatte.

BONNE NÉRON S'EN ALLA un jour après une scène, au milieu du déjeuner, alors qu'il régnait un grand silence. Elle cria tout à coup :

« Oui, je veux m'en aller, et je m'en irai ! »

Comme sœur Marie-Aimée la regardait tout étonnée, elle lui fit face en baissant la tête, qu'elle secouait et lançait en avant, criant plus fort qu'elle ne souffrirait pas plus longtemps d'être commandée par une morveuse, oui, une morveuse.

Elle était arrivée à reculons près de la porte ; elle l'ouvrit tout en donnant de furieux coups de tête et avant de disparaître, elle lança son grand bras dans la direction de sœur Marie-Aimée et, avec un profond mépris, elle dit :

« Ça n'a pas seulement vingt-cinq ans ! »

Quelques petites filles étaient terrifiées ; d'autres éclatèrent de rire. Madeleine eut une véritable crise de nerfs ; elle se jeta aux genoux de sœur Marie-Aimée en lui enlaçant les jambes et en embrassant sa robe. Elle lui prit les mains, qu'elle frotta contre sa grosse bouche humide ; tout cela, en poussant des cris, comme si une catastrophe épouvantable était arrivée.

Sœur Marie-Aimée n'arrivait pas à se dégager ; elle finit par se fâcher. Alors, Madeleine s'évanouit en tombant sur le dos.

Tout en la dégrafant, sœur Marie-Aimée fit un signe de mon côté. Croyant qu'elle avait besoin de mes services, j'accourus. Mais elle me renvoya :

« Non, pas toi, Marie Renaud. »

Elle lui remit ses clefs, et bien que Marie Renaud ne fût jamais entrée dans la chambre de sœur Marie-Aimée, elle trouva tout de suite le flacon demandé.

MADELEINE SE REMIT TRÈS VITE et, en prenant la place de Bonne Néron, elle prit de l'autorité. Elle restait timide et soumise devant sœur Marie-Aimée ; mais elle se rattrapait sur nous, en braillant à tout propos qu'elle était notre surveillante, et non pas notre bonne.

Le jour de son évanouissement, j'avais vu ses seins, qui m'avaient paru si beaux que je n'avais encore rien imaginé de pareil.

Mais je la trouvais bête, et ne faisais aucun cas de ses remontrances. Cela la mettait en colère ; elle me criblait de mots grossiers, et finissait toujours par me traiter d'espèce de princesse.

Elle ne pouvait supporter l'affection que me montrait sœur Marie-Aimée ; et quand elle la voyait m'embrasser, elle rougissait de dépit.

Je commençais à grandir et j'étais assez bien portante. Sœur Marie-Aimée disait qu'elle était fière de moi. Elle me serrait si fort en m'embrassant qu'elle me faisait mal. Puis elle disait en posant délicatement ses doigts sur mon front :

« Ma petite fille ! mon petit enfant ! »

Pendant les récréations, je restais souvent près d'elle. Je l'écoutais lire : elle lisait d'une voix profonde et mordante, et, quand les personnages lui déplaisaient par trop, elle fermait violemment le livre et se mêlait à nos jeux.

Elle eût voulu me voir sans défaut. Elle répétait souvent :

« Je veux que tu sois parfaite ; entends-tu ? parfaite. »

Un jour, elle crut que j'avais menti.

Nous avions trois vaches qui paissaient quelquefois sur une pelouse au milieu de laquelle se trouvait un énorme marronnier. La vache blanche était méchante, et nous en avions peur, parce qu'elle avait déjà piétiné une petite fille.

Ce jour-là, je vis les deux vaches rouges et, directement sous le marronnier, une belle vache noire. Je dis à Ismérie :

« Tiens, on a changé la vache blanche, sans doute parce qu'elle était méchante. »

Ismérie, qui était de mauvaise humeur, se mit à crier, disant que je me moquais toujours des autres, en voulant leur faire croire des choses qui n'existaient pas.

Je lui montrai la vache : elle soutint que c'était la blanche ; moi, je soutenais que c'était une noire.

Sœur Marie-Aimée entendit. Elle paraissait outrée, quand elle dit :

« Comment peux-tu soutenir que cette vache est noire ? »

À ce moment, la vache se déplaça ; elle paraissait maintenant noire et blanche, et je compris que c'était l'ombre du marronnier qui m'avait trompée. J'étais si stupéfaite que je ne trouvai rien à répondre ; je ne savais comment expliquer cela. Sœur Marie-Aimée me secoua violemment.

« Pourquoi as-tu menti ? Allons ! réponds, pourquoi as-tu menti ? »

Je répondis que je ne savais pas.

Elle m'envoya en pénitence sous le hangar, en m'assurant que je n'aurais comme nourriture que du pain et de l'eau.

Comme je n'avais pas menti, la pénitence me laissa indifférente.

Sous ce hangar, il n'y avait que de vieilles armoires, et des choses servant au jardinage. Je grimpai d'une chose sur l'autre, et je me trouvai bientôt assise sur la plus haute armoire.

J'avais dix ans, et c'était la première fois que je me trouvais seule. J'en ressentis comme un contentement. Tout en balançant mes jambes, j'imaginais tout un monde invisible : une vieille armoire à ferrures rouillées devint l'entrée d'un palais magnifique. J'étais une petite fille abandonnée sur une montagne ; une belle dame vêtue comme une fée m'avait aperçue et venait me chercher ; des chiens merveilleux couraient devant elle ; ils étaient presque à mes pieds, lorsque je vis devant l'armoire aux ferrures sœur Marie-Aimée, qui regardait de tous côtés.

Je ne savais pas que j'étais assise sur un meuble ; je me croyais encore sur la montagne, et j'étais seulement ennuyée que l'arrivée de sœur Marie-Aimée eût fait disparaître le palais avec tous ses personnages.

Elle me découvrit au balancement de mes jambes ; et je m'aperçus en même temps qu'elle que j'étais sur une armoire.

Elle resta un moment les yeux levés vers moi ; puis, elle tira de la poche de son tablier un morceau de pain, un bout de boudin, une petite fiole de vin, me montra chaque chose l'une après l'autre, et, la voix fâchée, elle dit :

« C'était pour toi ; eh bien ! voilà ! »

Elle remit le tout dans sa poche, et s'en alla.

Un instant après, Madeleine m'apporta du pain et de l'eau, et je restai jusqu'au soir sous le hangar.

DEPUIS QUELQUE TEMPS, sœur Marie-Aimée devenait triste ; elle ne jouait plus avec nous ; souvent, elle oubliait l'heure de notre dîner. Madeleine m'envoyait la chercher à la chapelle, où je la trouvais à genoux, le visage caché dans ses mains.

Il me fallait la tirer par sa robe pour me faire entendre. Il me sembla plusieurs fois qu'elle avait pleuré ; mais je n'osais pas la regarder de peur de la fâcher. Elle paraissait tout absorbée, et, quand on lui parlait, elle répondait par oui ou par non, d'un ton sec.

Pourtant, elle s'occupa activement d'une petite fête que nous faisions tous les ans à Pâques. Elle fit apporter les gâteaux que l'on rangea sur une table, en les recouvrant d'une nappe blanche, pour ne pas donner trop de tentation aux gourmandes.

Le dîner s'était passé au milieu d'un babillage énorme, à cause de la permission que nous avions de causer à table les jours de fête. Sœur Marie-Aimée nous avait servies avec son bon sourire et une bonne parole pour chacune. Elle se disposait à nous servir les gâteaux en se faisant aider par Madeleine, pour enlever la nappe qui les recouvrait.

À ce moment, la chatte, qui était dessous, sauta à terre et se sauva. Sœur Marie-Aimée et Madeleine poussèrent ensemble un « ah ! » prolongé, puis Madeleine cria :

« La sale bête, elle a mordu à tous les gâteaux ! »

Sœur Marie-Aimée n'aimait pas la chatte. Elle resta un moment immobile, puis elle courut prendre un bâton et se lança après la bête.

Ce fut une course épouvantable : la chatte, affolée, sautait de tous côtés, échappant au bâton, qui ne frappait que les bancs et les murs. Toutes les petites filles, prises de peur, se sauvaient vers la porte. Sœur Marie-Aimée les arrêta d'un mot : « Que personne ne sorte ! »

Elle avait un visage que je ne connaissais pas : ses lèvres rentrées, ses joues aussi blanches que sa cornette, et ses yeux qui faisaient du feu, me semblèrent si effrayants que je cachai ma figure dans mon bras.

Malgré moi, je regardai de nouveau. La poursuite continuait : sœur Marie-Aimée, le bâton haut, courait en silence ; ses lèvres s'étaient ouvertes et on voyait ses petites dents pointues ; elle courait dans tous les sens, sautant les bancs, montant sur les tables en relevant rapidement ses jupes ; au moment où elle allait l'atteindre, la chatte fit un bond formidable et s'accrocha après un rideau, tout en haut d'une fenêtre.

Madeleine, qui avait suivi sœur Marie-Aimée avec des mouvements de jeune chien un peu lourd, voulut aller chercher un bâton plus long, mais sœur Marie-Aimée l'arrêta d'un geste en disant :

« Elle a bien fait de s'échapper ! »

Bonne Justine, qui était près de moi, disait en se cachant les yeux :

« Oh ! c'est honteux ! c'est honteux ! »

Moi aussi, je trouvais que c'était honteux : une sorte de déconsidération me venait pour sœur Marie-Aimée, que j'avais toujours crue sans défaut. Je comparais cette scène avec une autre qui s'était passée un jour de grand orage. Combien j'avais trouvé sœur Marie-Aimée au-dessus de tout, ce jour-là ! Je la revoyais, montée sur un banc : elle fermait tranquillement les hautes fenêtres en élevant ses beaux bras dont les larges manches se rabattaient sur ses épaules, et, pendant que nous étions épouvantées par les éclairs et les coups de vent furieux, elle disait d'une voix calme :

« Mais… c'est un ouragan ! »

Maintenant, sœur Marie-Aimée faisait reculer les petites filles au fond de la salle. Elle ouvrait la porte toute grande à la chatte, qui sortit en trois bonds.

L'APRÈS-MIDI, JE FUS BIEN étonnée de voir que ce n'était pas notre vieux curé qui disait les vêpres. Celui-ci était grand et fort. Il chantait d'une voix forte et saccadée. Toute la soirée, on parla de lui. Madeleine disait que c'était un bel homme, et sœur Marie-Aimée trouva qu'il avait la voix jeune, mais qu'il prononçait les mots comme un vieillard. Elle dit aussi qu'il avait la démarche jeune et distinguée.

Quand il vint nous faire visite deux ou trois jours après, je vis qu'il avait des cheveux blancs qui bouclaient au-dessus de son cou, et que ses yeux et ses sourcils étaient très noirs.

Il demanda à voir celles qui se préparaient au catéchisme, et voulut savoir le nom de chacune. Sœur Marie-Aimée répondit pour moi. Elle dit en mettant sa main sur ma tête :

« Celle-ci, c'est notre Marie-Claire. »

Isméric s'approcha à son tour. Il la regarda avec une grande curiosité, la fit tourner le dos et marcher devant lui ; il compara sa taille à celle d'un bébé de trois ans, et comme il demandait à sœur Marie-Aimée si elle était intelligente, Ismérie se retourna brusquement en disant qu'elle était moins bête que les autres.

Il se mit à rire, et je vis que ses dents étaient très blanches. Quand il parlait, il faisait un mouvement en avant, comme s'il voulait rattraper ses mots, qui semblaient lui échapper malgré lui.

Sœur Marie-Aimée le reconduisit jusqu'à la porte de la grande cour. Les autres fois, elle n'accompagnait les visiteurs que jusqu'à la porte de la salle.

Elle reprit sa place sur son estrade et, au bout d'un moment, elle dit, sans regarder personne :

« C'est un homme vraiment très distingué. »

Notre nouveau curé habitait dans une petite maisonnette, tout près de la chapelle. Le soir, il se promenait dans les allées plantées de tilleuls. Il passait très près du carré de pelouse où nous jouions, et il saluait, en se courbant très bas, sœur Marie-Aimée.

Tous les jeudis après-midi, il venait nous rendre visite : il s'asseyait en s'appuyant au dossier de sa chaise, et, après avoir croisé les jambes l'une sur l'autre, il nous racontait des histoires. Il était très gai, et sœur Marie-Aimée disait qu'il riait de bon cœur.

Il arrivait parfois que sœur Marie-Aimée était souffrante ; alors, il montait lui faire visite dans sa chambre.

On voyait passer Madeleine avec une théière et deux tasses ; elle était rouge et empressée.

Quand l'été fut fini, M. le curé vint nous voir le soir après dîner ; il passait la veillée avec nous.

À 9 heures sonnant, il nous quittait ; et sœur Marie-Aimée l'accompagnait toujours dans le couloir jusqu'à la grande porte.

Il y avait déjà un an qu'il était avec nous, et je n'avais pu encore m'habituer à me confesser à lui. Souvent, il me regardait avec un rire qui me faisait croire qu'il se souvenait de mes péchés.

Nous allions à confesse à jours fixes : chacune passait à son tour ; quand il n'en restait plus qu'une ou deux avant moi, je commençais à trembler.

Mon cœur battait à toute volée, et j'avais des crampes d'estomac qui me coupaient la respiration.

Puis, mon tour arrivé, je me levais, les jambes tremblantes, la tête bourdonnante et les joues froides. Je tombais sur les genoux dans le confessionnal, et tout aussitôt la voix marmottante et comme lointaine de M. le curé me rendait un peu de confiance. Mais il fallait toujours qu'il m'aidât à me rappeler mes péchés : sans cela, j'en aurais oublié la moitié.

À la fin de la confession, il me demandait toujours mon nom. J'aurais bien voulu en dire un autre, mais en même temps que j'y pensais, le mien sortait précipitamment de ma bouche.

Le moment de la première communion approchait ; elle devait avoir lieu au mois de mai, et on commençait déjà les préparatifs.

Sœur Marie-Aimée composait des cantiques nouveaux ; elle avait fait aussi une sorte de cantique à la louange de M. le curé.

Quinze jours avant la cérémonie, on nous sépara des autres. Nous passions tout notre temps en prière.

Madeleine devait surveiller notre recueillement, mais il lui arriva plus d'une fois de le troubler, en se disputant avec l'une ou l'autre.

Ma camarade s'appelait Sophie.

Elle n'était pas bruyante, et nous nous éloignions toujours des disputes. Nous causions de choses graves. Je lui avouai mon aversion pour la confession, et combien j'avais peur de faire une mauvaise communion.

Elle était très pieuse, et elle ne comprenait rien à mes appréhensions. Elle trouvait que je manquais de piété, et elle avait remarqué que je m'endormais pendant la prière.

Elle m'avoua à son tour qu'elle avait grand-peur de la mort ; elle en parlait d'un air craintif, en baissant la voix.

Ses yeux étaient presque verts, et ses cheveux si beaux que sœur Marie-Aimée n'avait jamais voulu les lui couper, comme aux autres petites filles.

Enfin, le grand jour arriva.

Ma confession générale n'avait pas été trop pénible : cela m'avait donné à peu près la même impression qu'un bon bain. Je me sentais très propre.

Cependant, je tremblais si fort en recevant l'hostie que mes dents en gardèrent une partie. J'eus un éblouissement, et il me sembla qu'un rideau noir descendait devant moi. Je crus reconnaître la voix de sœur Marie-Aimée, qui demandait :

« Es-tu malade ? »

J'eus conscience qu'elle m'accompagnait jusqu'à mon prie-Dieu, qu'elle me mettait mon cierge dans la main, en disant :

« Tiens-le bien. »

J'avais la gorge si serrée qu'il m'était impossible d'avaler, et je sentis qu'un liquide me coulait de la bouche.

Alors, une peur folle monta en moi, car Madeleine nous avait bien averties que s'il nous arrivait de mordre l'hostie, le sang de Jésus coulerait de notre bouche sans que rien pût l'arrêter.

Sœur Marie-Aimée m'essuyait le visage, et disait tout bas :

« Fais donc attention, voyons ; es-tu malade ? »

Ma gorge se desserra et j'avalai brusquement l'hostie avec un flot de salive.

J'osai alors regarder le sang qui était sur ma robe, mais je ne vis qu'une petite tache pareille à celle qu'aurait pu faire une goutte d'eau.

Je portai mon mouchoir à mes lèvres et j'essuyai ma langue : il n'y avait pas non plus de sang sur mon mouchoir.

Je n'étais pas très sûre de tout cela, mais comme on nous faisait lever pour chanter, j'essayai de chanter avec les autres.

Quand M. le curé vint nous voir dans la journée, sœur Marie-Aimée lui dit que j'avais failli m'évanouir pendant la communion. Il me releva la tête et, après m'avoir bien regardée dans les yeux, il se mit à rire, et dit que j'étais une petite fille très sensible.

AUSSITÔT QUE NOUS AVIONS FAIT notre première communion, nous n'allions plus en classe. Bonne Justine nous apprenait à faire de la lingerie. Nous faisions des coiffes pour les paysannes. Ce n'était pas très difficile, et comme c'était quelque chose de nouveau, je travaillais avec ardeur.

Bonne Justine déclara que je ferais une très bonne lingère. Sœur Marie-Aimée dit en m'embrassant :

« Si seulement tu pouvais vaincre ta paresse ! »

Mais quand j'eus fait plusieurs coiffes, et qu'il me fallut toujours recommencer, ma paresse reprit vite le dessus. Je m'ennuyais, et je ne pouvais me décider à travailler.

Je serais restée des heures et des heures sans bouger, à regarder travailler les autres.

Marie Renaud cousait en silence ; elle faisait des points si petits et si serrés qu'il fallait avoir de bons yeux pour les voir.

Ismérie cousait en chantonnant sans crainte des réprimandes.

Les unes cousaient le dos courbé, le front plissé, avec des doigts mouillés qui faisaient crisser les aiguilles ; d'autres cousaient lentement, avec soin, sans fatigue, sans ennui, en comptant les points tout bas.

J'aurais bien voulu être comme celles-là ! Je me grondais en moi-même, et pendant quelques minutes je les imitais.

Mais le moindre bruit me dérangeait, et je restais à écouter ou à regarder ce qui se passait autour de moi. Madeleine disait que j'avais toujours le nez en l'air.

Je passais tout mon temps à imaginer des aiguilles qui auraient cousu toutes seules.

Pendant longtemps, j'ai eu l'espoir qu'une gentille petite vieille, visible pour moi seulement, sortirait de la grande cheminée et viendrait coudre ma coiffe très vite.

Je finis par devenir insensible aux reproches. Sœur Marie-Aimée ne savait plus que faire pour m'encourager ou me punir.

Un jour, elle décida que je ferais la lecture tout haut, deux fois par jour. Ce fut une grande joie pour moi ; je trouvais que l'heure de la lecture n'arrivait jamais assez vite, et je fermais toujours le livre avec regret.

APRÈS LA LECTURE, sœur Marie-Aimée faisait chanter Colette, l'infirme.

Elle chantait toujours les mêmes chansons, mais sa voix était si belle qu'on ne se lassait pas de l'entendre. Elle chantait simplement, sans quitter son ouvrage, en balançant seulement un peu la tête.

Bonne Justine, qui savait l'histoire de chacune, racontait que Colette avait été apportée avec les deux jambes broyées, quand elle était encore toute petite.

Maintenant, elle avait vingt ans : elle marchait péniblement avec deux cannes, et ne voulait pas se servir de béquilles, de peur d'avoir l'air d'une vieille.

Pendant les récréations, je la voyais toujours seule sur un banc. Elle s'étirait sans cesse en se renversant en arrière. Ses yeux noirs avaient la prunelle si large qu'on ne voyait presque pas le blanc.

Je me sentais attirée vers elle ; j'aurais voulu être son amie. Elle paraissait très fière et, quand je lui rendais un petit service, elle avait une façon de me dire :

« Merci, petite », qui me renvoyait tout de suite à mes douze ans.

Madeleine prit un air mystérieux pour me dire qu'il était bien défendu de parler seule avec Colette ; et quand je voulus savoir pourquoi, elle s'embrouilla dans une histoire longue et compliquée qui ne m'apprit rien du tout.

Je m'adressai à Bonne Justine, qui fit les mêmes simagrées pour me dire qu'on disait beaucoup de mal de Colette, et qu'une petite fille comme moi ne devait pas s'approcher d'elle.

Je ne pus jamais parvenir à comprendre pourquoi. À force de la regarder, je m'aperçus que chaque fois qu'une grande lui donnait le bras pour la promener un peu, il en venait tout de suite trois ou quatre qui causaient et riaient avec elle.

Je pensai qu'elle n'avait pas d'amie. Une grande pitié s'ajouta au sentiment qui m'attirait vers elle et, un jour que les grandes la délaissaient, je lui offris mon bras pour faire le tour de la pelouse.

J'étais debout, devant elle, un peu intimidée. Je sentais qu'elle ne refuserait pas.

Elle me fixa, puis elle dit :

« Tu sais que c'est défendu ? »

Je fis signe que oui.

Elle eut un mouvement de la tête pour me fixer davantage.

« Et tu n'as pas peur d'être punie ? »

Je fis signe que non.

J'avais une grande envie de pleurer qui me serrait la gorge. Je l'aidai à se lever. Elle s'appuyait d'une main sur une canne et, malgré cela, elle pesait sur moi de tout son poids.

Je compris combien la marche lui était pénible ; elle ne me dit pas un mot pendant la promenade, et, quand je l'eus ramenée à son banc, elle dit en me regardant :

« Merci, Marie-Claire. »

En me voyant avec Colette, Bonne Justine avait levé les bras au ciel, et fait le signe de la croix.

À l'autre bout de la pelouse, Madeleine braillait en me montrant le poing.

LE SOIR, JE VIS BIEN que sœur Marie-Aimée savait ce que j'avais fait, mais elle ne m'en fit aucun reproche.

Pendant la récréation suivante, elle m'attira sur son petit banc, elle prit ma tête dans ses deux mains, et se pencha sur moi. Elle ne me disait rien, mais ses yeux plongeaient dans tout mon visage : il me semblait que j'étais enveloppée dans ses yeux. J'en ressentais comme une chaleur, et j'y étais à mon aise. Elle m'embrassa longuement au front, puis elle me sourit et dit :

« Va, tu es mon beau lis blanc. »

Je la trouvai si belle avec ses yeux qui avaient des rayons de plusieurs couleurs que je lui dis :

« Vous aussi, ma mère, vous êtes une belle fleur. »

Elle prit un ton dégagé pour me dire :

« Oui, mais je ne compte plus dans les lis. »

Puis elle me demanda brusquement :

« Tu n'aimes donc plus Ismérie ?

– Si, ma mère.
– Ah ! eh bien ! et Colette ?
– Je l'aime bien aussi. »
Elle me repoussa :
« Oh ! toi, tu aimes tout le monde ! »

PRESQUE CHAQUE JOUR, j'offrais mon bras à Colette. Elle me parlait seulement pour faire quelques remarques sur l'une ou l'autre.

Quand je m'asseyais près d'elle, elle me regardait curieusement : elle trouvait que j'avais une drôle de figure.

Un jour, elle me demanda si je la trouvais jolie. Aussitôt, je me rappelai que sœur Marie-Aimée disait qu'elle était noire comme une taupe.

Je vis pourtant qu'elle avait un grand front, de grands yeux, et le reste du visage tout mince. En la regardant, je ne sais pourquoi je pensais à un puits profond et noir qui aurait été plein d'eau chaude.

Non, je ne la trouvais pas jolie ! Mais je n'osai pas le lui dire, parce qu'elle était infirme, et je répondis qu'elle serait bien plus jolie si elle avait la peau blanche.

Petit à petit, je devenais son amie.

Elle me confia qu'elle espérait s'en aller pour se marier, comme la grande Nina, qui venait nous voir le dimanche, avec son enfant.

Elle me tapait sur le bras en me disant :

« Vois-tu, moi, il faut que je me marie. »

Elle s'étirait longuement, en tendant tout son corps en avant.

Il y avait des jours où elle pleurait avec un chagrin si profond que je ne trouvais rien à lui dire.

Elle regardait ses jambes toutes tortillées, et c'était comme un gémissement quand elle disait :

« Il faudrait un miracle pour que je puisse sortir d'ici. »

Il me vint tout d'un coup l'idée que la Vierge pourrait faire le miracle.

Colette trouva la chose toute simple.

Elle était tout étonnée de n'y avoir pas encore songé : il était si juste qu'elle eût des jambes comme les autres !

Elle voulut s'en occuper tout de suite.

Elle m'expliqua qu'il fallait être plusieurs jeunes filles pour faire la neuvaine ; que nous irions nous purifier par la communion ; et que pendant neuf jours nous ne cesserions pas de prier afin d'obtenir la grâce.

Il fallait que cela fût dans le plus grand secret.

Il fut convenu que ma camarade Sophie serait des nôtres, à cause de sa grande piété. Colette se chargeait d'en parler à quelques grandes qui avaient bon cœur.

Deux jours après, tout fut réglé.

Colette devait jeûner et faire pénitence pendant les neuf jours. Le dixième, qui serait un dimanche, elle irait communier comme d'habitude, en se servant de sa canne, et du bras de l'une de nous ; puis, l'hostie dans son cœur, elle ferait le vœu d'élever ses enfants dans l'amour de la Vierge ; après cela, elle se lèverait toute droite et entonnerait de sa voix magnifique le *Te Deum,* que nous reprendrions en chœur.

Pendant les neuf jours, je priai avec une ferveur que je n'avais jamais connue. Les prières ordinaires me semblaient fades. Je récitais les litanies de la Vierge ; je cherchais les plus belles louanges, et les répétais sans me lasser !

« Étoile du matin, guérissez Colette. »

La première fois, je restai si longtemps à genoux que sœur Marie-Aimée vint me gronder.

Personne ne remarqua les petits signes que nous échangions, et la neuvaine se termina dans le plus grand secret.

COLETTE ÉTAIT BIEN PÂLE, quand elle vint à la messe : ses joues étaient encore plus minces ; elle se tenait les yeux baissés, et ses paupières étaient toutes violettes.

Je pensai que c'était la fin de son martyre, et une joie profonde me soulevait.

Tout près de moi, une Vierge vêtue d'une grande robe blanche souriait en me regardant, et dans un élan de toute ma foi, ma pensée lui cria :

« Miroir de Justice, guérissez Colette ! »

Et, les tempes serrées par la volonté de ne pas distraire ma pensée, je répétais :

« Miroir de Justice, guérissez Colette ! »

Maintenant, Colette s'en allait communier. Sa canne faisait un petit bruit sec sur les dalles.

Quand elle se fut agenouillée, celle qui l'avait accompagnée revint avec la canne, tant elle était sûre qu'elle serait inutile.

Ce fut lamentable.

Colette essaya de se mettre debout, et retomba sur les genoux. Sa main tâtonna pour prendre sa canne, et, ne la trouvant pas, elle fit un nouveau mouvement pour se lever.

Elle se cramponna à la sainte table, et s'accrocha au bras d'une sœur qui communiait près d'elle ; puis ses épaules balancèrent, et elle s'écroula en entraînant la sœur.

Deux des nôtres se précipitèrent, et traînèrent la pauvre Colette jusqu'à son banc.

Pourtant, j'espérais encore, et, jusqu'à la fin de la messe, j'attendis le *Te Deum.*

Aussitôt que cela me fut possible, je rejoignis Colette.

Elle était entourée des grandes, qui essayaient de la consoler en lui conseillant de se donner à Dieu pour toujours. Elle pleurait doucement, sans secousses, la tête un peu penchée, et ses larmes tombaient sur ses mains, qu'elle tenait croisées l'une sur l'autre.

Je m'agenouillai devant elle, et, quand elle me regarda, je lui dis :

« Peut-être qu'on peut se marier malgré qu'on est infirme. »

L'histoire de Colette fut bientôt connue de toute la maison ; il y eut une tristesse générale qui empêcha les jeux d'être bruyants. Ismérie croyait m'apprendre une grande nouvelle en me racontant la chose.

Ma camarade Sophie me dit qu'il fallait se soumettre aux volontés de la Vierge, parce qu'elle savait mieux que nous ce qui convenait au bonheur de Colette.

J'AURAIS BIEN VOULU SAVOIR si sœur Marie-Aimée avait été avertie. Je ne la vis que dans l'après-midi, à l'heure de la promenade. Elle n'avait pas l'air triste ; on aurait plutôt dit qu'elle était contente ; jamais elle ne m'avait paru aussi jolie. Tout son visage resplendissait.

Pendant la promenade, je remarquai qu'elle marchait comme si quelque chose l'eût soulevée. Je ne me rappelais pas l'avoir jamais vue marcher comme cela. Son voile s'envolait un peu aux épaules, et sa guimpe ne cachait pas complètement son cou.

Elle ne faisait aucune attention à nous, elle ne regardait rien, et on eût dit qu'elle voyait quelque chose. Par instants, elle souriait, comme si quelqu'un lui eût parlé intérieurement.

Le soir, après dîner, je la retrouvai assise sur un vieux banc qui touchait à un gros tilleul. M. le curé était assis près d'elle, le dos appuyé contre l'arbre.

Ils avaient l'air grave.

Je croyais qu'ils parlaient de Colette, et je m'arrêtai à quelques pas d'eux.

Sœur Marie-Aimée disait, comme si elle répondait à une question :

« Oui, à quinze ans. »

M. le curé dit :

« À quinze ans, on n'a pas la vocation. »

Je n'entendis pas ce que répondit sœur Marie-Aimée, mais M. le curé reprit :

« À quinze ans, on a toutes les vocations : il suffit d'un geste affectueux ou indifférent, pour vous éloigner ou vous encourager dans une voie. »

Il fit une pause, et dit plus bas :

« Vos parents ont été bien coupables. »

Sœur Marie-Aimée répondit :

« Je ne regrette rien. »

Ils restèrent longtemps sans parler ; puis sœur Marie-Aimée leva le doigt comme pour une recommandation et dit :

« En tout lieu, malgré tout, et toujours. »

M. le curé étendit un peu la main en riant, et il dit aussi :

« En tout lieu, malgré tout, et toujours. »

La cloche du coucher sonna tout à coup, et M. le curé disparut dans les allées de tilleuls.

Pendant longtemps, je me répétai les mots que j'avais entendus ; mais jamais je ne pus les associer à l'histoire de Colette.

COLETTE NE COMPTAIT PLUS sur un miracle pour s'en aller ; et pourtant, elle ne pouvait se résigner à rester dans cette maison.

Quand elle vit partir une à une toutes celles qui avaient son âge, elle commença de se révolter. Elle ne voulut plus aller à confesse, ni communier ; elle allait à la messe, parce qu'elle chantait et aimait la musique.

Je restais souvent près d'elle pour la consoler.

Elle m'expliquait que le mariage, c'était l'amour.

SŒUR MARIE-AIMÉE, qui était souffrante depuis quelque temps, tomba tout à fait malade. Madeleine la soignait avec dévouement et nous dirigeait à tort et à travers. Elle s'acharnait particulièrement sur moi ; et quand elle me voyait lasse de coudre, elle disait en essayant de prendre un air hautain :

« Puisque mademoiselle n'aime pas la couture, elle n'a qu'à prendre le balai. »

Elle s'avisa un dimanche de me faire nettoyer les escaliers, pendant l'heure de la messe. Nous étions en janvier ; un froid humide, venant des couloirs, montait les marches et pénétrait sous ma robe.

Je balayais de toutes mes forces, pour me réchauffer.

Les sons de l'harmonium venaient de la chapelle jusqu'à moi ; par instants je reconnaissais les notes aigres et perçantes de Madeleine, et les éclats saccadés de M. le curé.

Je suivais la messe d'après les chants. La voix de Colette monta tout à coup ; elle était forte et pure ; elle s'élargit, couvrit les sons de l'harmonium, domina tout, puis elle s'envola par-dessus les tilleuls, par-dessus les maisons, plus haut que le clocher.

J'en ressentis un grand frisson, et quand la voix redescendit un peu tremblante, quand elle fut rentrée dans l'église et étouffée par les sons de l'harmonium, je me mis à pleurer avec des hoquets, comme une toute petite fille. Puis la voix pointue de Madeleine perça de nouveau, et je balayai à grands coups, comme si mon balai devait effacer cette voix qui m'était si désagréable.

Ce jour-là, sœur Marie-Aimée me fit appeler près d'elle. Il y avait bien deux mois qu'elle n'était pas sortie de sa chambre. Elle commençait d'aller mieux, mais je remarquai que ses yeux ne brillaient plus du tout. Ils me faisaient penser à un arc-en-ciel presque fondu.

Elle me fit raconter les petites histoires drôles qui s'étaient passées ; elle voulait sourire en m'écoutant, mais sa bouche ne se relevait que d'un seul côté. Elle me demanda aussi si je l'avais entendue crier.

Oh ! oui, je l'avais entendue ; c'était pendant sa maladie. Elle avait poussé des cris si épouvantables, au milieu de la nuit, que tout le dortoir en avait été réveillé. Madeleine allait et venait. On l'entendait remuer de l'eau ; et comme je lui demandais ce qu'avait sœur Marie-Aimée, elle m'avait répondu tout en courant :

« Des douleurs. »

J'avais aussitôt pensé que Bonne Justine avait aussi des douleurs ; mais jamais elle n'avait crié comme cela, et j'imaginais les jambes de sœur Marie-Aimée trois fois plus enflées que celles de Bonne Justine.

Les cris étaient devenus de plus en plus forts. Il y en avait eu un si terrible qu'il semblait lui sortir des entrailles. Ensuite on avait entendu quelques plaintes. Puis, plus rien.

Au bout d'un moment, Madeleine était venue parler à Marie Renaud. Aussitôt Marie Renaud avait mis sa robe, et je l'avais entendue descendre.

Un instant après, elle était revenue avec M. le curé. Il était entré précipitamment dans la chambre de sœur Marie-Aimée et Madeleine avait vite refermé la porte sur lui.

Il n'était pas resté longtemps ; mais il s'en était retourné bien moins vite qu'il n'était venu. Il marchait en baissant la tête, et sa main droite ramenait un pan de son manteau sur son bras gauche, comme s'il voulait préserver une chose précieuse.

Je pensai qu'il remportait les Saintes Huiles, et je n'osai pas lui demander si sœur Marie-Aimée était morte.

Je n'avais pas oublié non plus le coup de poing que j'avais reçu de Madeleine, lorsque je m'étais accrochée à sa jupe. Elle m'avait renversée, en disant très bas et très vite :

« Elle va mieux. »

Le jour où sœur Marie-Aimée fut guérie, Madeleine perdit son arrogance, et tout rentra dans l'ordre.

J'AVAIS TOUJOURS LA MÊME répugnance pour la couture, et sœur Marie-Aimée commençait à s'en inquiéter. Elle en parla devant moi à la sœur de M. le curé. C'était une vieille demoiselle qui avait une longue figure et de grands yeux fanés. Elle s'appelait Mlle Maximilienne.

Sœur Marie-Aimée disait combien elle était inquiète de mon avenir ; elle trouvait que j'apprenais les choses avec une grande facilité, mais qu'aucun travail de couture ne m'intéressait.

Elle avait remarqué depuis longtemps que j'aimais l'étude. Alors, elle s'était informée s'il ne me restait pas quelques parents éloignés, qui auraient pu se charger de moi ; mais il ne me restait qu'une vieille parente, qui avait déjà adopté ma sœur, et refusait de s'occuper de moi.

Mlle Maximilienne offrit de me prendre dans son magasin de modes. M. le curé trouva que c'était une très bonne idée ; il ajouta qu'il se ferait même un plaisir de venir deux fois par semaine afin de m'instruire un peu. Sœur Marie-Aimée paraissait vraiment heureuse ; elle ne savait comment exprimer sa reconnaissance.

Il fut convenu que j'entrerais chez Mlle Maximilienne aussitôt que M. le curé serait de retour d'un voyage qu'il devait faire à Rome. Sœur Marie-Aimée allait s'occuper de mon trousseau, et Mlle Maximilienne irait trouver la supérieure pour obtenir la permission.

L'idée que la supérieure allait s'occuper de moi me causa un véritable malaise. Je ne pouvais m'empêcher de penser au mauvais regard qu'elle lançait de notre côté, quand elle passait près du vieux banc où venait s'asseoir M. le curé.

Aussi j'attendais avec impatience la réponse qu'elle donnerait à Mlle Maximilienne.

M. le curé était parti depuis une semaine, et sœur Marie-Aimée m'entretenait chaque jour de mon nouvel emploi. Elle me disait combien elle serait contente de me voir le dimanche. Elle me faisait mille recommandations, et me donnait toutes sortes de conseils au sujet de ma santé.

UN MATIN, la supérieure me fit demander.

En entrant chez elle, je vis qu'elle était assise dans un grand fauteuil rouge. Des histoires de revenants que j'avais entendu raconter sur elle me revinrent à la mémoire ; et à la voir, toute noire au milieu de tout ce rouge, je la comparai à un monstrueux pavot qui aurait poussé dans un souterrain.

Elle abaissa et releva plusieurs fois les paupières. Elle avait un sourire qui ressemblait à une insulte. Je sentis que je rougissais très fort et malgré cela je ne détournai pas les yeux.

Elle eut un petit ricanement, et dit :

« Vous savez pourquoi je vous ai fait appeler ? »

Je répondis que je pensais que c'était pour me parler de Mlle Maximilienne.

Elle ricana encore.

« Ah ! oui, Mlle Maximilienne ; eh bien ! détrompez-vous. Nous avons décidé de vous placer dans une ferme de la Sologne. »

Elle ferma ses yeux à demi pour me dire :

« Vous serez bergère, mademoiselle ! »

Elle ajouta, en appuyant sur les mots :

« Vous garderez les moutons. »

Je dis simplement :

« Bien, ma mère. »

Elle remonta des profondeurs de son fauteuil, et demanda :

« Vous savez ce que c'est que garder les moutons ? »

Je répondis que j'avais vu des bergères dans les champs.

Elle avança vers moi sa figure jaune, et reprit :

« Il vous faudra nettoyer les étables. Cela sent très mauvais ; et les bergères sont des filles malpropres. Puis vous aiderez aux travaux de la ferme, on vous apprendra à traire les vaches, et à soigner les porcs. »

Elle parlait très fort, comme si elle craignait de n'être pas comprise.

Je répondis comme tout à l'heure :

« Bien, ma mère. »

Elle se haussa sur les bras de son fauteuil ; et, en me fixant de ses yeux luisants, elle dit encore :

« Vous n'êtes donc pas fière ? »

Je souris d'un air indifférent.

« Non, ma mère. »

Elle parut profondément étonnée ; mais, comme je continuais de sourire avec indifférence, sa voix devint moins dure pour me dire :

« Vraiment, mon enfant ? J'avais toujours cru que vous étiez orgueilleuse. »

Elle se renfonça dans son fauteuil, cacha ses yeux sous ses paupières, et se mit à parler d'une voix monotone, comme quand elle récitait les prières. Elle disait qu'on devait obéir à ses maîtres, ne jamais manquer à ses devoirs de religion, et que la fermière viendrait me chercher la veille du jour de la Saint-Jean.

Je sortis de chez elle avec des sentiments que je n'aurais pu exprimer. Mais ce qui dominait en moi, c'était la crainte de faire de la peine à sœur Marie-Aimée. Comment lui dire cela ?

Je n'eus guère le temps de la réflexion. Elle m'attendait à l'entrée de notre couloir ; elle me saisit aux épaules et, en baissant son visage vers le mien, elle dit :

« Eh bien ? »

Elle avait un regard inquiet qui commandait la réponse. Je dis tout de suite :

« Elle ne veut pas, et je serai bergère. »

Elle ne comprit pas. Elle fronça les sourcils.

« Comment cela, bergère ? »

Je repris très vite :

« Elle m'a trouvé une place dans une ferme, et puis je trairai les vaches et je soignerai les porcs. »

Sœur Marie-Aimée me repoussa si violemment que je me cognai au mur.

Elle s'élança vers la porte ; je crus qu'elle courait chez la supérieure, mais elle ne fit que quelques pas dehors ; elle rentra, et se mit à marcher à grands pas dans le couloir. Elle serrait les poings et frappait du pied ; elle tournait sur elle-même et respirait fortement. Puis elle s'adossa contre le mur, laissa tomber ses bras comme si elle était accablée, et, d'une voix qui semblait venir de loin, elle dit :

« Elle se venge, ah ! oui, elle se venge ! »

Elle revint vers moi, me prit affectueusement les mains et demanda :

« Tu ne lui as donc pas dit que tu ne voulais pas ? Tu ne l'as donc pas suppliée de te laisser aller chez Mlle Maximilienne ? »

Je secouai la tête pour dire non ; et je répétai tout à la file et avec les mêmes mots tout ce que m'avait dit la supérieure.

Elle m'écouta sans m'interrompre. Puis elle me recommanda le silence auprès de mes compagnes. Elle pensait que cela s'arrangerait aussitôt que M. le curé serait de retour.

LE DIMANCHE SUIVANT, comme nous prenions nos rangs pour la messe, Madeleine entra comme une folle dans la salle ; elle leva les bras en criant :

« M. le curé est mort. »

Et elle s'abattit en travers de la table qui était auprès d'elle.

Tous les bruits s'arrêtèrent, on courut à Madeleine qui poussait des cris aigus. On voulait tout savoir. Mais elle se berçait sur la table en disant d'une voix désolée :

« Il est mort, il est mort. »

Je ne pensais à rien ; je ne savais pas si j'avais de la peine, et, pendant tout le temps de la messe, la voix de Madeleine sonna comme une cloche à mes oreilles.

Il ne fut pas question de promenade ce jour-là ; les plus petites même restèrent silencieuses. Je me mis à la recherche de sœur Marie-Aimée. Elle n'avait pas assisté aux offices, et je savais par Marie Renaud qu'elle n'était pas malade.

Je la trouvai dans le réfectoire. Elle était assise sur son estrade, sa tête était appuyée de côté sur la table, et ses bras pendaient le long de sa chaise.

J'allai m'asseoir assez loin d'elle ; et d'entendre sa plainte si profonde, je me mis à sangloter aussi, en cachant ma figure dans mes mains. Mais cela ne dura pas longtemps, et je sentis bien que je n'avais pas de chagrin. Je fis même des efforts pour pleurer, mais il me fut impossible de continuer à verser une seule larme. J'avais un peu honte de moi parce que je croyais qu'on devait pleurer quand quelqu'un mourait ; et je n'osais pas découvrir mon visage dans la crainte que sœur Marie-Aimée crût que j'avais mauvais cœur.

Maintenant, je l'écoutais pleurer. Ses longues plaintes me rappelaient le vent d'hiver dans la grande cheminée. Cela montait et descendait comme si elle eût voulu composer une sorte de chant ; puis cela se heurtait, se cassait, et finissait en notes basses et tremblées.

Un peu avant l'heure du dîner, Madeleine entra dans le réfectoire. Elle emmena sœur Marie-Aimée en la soutenant avec précaution.

Dans la soirée, elle nous raconta que M. le curé était mort à Rome, et qu'on allait le ramener pour le mettre dans son caveau de famille.

Le lendemain, sœur Marie-Aimée s'occupa de nous comme d'habitude. Elle ne pleurait plus, mais elle ne souffrait pas qu'on lui parlât ; elle marchait en regardant la terre et paraissait m'avoir oubliée.

Cependant, je n'avais plus qu'un jour à rester ici. D'après ce que m'avait dit la supérieure, la fermière viendrait me chercher demain, puisque c'était après-demain le jour de la Saint-Jean.

Le soir, à la fin de la prière, lorsque sœur Marie-Aimée eut dit : « Seigneur, prenez en pitié les exilés, et secourez les prisonniers », elle ajouta à voix très haute :

« Nous allons dire une prière pour une de vos compagnes qui s'en va dans le monde. »

Je compris tout de suite qu'il s'agissait de moi, et je me trouvai aussi à plaindre que les exilés et les prisonniers.

Il me fut impossible de m'endormir ce soir-là. Je savais que je partirais demain ; mais je ne savais pas ce que c'était que la Sologne. J'imaginais un pays très éloigné où il n'y avait que des plaines toutes fleuries. Je me voyais la gardienne d'un troupeau de beaux moutons blancs, et j'avais deux chiens à mes côtés qui n'attendaient qu'un signe pour faire ranger les bêtes. Je n'aurais pas osé le dire à sœur Marie-Aimée, mais, en ce moment, je préférais être bergère plutôt que demoiselle de magasin.

Ismérie, qui ronflait très fort à côté de moi, ramena ma pensée vers mes compagnes.

La nuit était si claire que je voyais distinctement tous les lits. Je les suivais un à un, et je m'arrêtais un peu près de celles que j'aimais. Presque en face de moi je voyais les magnifiques cheveux de ma camarade Sophie : ils s'éparpillaient sur l'oreiller, et faisaient davantage de clarté sur son lit. Un peu plus loin, c'étaient les lits de Chemineau l'Orgueilleuse et de sa sœur jumelle, Chemineau la Bête. Chemineau l'Orgueilleuse avait un grand front blanc et lisse, et de grands yeux doux. Elle ne se défendait jamais quand on l'accusait d'une faute ; elle haussait les épaules et regardait autour d'elle avec mépris.

Sœur Marie-Aimée disait que sa conscience était aussi blanche que son front.

Chemineau la Bête était de moitié plus haute que sa sœur ; ses cheveux rudes rejoignaient presque ses sourcils ; elle était carrée des épaules et large des hanches ; nous l'appelions le chien de garde de sa sœur.

Et tout là-bas, à l'autre bout du dortoir, il y avait Colette.

Elle croyait toujours que j'allais chez Mlle Maximilienne. Elle était persuadée que je me marierais très jeune, et elle m'avait fait promettre de venir la chercher aussitôt que je serais mariée.

Ma pensée tourna longtemps autour d'elle. Puis je regardai vers la fenêtre : les ombres des tilleuls s'allongeaient de mon côté. J'imaginais qu'ils venaient me dire adieu, et je leur souriais.

De l'autre côté des tilleuls, j'apercevais l'infirmerie ; elle paraissait se reculer, et ses petites fenêtres me faisaient penser à des yeux malades.

Là aussi, je m'arrêtais à cause de la sœur Agathe. Elle était si gaie et si bonne que les petites filles riaient toujours quand elle les grondait.

C'était elle qui faisait les pansements.

Quand on venait la trouver pour un bobo au doigt, elle nous recevait avec des mots drôles ; et, selon qu'on était gourmande ou coquette, elle promettait un gâteau ou un ruban qu'elle désignait d'un vague signe de tête ; et, pendant que le regard cherchait le gâteau ou le ruban, le bobo se trouvait percé, lavé, et pansé.

Je me souvenais d'une engelure que j'avais eue au pied, et qui ne voulait pas se guérir. Un matin, sœur Agathe m'avait dit d'un air grave :

« Écoute, je vais t'y mettre quelque chose de divin, et si ton pied n'est pas guéri dans trois jours, on sera obligé de te le couper. »

Et, pendant trois jours, j'avais évité de marcher pour ne pas déranger cette chose divine qui était sur mon pied. Je pensais à un bout de la vraie croix ou à un morceau du voile de la Vierge.

Le troisième jour, mon pied était complètement guéri, et quand je demandai le nom de ce remède merveilleux, sœur Agathe me répondit avec un rire malicieux :

« Bête, c'était de l'onguent Arthur Divain. »

LA NUIT ÉTAIT TRÈS AVANCÉE quand je m'endormis, et dès le matin j'attendis la fermière. J'aurais voulu qu'elle vînt, et j'avais peur de la voir venir.

Sœur Marie-Aimée relevait brusquement la tête chaque fois que quelqu'un ouvrait la porte.

Comme nous finissions de dîner, la portière vint demander si j'étais prête à partir.

Sœur Marie-Aimée la renvoya en disant que je serais prête dans un instant.

Elle se leva en me faisant signe de la suivre. Elle m'aida à m'habiller, me remit un petit paquet de linge, et dit tout à coup :

« C'est demain qu'on le ramène, et tu ne seras plus là. »

Elle reprit en me regardant dans les yeux :

« Jure-moi que tu diras tous les soirs un *De profundis* pour lui. »

Je jurai.

Alors elle me serra avec violence sur sa poitrine, et elle se sauva vers sa chambre.

Puis j'entendis qu'elle disait :

« Oh ! c'est trop, mon Dieu, c'est trop ! »

Je traversai la cour toute seule, et la fermière, qui m'attendait, m'emmena aussitôt.

Deuxième partie

JE ME TROUVAI BIENTÔT INSTALLÉE au milieu de paniers vides dans une voiture couverte d'une bâche, et quand le cheval s'arrêta de lui-même dans la cour de la ferme, il y avait déjà longtemps qu'il faisait nuit.

Le fermier sortit de la maison avec une lanterne qu'il balançait au bout de son bras et qui n'éclairait que ses sabots ; il s'approcha de nous et m'aida à descendre de la voiture, puis il haussa sa lanterne jusqu'à ma figure et il dit en se reculant :

« Quelle drôle de petite servante ! »

La fermière me conduisit dans une chambre où il y avait deux lits. Elle me montra le mien et me dit que le lendemain je resterais seule avec le vacher, parce que tout le monde irait à la fête de la Saint-Jean.

Dès que je fus levée, le lendemain, le vacher m'emmena dans les étables, pour l'aider à donner le fourrage aux bêtes ; il me montra la bergerie et m'apprit que je serais bergère d'agneaux à la place de la vieille Bibiche. Il m'expliqua que chaque année on séparait les agneaux d'avec leur mère et qu'il fallait une deuxième bergère pour les garder. Il m'apprit aussi que la ferme s'appelait Villevieille, et que personne n'était malheureux ici parce que maître Sylvain et Pauline, sa femme, étaient de braves gens.

Quand toutes les bêtes furent soignées, le vacher me fit asseoir près de lui dans l'allée des châtaigniers. De là on voyait le tournant du chemin qui montait vers la route et tout l'intérieur de la ferme. Les bâtiments formaient un carré, et l'énorme fumier qui était au milieu dégageait une odeur chaude qui dominait l'odeur des foins à moitié séchés.

Un grand silence s'étendait autour de la ferme, et de tous côtés on ne voyait que des sapins et des champs de blé. Il me semblait que je venais d'être transportée dans un pays perdu, et que je resterais toujours seule avec le vacher et les bêtes que j'entendais remuer dans les étables. Il faisait très chaud, j'étais comme engourdie par une lourde envie de dormir ; mais la peur de tout ce qui m'entourait m'empêchait de céder au sommeil. Des mouches de toutes couleurs tournaient autour de moi en ronflant. Le vacher tressait une corbeille de jonc, et les chiens dormaient tranquillement.

Au coucher du soleil, la voiture qui ramenait les fermiers parut au détour du chemin. Il y avait cinq personnes dans la voiture, deux hommes et trois femmes. En passant devant moi, la fermière me sourit et les autres se penchèrent pour me voir. Peu après la ferme s'emplit de bruit et, comme il était trop tard pour faire la soupe, tout le monde dîna d'un morceau de pain et d'un bol de lait.

DÈS LE LENDEMAIN, la fermière me remit un manteau de grosse toile, et je suivis la vieille Bibiche pour apprendre à garder les agneaux.

La vieille Bibiche et sa chienne Castille avaient une si grande ressemblance que je pensais toujours qu'elles étaient de la même famille. Elles paraissaient du même âge, et leurs yeux troubles étaient de la même couleur. Quand les agneaux s'écartaient du chemin, Bibiche disait : « Jappe, Castille, jappe. » Elle répétait cela très vite, comme un seul mot, et même quand Castille ne jappait pas, les agneaux se rangeaient, tant la voix de la vieille ressemblait à celle de sa chienne.

Lorsqu'on commença la moisson, il me sembla que j'assistais à une chose pleine de mystère. Des hommes s'approchaient du blé et le couchaient par terre à grands coups réguliers pendant que d'autres le relevaient en gerbes qui s'appuyaient les unes contre les autres… Les cris des moissonneurs semblaient parfois venir d'en haut, et je ne pouvais m'empêcher de lever la tête pour voir passer les chars de blé dans les airs.

Le repas du soir réunissait tout le monde. Chacun se plaçait à sa guise le long de la table, et la fermière remplissait les assiettes jusqu'au bord. Les jeunes mordaient à pleines dents dans leur pain, tandis que les vieux coupaient précieusement chaque bouchée. Tous mangeaient en silence, et le pain bis paraissait plus blanc dans leurs mains noires.

À la fin du repas, les plus âgés parlaient des récoltes avec le fermier, pendant que les jeunes causaient et riaient avec Martine la grande bergère. C'était elle qui donnait le pain et versait le vin. Elle répondait en riant à toutes les plaisanteries, mais quand un garçon avançait la main vers elle, elle s'effaçait vivement et ne se laissait jamais saisir. Personne ne faisait attention à moi ; je m'asseyais sur des bûches un peu à l'écart, et je regardais les visages. Maître Sylvain avait de grands yeux noirs qui s'arrêtaient tranquillement sur chacun ; il parlait sans élever la voix, en appuyant ses mains ouvertes sur la table. La fermière avait un visage sérieux et préoccupé ; on eût dit qu'elle redoutait toujours un malheur, et c'est à peine si elle souriait quand les autres riaient aux éclats

La vieille Bibiche croyait toujours que je m'endormais. Elle venait me tirer par la manche pour m'emmener coucher. Son lit était à côté du mien ; elle chuchotait sa prière en se déshabillant, et elle soufflait la lampe sans s'occuper de moi.

AUSSITÔT APRÈS LA MOISSON, elle me laissa aller seule au champ avec sa chienne. Castille s'ennuyait avec moi ; elle me quittait à chaque instant pour retourner à la ferme près de sa vieille maîtresse.

J'avais beaucoup de peine à rassembler mes agneaux, qui couraient de tous côtés. Je me comparais à sœur Marie-Aimée quand elle disait que son petit troupeau était difficile à gouverner ; et cependant elle nous rassemblait d'un coup de cloche, ou elle obtenait le silence en grossissant un peu la voix ; mais moi, j'avais beau grossir ma voix ou faire claquer mon fouet, les agneaux ne comprenaient pas, et j'étais obligée de courir comme un chien autour du troupeau.

Un soir, il se trouva qu'il m'en manquait deux. Chaque soir, je me mettais en travers de la porte pour n'en laisser entrer qu'un à la fois ; ainsi je les comptais facilement.

J'entrai dans la bergerie et j'essayai de les compter encore ; ce n'était pas facile et je dus y renoncer, car j'en trouvais toujours plus qu'il n'en fallait.

Je me persuadai que j'avais mal compté la première fois, et je n'en dis rien à personne. Le lendemain, je les comptai en les faisant sortir de la bergerie : il en manquait bien deux.

J'étais très inquiète ; toute la journée, je les cherchai dans les champs, et le soir, après m'être assurée qu'ils manquaient toujours, j'en avertis la fermière. On fit des recherches pendant plusieurs jours, mais les agneaux restèrent introuvables. Alors les fermiers me prirent à part l'un après l'autre. Ils voulaient me faire avouer que des hommes étaient venus prendre les agneaux, et ils m'assuraient que je ne serais pas grondée si je disais la vérité. J'avais beau affirmer que je ne savais pas ce qu'ils étaient devenus, je voyais bien qu'on ne me croyait pas.

Maintenant, j'avais peur dans les champs, depuis que je savais que des hommes pouvaient se cacher pour prendre les moutons ; je croyais toujours voir remuer quelqu'un derrière les buissons.

J'appris très vite à les compter des yeux ; et qu'ils fussent dispersés ou rapprochés les uns des autres, en une minute je savais si le compte y était.

L'AUTOMNE ARRIVA et je m'ennuyais davantage. Je regrettais les caresses de sœur Marie-Aimée. J'avais une si grande envie de la voir qu'il m'arrivait de fermer les yeux en imaginant qu'elle venait dans le sentier ; j'entendais réellement ses pas et le bruissement de sa robe sur l'herbe ; lorsque je la sentais tout près de moi, j'ouvrais les yeux et aussitôt tout s'effaçait.

Pendant longtemps j'eus l'idée de lui écrire, mais je n'osais pas demander ce qu'il fallait pour cela. La fermière ne savait pas écrire, et personne ne recevait de lettre à la ferme.

Je m'enhardis jusqu'à demander à maître Sylvain s'il voulait bien m'emmener un jour à la ville. Il ne répondit pas tout de suite ; il fixa sur moi ses grands yeux tranquilles, et il dit qu'une bergère ne devait jamais quitter son troupeau. Il voulait bien me conduire de temps en temps à la messe du village, mais il ne fallait pas compter qu'il m'emmènerait à la ville.

J'en restai tout étourdie. C'était comme si j'avais appris un grand malheur et, chaque fois que j'y pensais, je voyais sœur Marie-Aimée comme une chose très précieuse que le fermier aurait brisée par mégarde.

Le samedi d'après, je vis partir les fermiers dès le matin comme d'habitude ; mais, au lieu de rester jusqu'au soir, ils étaient de retour dans l'après-midi avec un marchand qui venait acheter une partie des agneaux.

Je n'avais jamais pensé qu'on pût aller à la ville en si peu de temps ; l'idée me vint de laisser un jour mes moutons dans le pré pour courir embrasser sœur Marie-Aimée. Je trouvai bientôt que cela n'était pas possible, et je décidai de m'en aller pendant la nuit. J'espérais que je ne mettrais pas beaucoup plus de temps que le cheval du fermier, et qu'en partant au milieu de la nuit, je pourrais être de retour pour mener les agneaux aux champs.

Je me couchai tout habillée ce soir-là, et quand la grosse horloge sonna minuit, je sortis tout doucement avec mes souliers à la main. Je laçai mes souliers à tâtons en m'appuyant contre une charrue, et je m'éloignai très vite dans l'obscurité.

Aussitôt que j'eus dépassé les bâtiments de la ferme, je m'aperçus que la nuit n'était pas très noire. Le vent soufflait furieusement et de gros nuages roulaient sous la lune. La route était loin, et pour y arriver il fallait passer sur un pont de bois à moitié démoli ; les premières pluies avaient grossi la petite rivière, et l'eau passait par-dessus les planches.

La peur me prit, parce que l'eau et le vent faisaient un bruit que je n'avais jamais entendu. Mais je ne voulais pas avoir peur, et je traversai vivement les planches glissantes.

J'arrivai à la route plus vite que je ne pensais ; je tournai à gauche comme je l'avais vu faire au fermier quand il allait au marché de la ville. Et voilà qu'un peu plus loin la route se séparait en deux. Je ne savais plus laquelle prendre. Je m'engageai tantôt dans l'une, tantôt dans l'autre. Celle de gauche m'attirait davantage ; je la pris et je marchai très vite pour rattraper le temps perdu.

Dans le lointain, j'apercevais une masse noire qui couvrait tout le pays. Cela semblait s'avancer lentement vers moi et, pendant un instant, j'eus envie de retourner sur mes pas. Un chien qui se mit à aboyer me rendit un peu de confiance, et presque aussitôt je reconnus que la masse noire était une forêt que la route allait traverser. En y entrant, il me sembla que le vent était encore plus violent ; il soufflait par rafales, et les arbres, qui se heurtaient avec force, faisaient entendre des plaintes en se penchant très bas. J'entendais de longs sifflements, des craquements et des chutes de branches ; puis j'entendis marcher derrière moi, et je sentis qu'on me touchait à l'épaule. Je me retournai vivement, mais je ne vis personne. Pourtant j'étais sûre que quelqu'un m'avait touchée du doigt ; puis les pas continuaient comme si une personne invisible tournait autour de moi ; alors je me mis à courir avec une telle vitesse que je ne sentais plus si mes pieds touchaient la terre. Les cailloux sautaient sous mes souliers et retombaient derrière moi avec un bruit de grêle. Je n'avais qu'une idée : courir jusqu'au bout de la forêt.

J'arrivai bientôt à une grande clairière. La lune l'éclairait de tout son plein, et le vent qui faisait rage soulevait et rejetait les paquets de feuilles qui roulaient et tournaient dans tous les sens.

Je voulais m'arrêter pour respirer un peu, mais les grands arbres se balançaient avec un bruit assourdissant. Leurs ombres, qui ressemblaient à des bêtes noires, s'allongeaient brusquement sur la route, puis elles s'éloignaient en glissant pour se cacher derrière les arbres. Quelques-unes de ces ombres avaient des formes que je reconnaissais. Mais la plupart se balançaient et sautaient devant moi comme si elles voulaient m'empêcher de passer. Il y en avait de si effrayantes que je prenais mon élan pour sauter par-dessus, tant j'avais peur de les sentir sous mes pieds.

Le vent s'apaisa, et la pluie se mit à tomber à larges gouttes. La clairière finissait et, en passant devant un chemin qui entrait sous bois, il me sembla voir un mur blanc tout au bout ; je m'avançai un peu et je reconnus que c'était une petite maison étroite et haute. Sans plus réfléchir, je cognai à la porte ; je voulais demander que l'on me garde en attendant que la pluie ait cessé. Je cognai une seconde fois, et aussitôt j'entendis remuer dans la maison. Je croyais qu'on allait m'ouvrir la porte, mais ce fut la fenêtre du premier étage qui s'ouvrit. Un homme qui avait un bonnet de coton demanda :

« Qui est là ? »

Je répondis :

« Une petite fille. »

L'homme reprit d'une voix étonnée : « Une petite fille ! », puis il me demanda d'où je venais, où j'allais, et ce que je voulais.

Je n'avais pas prévu toutes ces questions, et je nommai la ferme que je venais de quitter ; mais je mentis en disant que j'allais retrouver ma mère qui était malade, et je le priai de vouloir bien me faire entrer dans sa maison pendant la pluie.

Il me dit d'attendre et je l'entendis causer avec une autre personne ; puis il revint à la fenêtre pour me demander si j'étais seule. Il voulut aussi savoir mon âge, et quand je dis que j'avais treize ans, il trouva que je n'étais pas peureuse d'avoir traversé le bois pendant la nuit.

Il resta un moment penché comme s'il espérait voir mon visage que je tenais levé vers lui ; puis il tourna la tête à droite et à gauche en cherchant à voir dans la profondeur du bois ; et il me conseilla de marcher encore un peu, en m'assurant qu'il y avait un village au bout de la forêt, et que je trouverais des maisons où je pourrais me sécher.

Je m'en retournai dans la nuit. La lune s'était tout à fait cachée et la pluie tombait maintenant très fine. Je marchai encore longtemps avant d'arriver au village. Les maisons étaient toutes fermées, et c'est à peine si on les distinguait dans l'obscurité. Il n'y avait que le forgeron qui était levé. En passant devant sa maison, je montai ses deux marches avec l'intention de me reposer chez lui. Il était occupé à mettre une grosse barre de fer dans les charbons rouges ; et quand il leva le bras pour tirer le soufflet, il me parut aussi grand qu'un géant.

À chaque coup de soufflet le charbon flambait et pétillait ; cela faisait une lueur qui éclairait les murs où pendaient des faux, des scies et des lames de toutes sortes. L'homme avait le front plissé et il regardait fixement le feu.

Je sentis que je n'oserais jamais lui parler et je m'éloignai sans faire de bruit.

Lorsqu'il fit tout à fait jour, je vis que je n'étais plus éloignée de la ville. Je reconnaissais même les endroits où sœur Marie-Aimée nous conduisait dans nos promenades. Je ne marchais plus que lentement, en traînant les pieds qui me faisaient beaucoup souffrir. J'étais si lasse que je fus obligée de me faire violence pour ne pas m'asseoir sur les tas de cailloux de la route.

Le bruit d'une voiture allant à fond de train me fit retourner la tête : aussitôt je restai immobile et le cœur battant ; j'avais reconnu la jument rouge et la barbe noire du fermier. Il arrêta sa bête tout contre moi, et, en se penchant un peu, il me saisit d'une seule main par la ceinture de ma robe. Il me déposa à côté de lui sur le siège et, après avoir tourné bride, la voiture repartit à grand train.

En rentrant dans la forêt, maître Sylvain mit la jument au pas. Il se retourna vers moi et dit en me regardant :

« C'est heureux pour toi que je t'aie rattrapée ; sans cela on t'aurait ramenée entre deux gendarmes. »

Comme je ne répondais pas, il reprit :

« Tu ne sais peut-être pas qu'il y a des gendarmes pour ramener les petites filles qui se sauvent ? »

Je répondis :

« Je veux aller voir sœur Marie-Aimée. »

Il demanda :

« Tu es donc malheureuse chez nous ? »

Je répondis encore :

« Je veux aller voir sœur Marie-Aimée. »

Il avait l'air de ne pas comprendre, et il continuait ses questions, en nommant chaque personne de la ferme pour savoir de qui j'avais à me plaindre. Et chaque fois je répondais la même chose.

À la fin il perdit patience, et se redressa en disant :

« Quelle entêtée ! »

Je levai les yeux sur lui pour dire que je me sauverais encore s'il ne voulait pas me conduire vers sœur Marie-Aimée. Je continuai de le regarder en attendant sa réponse, et je vis bien qu'il était embarrassé. Il resta un long moment à réfléchir ; puis il me dit en mettant sa main sur mon genou :

« Écoutez-moi, ma petite, et tâchez de comprendre ce que je vais vous dire. »

Et quand il eut fini de parler, je sus qu'il avait pris l'engagement de me garder jusqu'à l'âge de dix-huit ans, sans jamais m'emmener à la ville. Je sus aussi que la supérieure avait tous les droits sur moi, et que, si je me sauvais encore, elle ne manquerait pas de me faire enfermer sous prétexte que je courais les bois toute seule pendant la nuit. Il termina en disant qu'il espérait que j'oublierais le couvent, et que je me prendrais d'affection pour lui et sa femme, qui ne voulaient que mon bien.

J'étais très troublée, et je retenais une grosse envie de pleurer.

« Allons ! dit le fermier, en me tendant la main, soyons bons amis, voulez-vous ? »

Je lui donnai ma main, et pendant qu'il la serrait un peu fort, je répondis :

« Je veux bien. »

Il fit claquer son fouet, et on eut bientôt dépassé la forêt.

La pluie tombait toujours, fine comme un brouillard, et les labours paraissaient encore plus noirs.

Dans une pièce de terre qui touchait à la route, un homme venait vers nous en faisant de grands gestes. Pendant un instant, je crus qu'il me menaçait, mais, quand il fut près, je vis qu'il serrait quelque chose dans son bras gauche, pendant que le bras droit faisait le geste de faucher à la hauteur de sa tête. J'étais si intriguée que je regardai maître Sylvain. Au même instant, il dit comme s'il me répondait :

« C'est Gaboret qui fait ses semailles. »

Quelques instants après, nous arrivions à la ferme.

La fermière nous attendait sur le pas de la porte. En m'apercevant, elle ouvrit la bouche comme si elle était restée longtemps sans respirer, et son visage sérieux perdit un moment son air inquiet. Je passai devant elle pour prendre mon manteau, et j'allai droit à la bergerie.

Les moutons sortirent en se bousculant. Ils auraient dû être aux champs depuis longtemps déjà.

TOUT LE JOUR je pensai à ce que m'avait dit le fermier. Je ne comprenais pas pourquoi la supérieure voulait m'empêcher de voir sœur Marie-Aimée. Mais je comprenais que sœur Marie-Aimée ne pouvait plus rien pour moi, et je me résignais en pensant qu'un jour viendrait où personne ne pourrait m'empêcher de la rejoindre.

À l'heure du coucher, la fermière m'accompagna pour mettre une couverture de plus sur mon lit ; et après m'avoir souhaité le bonsoir, elle me défendit de lui dire madame : elle voulait que je l'appelle tout simplement Pauline ; puis elle s'en alla après m'avoir dit que j'étais un peu l'enfant de la maison, et qu'elle ferait tout son possible pour que je m'habitue à la ferme.

Le lendemain, maître Sylvain me fit asseoir à table à côté de son frère. Il lui dit en riant qu'il ne fallait pas me laisser jeûner, parce que j'avais bien besoin de grandir.

Le frère du fermier s'appelait Eugène ; il parlait très peu, mais il regardait toujours ceux qui parlaient, et ses petits yeux avaient souvent l'air de se moquer. Il avait trente ans, mais il n'en paraissait pas beaucoup plus de vingt. Il savait toujours répondre à ce qu'on lui demandait, et je ne sentais aucune gêne près de lui.

Il se serra près du mur pour me faire plus de place à table, et il répondit seulement au fermier :

« Sois tranquille. »

Maintenant que tous les champs étaient labourés, Martine menait ses brebis très loin sur des pâturages qu'elle appelait « Les Communs ». Le vacher et moi menions nos bêtes le long des prés et dans les bois où il y avait de la bruyère. Je souffrais beaucoup du froid, malgré un grand manteau de laine qui me couvrait jusqu'aux pieds. Le vacher allumait souvent du feu ; il partageait avec moi les pommes de terre et les châtaignes qu'il faisait cuire sur les charbons. Il m'apprenait à connaître de quel côté venait le vent, afin de profiter du plus petit abri contre le froid, et, tout en nous chauffant, il me chantait la chanson de l'Eau et du Vin.

C'était une chanson qui avait au moins vingt couplets. L'eau et le vin s'accusaient réciproquement de faire le malheur du genre humain, tout en s'adressant à eux-mêmes les plus grands éloges. Moi, je trouvais que c'était l'eau qui avait raison, mais le vacher disait que le vin n'avait pas tort non plus. Nous restions de longues heures ensemble. Il me parlait de son pays qui était très éloigné de la Sologne. Il me raconta qu'il avait toujours été vacher, et qu'un taureau l'avait roulé et blessé quand il était encore enfant. Il en était resté longtemps malade, avec des douleurs qui le faisaient crier ; puis les douleurs avaient fini par s'en aller, mais il était devenu tout tordu comme je le voyais. Il se souvenait du nom de toutes les fermes où il avait été vacher. Les gens étaient méchants ou bons, mais jamais il n'avait trouvé de si bons maîtres qu'à Villevieille. Il trouvait aussi que les vaches de maître Sylvain ne ressemblaient pas à celles de son pays, qui étaient petites, avec des cornes pointues comme des fuseaux. Celles-ci étaient grandes et fortes, avec des cornes rugueuses et sans finesse. Il les aimait et leur parlait en les nommant par leur nom. Sa préférée était une belle vache blanche que maître Sylvain avait achetée au printemps. À tout instant, elle levait la tête et regardait au loin, et tout d'un coup elle partait, le mufle tendu. Le vacher criait à pleine voix :

« Arrête, la Blanche, arrête ! »

Le plus souvent elle s'arrêtait d'elle-même, mais il y avait des moments où il fallait lui envoyer le chien. Il lui arrivait aussi de lutter contre lui pour passer quand même, et c'était seulement quand il la mordait au mufle qu'elle rentrait dans le troupeau.

Le vacher la plaignait et disait :

« On ne sait pas ce qu'elle regrette. »

Au mois de décembre, les vaches restèrent tout à fait à l'étable. Je croyais qu'il en serait de même des moutons. Mais le frère du fermier m'expliqua que la Sologne était un pays très pauvre, et que les fermiers ne récoltaient pas assez de fourrages pour nourrir toutes leurs bêtes.

À présent, je m'en allais seule le long des prés et dans les bois. Tous les oiseaux étaient partis. Le brouillard s'étendait sur les terres labourées, et les bois étaient pleins de silence. Il y avait des jours où je me sentais si abandonnée que je croyais que la terre s'était écroulée autour de moi, et quand un corbeau passait en criant dans le ciel gris, sa voix forte et enrouée semblait m'annoncer les malheurs du monde.

Les moutons eux-mêmes ne sautaient plus. Le marchand avait emmené tous les mâles, et les petites femelles ne savaient plus jouer entre elles. Elles marchaient serrées les unes contre les autres et, même quand elles ne mangeaient pas, elles restaient la tête baissée.

Quelques-unes me faisaient penser à des petites filles que j'avais connues. Je les caressais en les forçant à lever la tête : mais leurs yeux restaient tournés en bas, et leurs prunelles fixes ressemblaient à du verre sans reflet.

Un jour, je fus surprise par un brouillard si épais qu'il me fut impossible de reconnaître mon chemin. Je me trouvai tout à coup auprès d'un grand bois qui m'était inconnu. Le haut des arbres se perdait complètement dans le brouillard, et les bruyères paraissaient toutes enveloppées de laine. Des formes blanches descendaient des arbres et glissaient sur les bruyères en longues traînées transparentes.

Je poussai les moutons vers le pré qui était à côté ; mais ils se tassèrent et refusèrent d'avancer. Je passai devant eux pour voir ce qui les empêchait d'aller plus loin, et je reconnus la petite rivière qui coulait au bas de la colline. C'est à peine si on voyait l'eau ; elle avait l'air de dormir sous une épaisse couverture de laine blanche. Je restai un long moment à la regarder ; puis je ramenai mes moutons le long du bois. Pendant que je cherchais à reconnaître de quel côté se trouvait la ferme, les moutons contournèrent le bois, et ils se trouvèrent bientôt sur un chemin bordé de haies. Le brouillard s'épaissit encore, et il me sembla que je marchais entre deux hautes murailles. Je suivais les moutons sans savoir où ils me menaient. Ils quittèrent brusquement le chemin pour tourner à droite, mais je les arrêtai aussitôt : je venais d'apercevoir l'entrée d'une église. Les portes en étaient grandes ouvertes, et de chaque côté on voyait deux lumières rouges qui éclairaient la voûte grise. D'énormes piliers se rangeaient en lignes droites, et tout au fond on devinait les fenêtres à petits carreaux qu'une lumière éclairait faiblement. J'avais beaucoup de mal à empêcher les moutons d'aller vers cette église et, tout en les repoussant, je m'aperçus qu'ils étaient couverts de petites perles blanches. Ils se secouaient à tout instant, et cela faisait comme un léger bruit de cliquetis. Je ne savais que penser de tout cela ; puis une grande inquiétude me vint à l'idée que maître Sylvain devait m'attendre avec impatience. Je me persuadai qu'en retournant sur mes pas je retrouverais facilement la ferme, et, en faisant le moins de bruit possible, je repoussai les moutons sur le chemin qui m'avait amenée. Comme j'entrais dans ce chemin, une voix d'homme s'éleva près de moi. Elle disait :

« Laisse-les donc rentrer, ces pauvres bêtes. »

Et en même temps, l'homme faisait retourner le troupeau vers l'église. Je reconnus tout de suite Eugène, le frère du fermier. Il passa sa main sur le dos d'un mouton en disant :

« Ils sont jolis avec leurs petites boules de givre, mais ce n'est pas bon pour eux. »

Je ne fus pas étonnée de le rencontrer là. Je lui montrai l'église en demandant ce que c'était.

« C'était pour toi, me répondit-il. Je craignais que tu ne retrouves pas l'allée des châtaigniers, et j'avais suspendu une lanterne de chaque côté. »

Quelque chose se brouilla dans ma tête ; et ce ne fut qu'au bout d'un instant que je compris que ces gros piliers noircis et délabrés par le temps étaient tout simplement les troncs des châtaigniers. En même temps je reconnus les fenêtres à petits carreaux de la grande salle que le feu de la cheminée éclairait.

Eugène compta lui-même les moutons. Il m'aida à leur faire une chaude litière de paille et, au moment où je sortais de la bergerie, il me retint pour me demander si vraiment j'ignorais ce qu'étaient devenus les deux agneaux perdus. Je fus prise d'une grande honte en pensant qu'il pouvait croire que je mentais, et je ne pus m'empêcher de pleurer en lui assurant qu'ils avaient disparu sans que je m'en fusse aperçue. Alors il m'apprit qu'il les avait retrouvés noyés dans un trou d'eau.

Je crus qu'il allait me gronder pour ma négligence. Mais il me dit doucement :

« Va vite te chauffer. Tu rapportes dans tes cheveux tout le givre de la Sologne. »

Je me promis d'aller voir le trou d'eau dès le lendemain. Mais, pendant la nuit, la neige tomba si épaisse, qu'il ne fallut pas penser aller aux champs. J'aidai la vieille Bibiche à raccommoder le linge, et Martine se mit à filer son rouet en chantant des complaintes.

LE SOIR, PENDANT LA VEILLÉE, les chiens ne cessèrent d'aboyer avec fureur. Martine paraissait inquiète. Elle écouta les chiens, puis elle dit en se tournant vers le fermier :

« J'ai bien peur que ce temps-là nous amène des loups. »

Le fermier se leva pour parler aux chiens, et il s'en alla faire le tour des étables avec sa lanterne.

Pendant les huit jours que dura la neige, il vint des centaines de corbeaux dans la ferme. Ils avaient si faim que rien ne pouvait les effrayer. Ils entraient dans les écuries et dans la grange, et ils dévastaient les meules de blé. Le fermier en tua beaucoup. On en mit à cuire quelques-uns avec le lard et les choux. Tout le monde trouva que c'était très bon ; mais les chiens n'en voulurent jamais manger.

LE PREMIER JOUR où l'on fit sortir les troupeaux, les sapins étaient encore tout chargés de neige. La colline était toute blanche aussi ; elle paraissait s'être beaucoup rapprochée de la ferme. Tout ce blanc m'éblouissait ; je ne trouvais plus les choses à leur place, et à chaque instant je craignais de ne plus apercevoir la fumée bleue qui montait au-dessus des toits de la ferme.

Les moutons ne trouvaient rien à manger ; ils couraient de tous côtés. Je ne les laissais pas s'écarter ; ils ressemblaient eux-mêmes à de la neige qui aurait bougé, et j'étais obligée de faire bien attention pour ne pas les perdre de vue. Je réussis à les rassembler le long d'un pré qui bordait un grand bois. Tout le bois était occupé à se débarrasser de la neige qui l'alourdissait : les grosses branches la rejetaient d'un seul coup, pendant que d'autres, plus faibles, se balançaient pour la faire glisser à terre.

Je n'étais jamais entrée dans ce bois. Je savais seulement qu'il était très étendu et que Martine y menait parfois ses brebis. Les sapins y étaient très grands et les bruyères très hautes.

Depuis un moment je regardais une grosse touffe de bruyère. Il m'avait semblé la voir remuer, en même temps qu'il en sortait un bruit comme si on avait cassé une brindille en marchant dessus.

J'eus tout de suite une inquiétude. Je pensai : « Il y a quelqu'un là. » Puis le même bruit se répéta beaucoup plus près, sans que rien ne bougeât. J'essayai de me rassurer en me disant que c'était un lièvre, ou une autre petite bête, qui cherchait sa nourriture. Mais, malgré toutes les bonnes raisons que je me donnais, je restais persuadée qu'il y avait quelqu'un là.

J'en ressentais une gêne si grande que je me décidai à me rapprocher de la ferme. Je fis deux pas vers mes moutons, mais au même moment ils se resserrèrent précipitamment en s'éloignant du bois.

Je cherchai vivement à voir ce qui avait pu les effrayer ainsi et, à deux pas de moi, au beau milieu du troupeau, je vis un chien jaune qui emportait un mouton dans sa gueule. Je pensai tout d'abord que Castille était devenue enragée, mais, dans le même instant, Castille se jeta dans mes jupes en poussant des hurlements plaintifs. Aussitôt je devinai que c'était un loup. Il emportait le mouton à pleine gueule, par le milieu du corps. Il grimpa sans effort sur le talus et, quand il sauta le large fossé qui le séparait du bois, ses pattes de derrière me firent penser à des ailes. À ce moment je n'aurais pas trouvé extraordinaire qu'il se fût envolé par-dessus les arbres.

Je restai quelques instants sans savoir si j'avais eu peur. Puis je sentis que je ne pouvais plus détourner mes yeux du fossé. Mes paupières étaient devenues si raides qu'il me sembla que je ne pourrais jamais plus les fermer. Je voulus crier pour qu'on m'entendît de la ferme, mais ma voix ne voulut pas sortir. Je voulus courir aussi, mais mes jambes tremblaient si fort que je fus forcée de m'asseoir sur la terre mouillée.

Castille continuait de hurler comme si elle recevait des coups, et les moutons restaient serrés en un tas. Quand je pus les ramener à la ferme, je courus chercher maître Sylvain. En me voyant il devina tout de suite ce qui était arrivé. Il appela son frère et il décrocha les deux fusils, pendant que je tâchais de désigner l'endroit où le loup avait disparu. Ils revinrent à la nuit sans l'avoir retrouvé.

On ne parla que de cela pendant la veillée. Eugène voulait savoir comment était le loup, et la vieille Bibiche se fâcha quand je dis qu'il avait de longs poils jaunes comme Castille, mais qu'il était bien plus haut qu'elle.

LE LENDEMAIN, CE FUT LE TOUR de Martine. Elle venait de faire sortir ses brebis, et elle n'était pas encore au bout de l'allée des châtaigniers, quand on l'entendit pousser des cris étouffés.

Tout le monde sortit de la maison en courant. J'arrivai la première près de Martine. Elle était baissée, et elle tirait de toutes ses forces sur une brebis qu'un loup venait d'étrangler, et qu'il cherchait à emporter. Il tenait la brebis par le cou ; et il tirait de son côté aussi fort que la bergère.

Le chien de Martine le mordait férocement aux cuisses, mais il n'avait pas l'air de le sentir, et quand maître Sylvain lui tira un coup de fusil à bout portant, il roula en emportant dans sa gueule une partie du cou de la brebis.

Les yeux de Martine s'étaient agrandis, et sa bouche était devenue toute blanche. Son bonnet avait glissé de son chignon, et la raie qui séparait ses cheveux me fit penser à un sentier où l'on pouvait se promener sans danger. L'expression ferme de son visage s'était changée en une petite grimace douloureuse, et ses mains s'ouvraient et se fermaient d'un mouvement régulier. Elle cessa de s'appuyer au châtaignier pour se rapprocher d'Eugène qui regardait le loup. Elle resta un moment à le regarder aussi, et elle dit tout haut :

« Pauvre bête, comme il devait avoir faim ! »

Le fermier mit le loup et la brebis sur la même brouette, pour les ramener à la ferme. Les chiens suivaient en flairant d'un air craintif.

Pendant plusieurs jours, le fermier et son frère chassèrent dans les environs. Quand Eugène passait près de moi, il s'arrêtait toujours pour me dire un mot affectueux. Il m'affirmait que les coups de fusil éloignaient les loups, et qu'on en voyait rarement dans le pays. Malgré cela, je n'osai plus retourner vers le grand bois. Je préférais aller sur la colline qui était seulement recouverte de genêts et de bruyères.

AU COMMENCEMENT DU PRINTEMPS, la fermière m'apprit à traire les vaches et à soigner les porcs. Elle disait qu'elle voulait faire de moi une bonne fermière. Je ne pouvais m'empêcher de penser à la supérieure, quand elle m'avait dit d'un ton méprisant :

« Vous trairez les vaches, et vous soignerez les porcs ! »

Elle avait l'air de m'infliger une punition en disant cela, et voilà que je n'éprouvais que du contentement à m'occuper des bêtes. Pour me donner de la force, j'appuyais mon front contre le flanc de la vache, et bientôt mon seau s'emplissait. Il se formait au-dessus du lait une écume qui prenait des teintes changeantes, et, quand le soleil passait dessus, elle devenait si merveilleuse que je ne me lassais pas de la regarder.

Je n'éprouvais aucun dégoût à soigner les porcs. Leur nourriture se composait de pommes de terre cuites et de lait caillé. Je plongeais mes mains dans le seau pour bien mélanger le tout, et j'avais un grand plaisir à leur faire attendre un instant leur nourriture. Leurs cris discordants et les mouvements si vifs de leurs groins m'amusaient toujours.

Au mois de mai, maître Sylvain ajouta une chèvre à mon troupeau. Il l'avait achetée pour aider la fermière à nourrir le petit enfant qu'elle venait d'avoir après dix ans de mariage.

Cette chèvre était plus difficile à garder que le troupeau tout entier. Elle fut cause que mes moutons entrèrent dans l'avoine, qui était déjà haute.

Le fermier s'en aperçut, et il me gronda ; il m'accusait de m'endormir dans quelque coin, pendant que le troupeau dévastait son champ.

J'étais forcée de passer chaque jour près d'un bois de jeunes sapins. En trois bonds la chèvre l'atteignait, et c'était pendant que je la cherchais que mes agneaux mangeaient l'avoine.

La première fois j'attendis longtemps qu'elle revînt d'elle-même. Je faisais ma voix plus douce pour l'appeler. Enfin je me décidai à l'aller chercher. Mais la sapinière était si serrée que je ne savais pas comment faire pour y entrer.

Pourtant je ne pouvais pas m'en aller sans voir ce que la chèvre était devenue. Je crus reconnaître l'endroit où elle avait disparu, et j'y entrai en mettant mes mains devant ma figure pour éviter les piquants. Je la vis presque tout de suite à travers mes doigts ; elle était tout près. J'avançai la main pour la saisir par une corne, mais elle recula en déplaçant les branches qui revinrent me frapper avec force. Je réussis cependant à la saisir, et je la ramenai au troupeau.

Chaque jour elle recommençait. Je poussais mes moutons le plus loin possible de l'avoine et je me lançais à sa poursuite.

C'était une chèvre toute blanche, et j'avais tout de suite trouvé qu'elle ressemblait à Madeleine. Elle avait comme elle les yeux très éloignés l'un de l'autre. Lorsque je la forçais à sortir des sapins, elle me regardait longtemps sans bouger les yeux.

Dans ces moments-là, je pensais que Madeleine s'était transformée en chèvre. Il m'arrivait de la supplier de ne pas recommencer ; et j'étais sûre qu'elle me comprenait quand je lui faisais des reproches.

Comme je sortais un jour de la sapinière avec mes cheveux tout défaits, je fis un mouvement de la tête qui les ramena en avant. Aussitôt la chèvre fit un bond de côté en poussant un bêlement de peur. Elle revint sur moi, les cornes basses ; mais je baissai aussi la tête en secouant mes cheveux qui traînaient jusqu'à terre ; alors elle se sauva en faisant des cabrioles impossibles à décrire. Chaque fois qu'elle entrait dans la sapinière, je me vengeais en lui faisant peur avec mes cheveux.

Maître Sylvain me surprit un matin où je me lançais sur elle. Il fut pris d'un fou rire qui me remplit de confusion. Je m'arrêtai aussitôt en tâchant de relever mes cheveux sur ma tête.

La chèvre était revenue près de moi. Elle me regardait en allongeant le cou, et en tordant ses reins d'une façon comique, prête à repartir au moindre geste. Le fermier n'en finissait plus de rire ; il se tenait, cassé en deux, et il riait à grands éclats. On ne voyait de lui que sa blouse, sa barbe et son grand chapeau. Ses éclats de rire me donnaient envie de pleurer, et il me semblait qu'il resterait toujours ainsi, tordu et bruyant.

Quand enfin il fut calmé, il m'interrogea doucement. Je lui racontai les malices de la chèvre. Alors il la menaça du doigt en riant de nouveau.

Ce fut Martine qui l'emmena le lendemain. Mais le deuxième jour, elle déclara qu'elle aimait mieux quitter la ferme, que de continuer à garder cette chèvre qui était possédée du diable.

La vieille Bibiche disait que les chèvres avaient besoin d'être battues. Mais je me souvenais du seul coup de bâton que je lui avais donné ; ses côtes avaient rendu un son si étrange que je n'avais jamais osé recommencer.

On la laissa en liberté autour de la ferme, et elle disparut un jour sans qu'on pût jamais savoir ce qu'elle était devenue.

La Saint-Jean approchait et, pour fêter l'anniversaire de mon arrivée à la ferme, Eugène dit qu'il fallait m'emmener au village.

Pour ce jour de fête, la fermière me fit cadeau d'une robe jaune qu'elle avait portée quand elle était jeune fille.

Le village s'appelait Sainte-Montagne. Il n'avait qu'une rue, au bout de laquelle se trouvait l'église.

Martine m'entraîna vite à la messe déjà commencée. Elle me poussa sur un banc, et elle-même alla s'asseoir sur celui qui était devant moi.

L'impression grave que j'avais eue en entrant dans l'église s'effaça presque aussitôt. Deux femmes, derrière moi, ne cessèrent de parler du marché de la veille, et des hommes qui se trouvaient près de la porte ne se gênaient pas pour parler tout haut.

Il n'y eut de silence que lorsque le curé monta en chaire. Je crus qu'il allait prêcher, mais il annonça seulement les mariages : à chaque nom qu'il prononçait les femmes se penchaient à droite ou à gauche avec des sourires.

L'idée de la prière ne me vint même pas. Je regardais prier Martine à genoux. Ses mèches brunes et bouclées sortaient de dessous son bonnet brodé. Elle avait les épaules larges, et son corsage blanc était serré à la taille par un ruban noir. Toute sa personne faisait penser à une chose fraîche et neuve.

Pourtant la supérieure m'avait dit que les bergères étaient des filles malpropres.

Je revoyais Martine au milieu de ses brebis avec sa jupe courte à rayures, ses bas bien tirés et ses sabots recouverts de cuir qu'elle cirait comme des souliers. Cependant elle prenait grand soin de son troupeau, et la fermière affirmait qu'elle connaissait chacune de ses brebis.

À la sortie de la messe, elle me quitta pour courir vers une vieille femme qu'elle embrassa tendrement. Puis je la perdis de vue et restai toute seule, ne sachant où aller.

Pas très loin, je voyais l'auberge du Cheval-Blanc. Il en sortait un grand bruit de voix et de vaisselle. Les gens y entraient par groupes, et il n'y eut bientôt plus personne sur la place.

J'allais rentrer dans l'église en attendant que Martine vienne me chercher, lorsque je vis accourir Eugène. Il me prit par la main et dit tout en riant :

« Si ta robe n'avait pas été aussi jaune, je t'aurais sûrement oubliée. »

Il me regardait d'un air moqueur et amusé.

Il me conduisit chez le maître d'école, en le priant de me faire déjeuner et de me mener promener avec ses enfants.

Le maître d'école était habillé comme les messieurs de la ville, tandis qu'Eugène avait une blouse bleue, et je fus bien étonnée de les entendre se tutoyer.

En attendant le déjeuner, le maître d'école me prêta un livre de contes de fées ; et lorsque l'heure de la promenade arriva, j'aurais préféré qu'on me laissât seule finir le livre.

Sur la place du village, les garçons et les filles dansaient dans le soleil et la poussière. Je trouvai leurs balancements exagérés et leur gaieté trop bruyante.

Je sentais en moi comme une grande tristesse ; et quand, à la nuit tombante, la voiture nous ramena à la ferme, j'éprouvai un vrai soulagement à me retrouver dans le silence et l'odeur des prés.

À QUELQUES JOURS DE LÀ, en rentrant des champs, un mouton qui longeait une haie fit un bond énorme. En m'approchant, je vis qu'il saignait au nez. Je pensai qu'il s'était piqué à une grosse épine, et, après l'avoir lavé, je n'y pensai plus. Le lendemain je fus terrifiée en le retrouvant avec la tête presque aussi grosse que le corps. Au cri que je poussai, Martine accourut, et le cri qu'elle poussa elle-même fit accourir tout le monde.

J'expliquai ce qui était arrivé la veille, et le fermier assura que le mouton avait dû être mordu par une vipère.

Il fallait lui faire des lavages, et le laisser à l'étable jusqu'à ce que l'enflure soit partie.

Je ne demandais pas mieux que de soigner la pauvre bête ; mais quand je fus seule avec elle, une épouvante me prit.

Cette tête énorme qui se balançait sur ce petit corps me causait une frayeur insensée. Les yeux démesurés, la bouche immense et les oreilles qui se tenaient droites et raides, composaient un monstre difficile à imaginer. Il restait constamment au milieu de l'étable, comme s'il eût craint de se cogner au mur. J'essayai de m'approcher de lui, en me disant que ce n'était qu'un mouton. Mais aussitôt qu'il se tournait de mon côté, je filais comme une flèche vers la porte. Je ressentais cependant une grande pitié pour lui. Par instants il me semblait que cette face qui se balançait de droite à gauche me faisait des reproches. Alors quelque chose chavirait dans ma tête, et je sentais venir la folie. Je compris que j'étais capable de le laisser mourir de faim.

Je racontai cela au vacher, qui voulut bien se charger de soigner le mouton tant que durerait l'enflure. Il se moquait de moi : il ne comprenait pas comment je pouvais avoir si grand-peur d'un mouton malade.

J'eus l'occasion de lui rendre un service à mon tour, et j'en fus bien contente.

En détachant le taureau, un matin, il avait fait un faux pas, et était tombé devant lui. Le taureau l'avait flairé en reniflant et soufflant. C'était un jeune qu'on avait élevé à la ferme et qui commençait à faire la mauvaise tête.

Le vacher craignait de le voir devenir furieux, et il était persuadé que la bête se souviendrait de l'avoir vu à terre devant elle.

J'aurais bien voulu le rassurer, mais je ne savais pas ce qu'il fallait dire pour cela. Puis j'étais toute surprise de le trouver tout à coup si vieux : il avait jeté son chapeau à terre, et je remarquai pour la première fois que ses cheveux étaient tout gris.

Toute la journée, je pensai à lui, et le lendemain, pendant que les vaches sortaient une à une, je ne pus m'empêcher d'entrer dans l'étable.

Le vacher regardait fixement le taureau qui tirait impatiemment sur sa chaîne. Je m'approchai et, après avoir caressé la bête, je la détachai.

Le vacher laissa passer le taureau qui sortit comme un fou, et après m'avoir regardée tout surpris, il le suivit en boitant.

J'avais bien moins peur du taureau que du mouton enflé, et chaque jour j'entrais dans l'étable en prenant des précautions pour ne pas être vue.

Pourtant Eugène m'avait vue. Il me prit à part et, en plongeant ses petits yeux dans les miens, il dit :

« Pourquoi détaches-tu le taureau ? »

Je craignais de faire gronder le vacher en disant la vérité ; et je cherchais quelque chose à dire, mais je ne trouvais rien. Je commençai à dire que je ne le détachais pas. Alors Eugène prit son air moqueur pour me dire :

« Est-ce que tu serais menteuse, par hasard ? »

Aussitôt je lui racontai tout et, le samedi d'après, la bête était vendue.

J'avais souvent remarqué combien il était bon pour tout le monde. Chaque fois que le fermier avait des différends avec ses ouvriers, il finissait toujours par appeler son frère qui arrangeait les choses en quelques mots.

Il s'occupait aux mêmes travaux que maître Sylvain. Mais il refusait d'aller au marché : il disait qu'il n'aurait même pas su vendre un fromage.

Il marchait posément, en se balançant, comme s'il eût réglé sa marche sur celle de ses bœufs.

Il passait presque tous ses dimanches à Sainte-Montagne. Quand le temps était trop mauvais, il restait à lire dans la grande salle. Souvent je le guettais dans l'espoir qu'il oublierait son livre ; mais jamais il ne l'oubliait. J'étais désolée de ne rien trouver à lire à la ferme. Aussi je ramassais tous les bouts de papier qui traînaient.

La fermière avait fini par le remarquer, et elle disait que je deviendrais avare.

Un dimanche que j'avais osé demander un livre à Eugène, il me fit cadeau d'un gros cahier de chansons.

Pendant tout l'été, je l'emportais aux champs. Je composais des airs aux chansons qui me plaisaient le mieux ; puis je m'en lassai et, en aidant la fermière au grand nettoyage de la Toussaint, je découvris des almanachs de plusieurs années.

Pauline me dit de les porter au grenier ; mais je fis semblant de les oublier dans le tiroir où ils étaient, et je les emportai en cachette l'un après l'autre. Ils étaient remplis d'histoires amusantes, et l'hiver passa sans que je me sois aperçue du froid.

Le jour où je les montai au grenier, je furetai pour voir si je n'en découvrirais pas d'autres. Je ne trouvai qu'un petit livre sans couverture, dont les feuillets étaient roulés aux coins comme si on l'avait longtemps porté dans la poche. Les deux premières pages manquaient, et la troisième était salie au point que les caractères en étaient tout effacés. Je m'approchai de la lucarne pour avoir plus de clarté et, à l'en-tête des pages, je vis que c'étaient *Les Aventures de Télémaque.*

Je l'ouvris au hasard et les quelques lignes que je lus me le rendirent si intéressant que je le mis tout de suite dans ma poche.

Comme j'allais descendre du grenier, il me vint à l'idée que c'était Eugène qui l'avait mis là, et qu'il pouvait venir le reprendre d'un moment à l'autre ; alors je le remis sur la solive noire où il était. Chaque fois que j'avais l'occasion d'aller au grenier, je m'assurais qu'il était toujours à sa place, et j'en lisais autant que je pouvais.

DANS CE MOMENT-LÀ, j'eus encore un mouton malade. Ses flancs étaient creux, comme s'il n'avait pas mangé depuis longtemps. J'allai demander à la fermière comment il fallait le soigner.

Elle s'arrêta de plumer une poule pour me demander si le mouton était très tendu.

Je ne répondis pas tout de suite. Je me demandais ce que voulait dire le mot *tendu.* Puis je pensai que tous les moutons malades devaient être tendus. Alors je dis : oui. Et pour affirmer davantage, je me dépêchai d'ajouter :

« Il est tout plat. »

La fermière se mit à rire en se moquant. Elle dit à Eugène qui sifflotait à quelques pas :

« Venez écouter ça, Eugène. Elle a un mouton qui est tendu et plat tout à la fois. »

Eugène rit aussi : il m'appela bergère d'occasion, et il m'apprit que les moutons étaient tendus quand ils avaient le ventre enflé.

Deux jours après, Pauline me dit qu'elle et maître Sylvain voyaient bien que je ne ferais jamais une bonne bergère, et qu'ils avaient décidé de me garder à la maison. La vieille Bibiche n'était plus bonne à rien, et Pauline ne pouvait suffire à tout depuis qu'elle avait son enfant.

Aux premiers mots, je compris qu'il me serait facile d'aller souvent au grenier, et je remerciai vivement la fermière.

MAINTENANT QUE J'ÉTAIS SERVANTE de ferme, il me fallait tuer les poules et les lapins. Je ne pouvais m'y décider, et la fermière ne comprenait rien à mes répugnances. Elle disait que j'étais comme Eugène qui se sauvait quand on tuait le cochon.

Je voulus pourtant essayer de tuer un poulet pour montrer ma bonne volonté. Il se débattait entre mes mains, et bientôt la paille fut toute rouge autour de moi. Quand il ne bougea plus, je le déposai dans la grange en attendant que la vieille Bibiche vînt le plumer ; mais elle se moqua bien de moi, en retrouvant le poulet sur ses pattes au milieu d'un van plein de graine. Il mangeait goulûment, comme s'il eût voulu se guérir au plus vite du mal que je venais de lui faire. La vieille Bibiche le saisit et, quand elle lui eut passé la lame sur le cou, la paille fut beaucoup plus rouge que la première fois.

Pendant l'heure de la sieste, je montais au grenier pour lire un peu. J'ouvrais le livre au hasard ; et, à le relire ainsi, j'y découvrais toujours quelque chose de nouveau.

J'aimais ce livre, il était pour moi comme un jeune prisonnier que j'allais visiter en cachette. Je l'imaginais vêtu comme un page et m'attendant assis sur la solive noire. Un soir, je fis avec lui un beau voyage.

Après avoir fermé le livre, je m'accoudais à la lucarne du grenier. Le jour était presque fini, et les sapins paraissaient moins verts. Le soleil s'enfonçait dans des nuages blancs, qui bouffaient et se creusaient comme du duvet.

Sans savoir comment cela s'était fait, je me trouvais tout à coup au-dessus du bois avec Télémaque. Il me tenait par la main, et nos têtes touchaient le bleu du ciel. Télémaque ne disait rien ; mais je savais que nous allions dans le soleil.

La vieille Bibiche m'appelait d'en bas. Je reconnaissais très bien sa voix, malgré la distance. Elle devait être bien en colère pour crier si fort. Je me souciais peu de ses cris. Je ne voyais que le duvet brillant qui entourait le soleil, et qui commençait à s'ouvrir pour nous laisser passer.

Un choc sur le bras me fit retomber dans le grenier. La vieille Bibiche m'écartait de la lucarne en disant :

« S'il y a du bon sens à me faire crier comme ça ! Voilà plus de vingt fois que je t'appelle pour manger la soupe. »

Peu de temps après, je ne retrouvai plus le livre sur la solive. Mais c'était un ami que je portais dans mon cœur, et j'en gardai longtemps le souvenir.

DEUX JOURS AVANT LA NOËL, maître Sylvain se prépara à tuer le porc. Il aiguisa deux grands couteaux et, après avoir fait une litière de paille fraîche au milieu de la cour, il fit sortir le porc qui se mit à crier comme s'il se doutait de la vérité. Il lui passa des cordes aux quatre pieds ; et pendant qu'il les fixait à de solides piquets, il dit à sa femme :

« Cache les couteaux, Pauline, il ne faut pas qu'il les voie. »

Pauline me remit une sorte de poêle très profonde que je devais tenir avec adresse, afin de ne pas perdre une seule goutte du sang que j'allais recueillir.

Le fermier s'approcha du porc qui était tombé sur le flanc. Il mit un genou en terre devant lui et, après l'avoir tâté près du cou, il tendit la main vers sa femme qui lui passa le plus grand couteau. Il en appuya la pointe à l'endroit que marquait son doigt, et il se mit à l'enfoncer lentement.

À ce moment, les cris que poussait le porc ressemblaient à des cris humains.

Il sortit de sa blessure une goutte de sang qui coula en une grande traînée rouge. Puis deux jets montèrent le long du couteau, et retombèrent sur la main du fermier. Quand le couteau fut enfoncé jusqu'au manche, maître Sylvain pesa dessus pendant un moment, et il le retira aussi lentement qu'il l'avait enfoncé.

En voyant ressortir la lame toute rayée de rouge, je sentis que ma bouche devenait froide et que je n'avais plus de salive.

Mes doigts se desserrèrent aussi, et la poêle pencha toute d'un côté.

Maître Sylvain le vit : il leva les yeux sur moi, et il cria à sa femme :

« Prends-lui la poêle. »

J'étais incapable de dire une parole, mais je fis signe que non. Le regard si calme du fermier avait chassé mon émotion, et ce fut d'une main ferme que je continuai à tenir la poêle sous le jet qui sortait en bouillonnant.

Lorsque le porc eut cessé de crier, Eugène s'approcha de nous. Il parut stupéfait de me voir attentive aux dernières gouttes rouges qui roulaient une à une comme des larmes.

« Comment ! dit-il, c'est toi qui as reçu le sang ?

– Mais oui, répondit le fermier ; cela prouve qu'elle n'est pas une poule mouillée comme toi.

– C'est vrai ! dit Eugène en s'adressant à moi. Cela m'est très pénible de voir égorger les bêtes.

– Bah ! dit maître Sylvain, les bêtes sont faites pour nous nourrir comme le bois pour nous chauffer. »

Eugène se détournait un peu, comme s'il était honteux de sa faiblesse.

Il avait les épaules minces, et son cou était aussi rond que celui de Martine.

Maître Sylvain disait qu'il était tout le portrait de leur mère.

Jamais je ne l'avais vu se mettre en colère.

On l'entendait toujours chantonner d'une voix faible et harmonieuse.

Le soir, il rentrait des champs assis en travers sur un de ses bœufs, et souvent il chantait la même chanson.

C'était l'histoire d'un soldat s'en retournant à la guerre après avoir retrouvé sa fiancée mariée.

Il traînait longtemps sur le refrain qui se terminait ainsi :

Quand, par un tour de maladresse,
Un boulet m'emportera :
Allons, adieu, chère maîtresse,
Je m'en vais dans les combats.

Pauline lui parlait toujours d'un ton respectueux. Elle ne comprenait pas comment je pouvais être aussi libre avec lui.

Le premier soir où elle m'avait vue assise à côté de lui sur le banc de la porte, elle m'avait fait signe de rentrer. Mais Eugène m'avait rappelée en disant :

« Viens écouter la hulotte. »

Souvent nous étions encore sur le banc quand tout le monde était déjà couché.

La hulotte venait jusque sur le vieil orme qui était près de la porte. Son hululement très doux semblait nous dire bonsoir ; puis elle s'envolait, et ses grandes ailes passaient en silence au-dessus de nous.

Plusieurs fois, une voix chanta sur la colline.

J'en restais toute frissonnante. Cette voix pleine qui passait dans la nuit me rappelait celle de Colette.

Eugène rentrait quand la voix cessait ; mais moi je restais dans l'espoir de l'entendre encore. Alors il me disait :

« Rentre donc, va ; c'est fini. »

Et maintenant que l'hiver était revenu et que nous ne pouvions plus nous asseoir devant la porte, il restait entre nous comme une communication secrète. Quand il se moquait de quelqu'un, ses yeux pleins de finesse cherchaient les miens, et, s'il donnait son avis dans un cas embarrassant, il se tournait de mon côté comme s'il attendait de moi une approbation.

Il me semblait que je l'avais toujours connu et, tout au fond de moi-même, je l'appelais mon grand frère.

Il demandait souvent à Pauline si elle était contente de moi. Pauline répondait qu'il n'y avait pas besoin de me montrer deux fois la même chose ; elle me reprochait seulement de manquer d'ordre dans mon travail. Elle disait que je commençais aussi bien par la fin que par le commencement.

Je n'avais pas oublié sœur Marie-Aimée ; mais je ne m'ennuyais plus, et je me trouvais heureuse à la ferme.

Au mois de juin qui suivit, des hommes vinrent comme chaque année pour tondre les moutons. Ils apportaient une mauvaise nouvelle : dans tout le pays les moutons tombaient malades aussitôt qu'ils étaient tondus, et il en mourait une grande quantité.

Maître Sylvain prit ses précautions, mais, malgré tout ce qu'il put faire, il y en eut bientôt une centaine de malades.

Le vétérinaire affirmait qu'en les baignant dans la rivière on en sauverait beaucoup. Alors le fermier se mit dans l'eau jusqu'à la ceinture, et un à un il plongea les moutons jusqu'au dernier. Il était rouge, et la sueur qui coulait de son front tombait en grosses gouttes dans la rivière.

Le soir, il se coucha avec la fièvre ; et le troisième jour il mourut d'une fluxion de poitrine.

Pauline ne pouvait croire à son malheur ; et Eugène rôdait dans les étables avec des yeux épouvantés.

PEU APRÈS LA MORT du fermier, le propriétaire de la ferme vint nous rendre visite. C'était un petit homme sec qui ne tenait pas en place et, quand il s'arrêtait un moment, il me semblait toujours qu'il dansait sur un pied.

Il avait le visage complètement rasé et il s'appelait M. Tirande.

Il entra dans la salle où je me tenais avec Pauline ; il en fit le tour en arrondissant le dos ; puis il dit en me montrant l'enfant :

« Emportez-le, j'ai besoin de causer avec la fermière. »

Je sortis dans la cour et, tout en ayant l'air de promener l'enfant, je passai devant la fenêtre ouverte.

Pauline n'avait pas bougé de sa chaise. Elle tenait les mains jointes sur ses genoux, et elle penchait la tête en avant comme si elle cherchait à comprendre une chose très difficile. M. Tirande parlait sans la regarder. Il marchait de la cheminée à la porte, et le bruit de ses talons sur les carreaux se confondait avec sa voix cassée.

Il sortit aussi vite qu'il était entré ; et, dans mon inquiétude, je vins demander à Pauline ce qu'il lui avait dit.

Elle prit son enfant dans ses bras et, tout en pleurant, elle me dit que M. Tirande voulait la renvoyer de la ferme pour y mettre son fils qui venait de se marier.

À la fin de la semaine, M. Tirande revint avec son fils et sa bru. Ils commencèrent par visiter les étables et, lorsqu'ils entrèrent dans la maison, M. Tirande s'arrêta une minute devant moi pour me dire que sa bru avait décidé de me prendre à son service.

Pauline entendit ; elle fit vivement un pas vers moi ; mais à ce moment Eugène entrait avec des papiers à la main, et tout le monde s'assit autour de la table.

Pendant qu'ils étaient tous occupés à lire et à signer des papiers, je regardai la bru de M. Tirande. C'était une grande femme brune qui avait de gros yeux et un air ennuyé.

Elle sortit de la ferme avec son mari sans avoir une seule fois regardé de mon côté.

Quand leur voiture eut disparu au bout de l'allée des châtaigniers, Pauline raconta à Eugène ce que m'avait dit M. Tirande.

Eugène, qui allait sortir, se retourna brusquement vers moi ; il paraissait indigné, et sa voix était toute changée quand il dit que ces gens-là disposaient de moi comme d'un objet leur appartenant ; et pendant que Pauline s'apitoyait sur mon sort, il m'apprit que c'était déjà M. Tirande qui avait forcé maître Sylvain à me prendre à la ferme. Il rappela à Pauline combien le fermier avait eu pitié de moi en me voyant si chétive, et il m'assura qu'il avait bien du regret de ne pouvoir m'emmener dans leur nouvelle ferme.

Nous étions tous les trois debout dans la grande salle. Je sentais sur ma tête le regard désolé de Pauline, et la voix d'Eugène me faisait penser à un chant plein de douceur.

Pauline devait quitter la ferme à la fin de l'été. Chaque jour je travaillais à mettre le linge en ordre : je n'aurais pas voulu qu'elle emportât une seule pièce de linge déchirée. Je m'appliquais à faire les fines reprises que m'avait apprises Bonne Justine, et je pliais chaque chose avec soin.

Le soir, je retrouvais Eugène sur le banc de la porte.

Le clair de lune faisait briller les toits de la bergerie, et le fumier était entouré d'une vapeur blanche qui ressemblait à un voile de tulle.

Aucun bruit ne sortait des étables. On n'entendait que le grincement du berceau que Pauline balançait pour endormir son enfant. Aussitôt que tous les grains furent rentrés, Eugène commença le déménagement. Le vacher emmena ses vaches, et la vieille Bibiche s'en alla dans la voiture qui emportait toutes les volailles de la basse-cour.

Il ne resta bientôt plus à la ferme que les deux bœufs blancs qu'Eugène ne voulait confier à personne. Il les attacha à la carriole qui devait emporter Pauline et son enfant.

Le petit garçon s'était endormi dans une corbeille pleine de paille, et Eugène le déposa dans la voiture sans le réveiller. Pauline le recouvrit avec son châle, et, après avoir fait un grand signe de croix vers la maison, elle ramassa les guides, et la voiture s'engagea sous les châtaigniers.

Je voulus les accompagner jusqu'à la route ; je suivais derrière les bœufs entre Eugène et Martine.

Nous marchions en silence. De temps en temps, Eugène encourageait ses bœufs en les touchant de la main.

Nous étions déjà très loin sur la route lorsque Pauline s'aperçut que la nuit venait. Elle arrêta son cheval et, lorsque je fus montée sur le marchepied de la voiture pour l'embrasser, elle me dit tristement :

« Adieu, ma fille ! Conduis-toi bien. »

Elle ajouta, la voix pleine de larmes :

« Si mon pauvre Sylvain eut vécu, il ne t'aurait jamais abandonnée. »

Martine m'embrassa en souriant :

« On se reverra peut-être ! » me dit-elle.

Eugène ôta son chapeau ; il me donna une longue poignée de main en disant lentement :

« Adieu, mon gentil compagnon. Je me souviendrai toujours de toi. »

Quand j'eus marché un peu, je me retournai pour les voir encore ; et, malgré la nuit qui augmentait, je vis qu'Eugène et Martine marchaient en se tenant par la main.

Troisième partie

LES NOUVEAUX FERMIERS ARRIVÈRENT le lendemain. Les laboureurs et la servante étaient venus dès le matin, et, lorsque le soir les maîtres entrèrent dans la maison, je savais qu'on les appelait M. et Mme Alphonse.

M. Tirande resta deux jours à Villevieille et partit après m'avoir rappelé que j'étais au service de sa bru, et que je n'aurais plus à m'occuper des travaux de la ferme.

DÈS LA PREMIÈRE SEMAINE, Mme Alphonse avait fait transformer la chambre d'Eugène en lingerie, et elle m'avait aussitôt installée devant une grande table sur laquelle étaient plusieurs pièces de toile, que je devais transformer en linge de toutes sortes.

Elle venait s'asseoir près de moi, pour faire de la dentelle ; elle restait des journées entières sans me dire un mot.

Quelquefois, elle me parlait des armoires pleines de linge de sa mère.

Sa voix était sans timbre, et sa bouche remuait à peine pour parler.

M. Tirande paraissait beaucoup aimer sa bru. Chaque fois qu'il venait, il s'informait de ce qu'elle pouvait désirer.

Elle n'aimait que le linge. Alors il partait en promettant d'acheter d'autres pièces de toile.

M. Alphonse ne paraissait guère qu'aux heures de repas. J'aurais été bien en peine de dire à quoi il employait son temps.

Son visage me rappelait celui de la supérieure. Il avait comme elle la peau jaune et les yeux brillants ; on eût dit qu'il portait en lui un brasier qui pouvait le consumer d'un moment à l'autre.

Il était très pieux et, chaque dimanche, il partait avec Mme Alphonse à la messe du village qu'habitait M. Tirande.

Au commencement, ils voulurent m'emmener dans leur voiture ; mais je refusai, préférant aller à Sainte-Montagne où j'espérais rencontrer Pauline ou Eugène.

Quelquefois, un des laboureurs venait avec moi, mais, le plus souvent, je m'en allais seule, par un chemin de traverse qui diminuait de beaucoup le trajet.

C'était un chemin rude et pierreux qui grimpait sur la colline, à travers les genêts.

À l'endroit le plus élevé, je m'arrêtais devant la maison de Jean le Rouge.

Cette maison était basse et profonde ; les murs étaient aussi noirs que le chaume qui la recouvrait ; et on eût pu passer à côté sans la voir, tant les genêts qui l'entouraient étaient hauts.

J'entrais pour dire bonjour à Jean le Rouge, que je connaissais depuis que j'étais à la ferme de Villevieille.

Il avait toujours travaillé pour maître Sylvain, qui le tenait en grande estime. Eugène disait qu'on pouvait le faire toucher à tout et qu'avec lui les choses étaient toujours bien faites.

MAINTENANT, M. ALPHONSE ne voulait plus l'occuper ; il parlait de le renvoyer de la maison de la colline. Jean le Rouge en était si affecté qu'il ne pensait plus qu'à cela.

Aussitôt après la messe, je revenais par le même chemin. Les enfants de Jean m'entouraient pour avoir le pain bénit que je leur rapportais. Ils étaient six, et l'aîné n'avait pas encore douze ans. Mon pain bénit n'était guère plus gros qu'une bouchée ; aussi, je le remettais à la femme de Jean qui le distribuait en parts égales.

Pendant ce temps, Jean le Rouge apportait pour moi un escabeau devant le feu, et il s'asseyait lui-même sur une rondelle de bois, qu'il roulait du pied, jusqu'à la cheminée. Sa femme ramenait les brindilles dans le feu avec de lourdes pincettes ; et dans le chaudron pendu à la crémaillère, on voyait cuire de grosses pommes de terre jaunes.

Dès le premier dimanche, Jean le Rouge m'avait dit : « Je suis aussi un enfant abandonné. »

Et peu à peu, il m'avait appris qu'à l'âge de douze ans on l'avait placé chez le bûcheron qui habitait déjà la maison de la colline. Il avait su très vite grimper au sommet des arbres pour y attacher la corde qui devait les faire pencher ; puis, la journée finie, et son fagot de bois sur le dos, il partait en avant pour arriver plus vite à la maison, où il trouvait la petite fille du bûcheron, en train de faire la soupe.

Elle était du même âge que lui, et ils étaient devenus tout de suite de bons amis.

Puis le malheur arriva, un soir de Noël.

Le vieux bûcheron, qui croyait les enfants bien endormis, s'en alla à la messe de minuit. Mais eux s'étaient levés aussitôt après son départ. Ils voulaient préparer le réveillon pour le retour du vieux, et ils se faisaient une joie de sa surprise.

Pendant que la fillette faisait cuire des châtaignes et mettait sur la table le pot de miel et la cruche de cidre, Jean le Rouge préparait un feu de grosses bûches.

Du temps passa ; les châtaignes étaient cuites, et le bûcheron tardait à rentrer. Les enfants s'assirent par terre devant le feu pour avoir plus chaud, et ils finirent par s'endormir, en s'appuyant l'un contre l'autre.

Jean se réveilla aux cris que poussait la petite fille. Il ne comprit pas tout d'abord pourquoi elle levait les bras si haut devant la flamme.

Comme elle sautait sur ses pieds pour s'enfuir, il vit qu'elle brûlait.

Elle avait déjà ouvert la porte du jardin, et elle courait en éclairant les arbres.

C'étaient les derniers amis qui me restaient et l'idée m'était venue de parler d'eux à Mme Alphonse, dans l'espoir qu'elle obtiendrait de son mari qu'il veuille bien les garder.

Je trouvai l'occasion un jour que M. Tirande et son fils étaient entrés dans la lingerie en parlant de changements à faire à la ferme.

M. Alphonse ne voulait pas de troupeau : il parlait d'acheter des machines agricoles, d'abattre les sapins et de défricher la colline. Les étables serviraient de remises pour les machines, et la maison de la colline deviendrait un grenier à fourrages.

Je ne sais si Mme Alphonse entendait ; elle travaillait à sa dentelle avec une grande attention.

Aussitôt que les deux hommes furent sortis, j'osai parler de Jean le Rouge.

J'expliquai combien il avait été utile à maître Sylvain : je dis son chagrin de quitter cette maison qu'il habitait depuis si longtemps, et quand je m'arrêtai, tout angoissée de la réponse qui allait venir, Mme Alphonse retira son crochet du fil et dit :

« Je crois que je me suis trompée d'une maille. »

Elle compta jusqu'à dix-neuf, et elle ajouta :

« C'est ennuyeux, il faut que je défasse tout un rang. »

Quand je rapportai cela à Jean le Rouge, il eut un mouvement de colère, qui lui fit tendre le poing vers Villevieille. Mais sa femme lui mit la main sur l'épaule en le regardant. Aussitôt Jean se calma.

Jean le Rouge quitta la maison de la colline à la fin de janvier, et une profonde tristesse entra en moi.

Alors, Jean l'avait saisie, et jetée dans la fontaine de la source.

Le feu s'était éteint tout de suite, mais lorsque Jean voulut la sortir de la fontaine, il la trouva si lourde qu'il crut qu'elle était morte. Elle ne faisait aucun mouvement, et il mit longtemps à la tirer de l'eau ; puis il la ramena à la maison, en la traînant comme un fagot.

Les grosses bûches étaient devenues des braises rouges ; seule, la plus grosse, qui était humide, continuait à fumer et à grésiller.

Le visage de la petite fille n'était plus qu'une énorme boursouflure noire et violacée et son corps à moitié nu laissait voir de larges taches rouges.

Elle resta de longs mois malade, et quand, enfin, on la crut guérie, on s'aperçut qu'elle était devenue muette.

Elle entendait très bien, elle pouvait même rire comme tout le monde ; mais il lui était impossible d'articuler un seul mot.

Pendant que Jean le Rouge me racontait ces choses, sa femme le regardait en remuant les yeux, comme si elle lisait un livre.

Son visage portait des traces profondes de brûlures, mais on s'y habituait très vite, et on ne voyait plus que sa bouche aux dents blanches, et ses yeux un peu inquiets. Elle appelait ses enfants en faisant entendre un éclat de voix prolongé, et les petits accouraient, et comprenaient tous ses gestes.

J'étais désolée aussi de leur voir quitter la maison de la colline.

MAINTENANT, JE N'AVAIS PLUS D'AMIS.

Je ne reconnaissais plus la ferme ; tous ces gens s'y mettaient à leur aise, et il me semblait que c'était moi la nouvelle venue. La servante me regardait avec méfiance, et les laboureurs évitaient de me parler.

La servante s'appelait Adèle. Tous les jours, on l'entendait bougonner et traîner ses sabots. Elle faisait du bruit même quand elle marchait sur la paille. À table, elle mangeait debout, et elle répondait sans politesse aux observations des maîtres.

M. Alphonse avait fait enlever le banc de la porte et mettre à sa place de petits arbustes verts qu'on avait enclos d'un treillage.

Il avait fait aussi enlever le vieil orme où la hulotte était venue chanter, les soirs d'été.

Il devait y avoir longtemps que le vieil arbre ne donnait plus d'ombrage au seuil de la maison : il ne portait plus qu'un bouquet de feuillage tout en haut, et cela lui faisait comme une tête, qui se penchait pour écouter ce qui se disait en bas.

Les bûcherons qui vinrent pour l'abattre furent d'avis que cela ne serait pas facile. Il menaçait, en tombant, de démolir la toiture de la maison.

Enfin, après bien des discussions, et bien des tours autour de lui, on décida de l'enserrer de grosses cordes qui le feraient pencher et l'obligeraient à tomber sur le fumier.

Il fallut la journée de deux hommes pour l'abattre, et au moment où on croyait qu'il allait se coucher tranquillement, une des cordes se desserra et le vieil orme se releva pour retomber de côté. Il glissa sur le toit en entraînant la cheminée et une grande quantité de tuiles et, après avoir écorché le mur, il se coucha en travers de la porte : et pas une de ses branches ne toucha le fumier.

M. Alphonse ne put retenir un cri de colère. Il saisit la hache d'un des bûcherons, et il frappa l'arbre d'un coup si violent qu'un morceau d'écorce sauta dans la fenêtre de la lingerie et cassa un carreau.

Mme Alphonse vit des éclats de verre tomber sur moi ; elle se leva avec une vivacité que je ne lui connaissais pas et, avec des mains tremblantes et des yeux peureux, elle examina minutieusement chaque endroit de la nappe que j'étais en train de broder.

Mais elle ne vit pas que j'essuyais avec mon mouchoir une petite coupure que le verre m'avait faite à la joue.

Elle eut si peur qu'il n'arrivât malheur aux piles de linge qui commençaient à s'entasser, qu'elle m'emmena le lendemain chez sa mère pour me faire voir comment il fallait ranger les armoires.

La mère de Mme Alphonse s'appelait Mme Deslois ; mais quand les laboureurs parlaient d'elle, ils disaient toujours « la bourgeoise du château ».

Elle n'était venue qu'une fois à Villevieille.

Elle s'était approchée de moi, et m'avait regardée de très près en clignant des yeux. C'était une grande femme qui marchait courbée, comme si elle cherchait quelque chose par terre. Elle habitait le grand domaine du Gué-Perdu.

Mme Alphonse prit un sentier, le long de la petite rivière.

On était à la fin de mars, et les prés étaient déjà tout fleuris.

Mme Alphonse marchait tout droit dans le sentier ; mais moi, j'avais un grand plaisir à marcher dans l'herbe molle.

On arriva bientôt près du grand bois où le loup m'avait pris un agneau.

J'avais gardé de ce bois une frayeur mystérieuse, et, quand on quitta le sentier de la rivière pour prendre un chemin qui traversait les bois, je fus prise d'une véritable épouvante.

Cependant le chemin était large ; il devait même y passer souvent des voitures, car les ornières y étaient profondes.

Au-dessus de nos têtes, les aiguilles des sapins crissaient continuellement en se frôlant. Cela faisait un bruit doux et léger qui ne ressemblait en rien au chuchotement sec et coupé de silences que le bois avait fait entendre quand il était chargé de neige. Malgré cela, je ne pouvais m'empêcher de regarder derrière moi.

On ne marcha pas longtemps dans les bois ; le chemin tournait à gauche, et on se trouva tout de suite dans la cour du Gué-Perdu.

La petite rivière passait derrière les étables, comme à Villevieille ; mais ici les prés étaient très resserrés et on eût dit que les bâtiments voulaient se cacher dans la sapinière.

La maison d'habitation ne ressemblait pas aux fermes des environs. Le bas en était fait de vieux murs très épais et le premier étage paraissait avoir été posé dessus en attendant.

Je ne trouvai pas que cette maison eût l'air d'un château ; elle me faisait plutôt penser à une vieille souche d'arbre, de laquelle serait sorti un rejeton mal venu.

Mme Deslois parut sur le pas de la porte en nous entendant venir.

Elle me regarda encore en clignant des yeux. Elle dit tout de suite à haute voix qu'elle avait perdu un sou dans la paille, et que c'était bien étonnant que, depuis huit jours, personne ne l'eût encore trouvé. Tout en parlant, elle remuait avec son pied la mince couche de paille qui était devant la porte.

Mme Alphonse ne devait pas entendre. Ses gros yeux fixaient l'intérieur, et ce fut presque avec ardeur qu'elle expliqua le motif de notre visite.

Mme Deslois voulut me conduire elle-même à la lingerie ; elle mit les clefs sur les armoires et, après m'avoir recommandé de bien faire attention, et de ne rien déranger, elle me laissa seule.

J'eus vite fait d'ouvrir et de refermer les grandes armoires reluisantes.

J'aurais voulu m'en aller tout de suite. Cette grande lingerie froide m'épouvantait comme une prison : mes pas résonnaient sur les dalles, comme s'il y avait eu en dessous des caveaux profonds. Il me sembla tout à coup que je ne sortirais plus jamais de cette lingerie.

Je tendis l'oreille pour écouter le bruit des bêtes mais je n'entendis que la voix de Mme Deslois. C'était une voix forte et rauque, qui traversait les murs et pénétrait partout.

J'allais vers la fenêtre, pour me sentir moins seule, quand une porte que je n'avais pas remarquée s'ouvrit brusquement derrière moi. Je tournai la tête, et je vis entrer un homme jeune, qui portait une longue blouse blanche et une casquette grise.

Il s'arrêta comme s'il était surpris de trouver quelqu'un là, et moi je continuais de le regarder sans pouvoir détacher mes yeux de lui.

Il traversa la lingerie sans que nos regards se soient quittés, et il s'éloigna après s'être cogné contre la boiserie de la porte. Une minute après, il passa contre la fenêtre, et nos regards se rencontrèrent encore.

J'en restai mal à l'aise et, sans savoir pourquoi, j'allai fermer les portes qu'il avait laissées ouvertes.

Un moment après, Mme Alphonse vint me chercher, et je repris avec elle le chemin de Villevieille.

Depuis que M. Alphonse avait remplacé Pauline, j'avais pris l'habitude d'aller m'asseoir sur un houx en forme de siège, qui se trouvait au milieu d'un grand buisson peu éloigné de la ferme.

Maintenant que le printemps venait, j'y allais à l'heure où les laboureurs fumaient leur pipe sur le seuil des écuries.

J'y restais longtemps à écouter les bruits du soir, et un grand désir me venait de ressembler aux arbres.

Ce soir-là, il m'arriva de penser à l'homme du Gué-Perdu. Mais chaque fois que je voulais fixer la couleur de ses yeux, ils entraient si profondément dans les miens qu'il me semblait que j'en étais tout éclairée.

Le dimanche qui suivit était jour de Pâques. Adèle était partie à la messe, dans la voiture de M. Alphonse. Je restai seule avec un laboureur, pour garder la ferme. Après le déjeuner, l'homme se coucha sur un tas de paille devant la porte, et moi, j'allai me cacher dans mon buisson.

Je cherchai à entendre le son des cloches. Mais la ferme était trop éloignée des villages et aucun son ne venait jusqu'à moi.

Ma pensée s'en alla vers sœur Marie-Aimée. Je pensais aussi à Sophie, qui venait me réveiller, chaque année, pour que je puisse entendre toutes les cloches de la ville qui sonnaient Pâques en même temps.

Il lui était arrivé, une année, de ne pas se réveiller ; elle en eut tant de regret que, l'année suivante, elle mit un gros caillou dans sa bouche pour s'empêcher de dormir. Chaque fois qu'elle se laissait aller au sommeil, ses dents portaient sur le caillou, et elle se réveillait aussitôt.

Je pensais aussi à la grand-messe où Colette chantait à pleine voix. Je revoyais la débandade sur les pelouses, et l'air tout affairé de sœur Marie-Aimée s'occupant du grand repas des fêtes.

Et ce soir, au lieu du visage fin et aimant de sœur Marie-Aimée, je verrais la figure ingrate de Mme Alphonse, et les yeux luisants de son mari qui me faisaient tant peur ; et en pensant qu'il me faudrait rester encore longtemps à la ferme, je me laissais aller à un profond découragement.

Quand je fus lasse de pleurer, je vis avec surprise que le soleil avait beaucoup baissé. À travers les branches du buisson, je voyais s'allonger sur le pré les ombres longues et minces des peupliers ; et, plus près de moi, je vis aussi une grande ombre qui bougeait. Elle s'avançait, puis s'arrêtait, et s'avançait de nouveau.

Je compris tout de suite que quelqu'un allait passer devant ma cachette et presque aussitôt, l'homme à la blouse blanche entrait dans le buisson, en se baissant pour éviter les branches.

J'en ressentis un grand froid par tout le corps.

Cependant, je me remis très vite ; mais il me resta un tremblement nerveux, qu'il me fut impossible de dissimuler.

Lui restait debout devant moi sans parler.

Je regardais la douceur qui était dans ses yeux ; et je sentis revenir la chaleur dans mon corps.

Je remarquai qu'il portait comme Eugène une chemise de couleur et une cravate nouée sous le col ; et quand il parla, il me sembla que je connaissais sa voix depuis longtemps.

Il s'était appuyé contre une grosse branche, en face de moi, et il me demanda s'il ne me restait plus de parents.

Je répondis que non.

Il fit glisser entre ses doigts une branche couverte de jeunes pousses, et, sans me regarder, il dit encore :

« Alors, vous êtes seule au monde ? »

Je répondis vivement :

« Oh ! non, j'ai sœur Marie-Aimée ! »

Et sans lui laisser le temps de me questionner, je dis combien je l'aimais, et avec quelle impatience j'attendais le moment où je pourrais la rejoindre.

J'étais si heureuse de parler d'elle que je ne m'arrêtais plus.

Je disais sa beauté et son intelligence qui me semblaient au-dessus de tout.

Je disais aussi son chagrin le jour de mon départ, et j'imaginais sa joie le jour où elle me verrait revenir.

Pendant que je parlais, il avait les yeux fixés sur mon visage, mais son regard semblait voir beaucoup plus loin.

Après un silence, il me demanda encore :

« Est-ce que vous n'aimez personne ici ?

– Non, dis-je, tous ceux que j'aimais sont partis. »

Et j'ajoutai avec un peu de rancune :

« Jusqu'à Jean le Rouge qu'ils ont chassé !

– Pourtant, dit-il, Mme Alphonse n'est pas méchante ? »

Je répondis qu'elle n'était ni méchante ni bonne, et que je la quitterais sans regret.

À ce moment, on entendit crier les roues de la voiture de M. Alphonse, qui rentrait, et je me levai pour partir.

Il s'effaça un peu, pour me laisser passer, et je le laissai seul dans le buisson.

Le soir, je profitai d'un moment de bonne humeur d'Adèle pour lui demander si elle connaissait les laboureurs du Gué-Perdu. Elle me répondit qu'elle ne connaissait que les plus anciens ; car depuis que Mme Deslois était veuve, les nouveaux ne restaient pas longtemps chez elle.

Une crainte que je n'aurais pu expliquer m'empêcha de parler du jeune homme à la blouse blanche ; et Adèle ajouta en remuant le menton :

« Heureusement que son fils aîné est revenu de Paris : les laboureurs seront moins malheureux. »

Le lendemain, pendant que Mme Alphonse travaillait à sa dentelle, je cousais en pensant au laboureur à la blouse blanche.

Je ne pouvais le séparer d'Eugène dans ma pensée ; il s'exprimait comme lui, et je leur trouvais un air de ressemblance.

Vers le soir, je crus le voir passer devant les écuries et, la minute d'après, il s'arrêtait sur le seuil de la lingerie.

Ses yeux passèrent sur moi, pour se poser sur Mme Alphonse ; il tenait la tête haute, et sa bouche fléchissait un peu du côté gauche.

Mme Alphonse dit, d'une voix traînante, en le voyant :

« Tiens, voilà Henri. »

Elle se laissa embrasser sur les deux joues ; puis elle indiqua une chaise à côté d'elle. Mais lui s'assit un peu de travers sur la table, en repoussant la toile.

Comme Adèle passait, Mme Alphonse lui dit :

« Si vous voyez mon mari, dites-lui que mon frère est ici. »

Je mis quelques instants à comprendre ; puis je devinai brusquement que c'était lui le fils aîné de Mme Deslois.

Une honte que je n'avais pas encore connue me fit rougir violemment, et un immense regret me vint d'avoir parlé de sœur Marie-Aimée.

Il me sembla que je venais de jeter au vent la plus belle chose que je possédais et, malgré tous mes efforts, je ne pus retenir deux larmes qui s'accrochèrent à ma bouche, avant de tomber sur la toile fine que j'ourlais.

Henri Deslois resta longtemps sur le coin de la table.

À chaque instant, je sentais son regard sur moi, et c'était comme un poids lourd qui m'empêchait de relever le front.

Deux jours après, je le retrouvai dans le buisson.

En le voyant assis sur le houx, il me vint une grande faiblesse dans les jambes, et je m'arrêtai.

Il se leva aussitôt pour me céder la place, mais je restai à le regarder.

Il avait dans les yeux la même douceur que la première fois, et, comme s'il attendait que je lui raconte une nouvelle histoire, il demanda :

« N'avez-vous rien à me dire, ce soir ? »

Toutes les paroles qui me vinrent à l'esprit me semblèrent inutiles et je fis « non » de la tête ; il reprit :

« J'étais votre ami, l'autre jour. »

Ce souvenir augmenta mon regret, et je répondis seulement :

« Vous êtes le frère de Mme Alphonse. »

Je le quittai, et n'osai plus retourner dans le buisson.

Il revint souvent à Villevieille.

J'évitais de le regarder, mais sa voix me causait toujours un profond malaise.

Depuis que Jean le Rouge était parti, je ne savais que faire de mon temps après la messe. Chaque dimanche, je passais devant la maison de la colline ; parfois, je regardais à travers les fentes des contrevents, et quand il m'arrivait de heurter le bois avec mon front, il rendait un son qui me faisait reculer tout effrayée.

Un dimanche, je remarquai que la porte n'avait pas de serrure. J'appuyai le doigt sur le loquet, et aussitôt la porte s'ouvrit avec un grand bruit.

Je ne m'attendais pas à ce qu'elle s'ouvrît si vite, et je restai là, avec l'envie de la refermer et de m'éloigner. Puis, comme le bruit avait cessé, et que le soleil était tout de suite entré en faisant un grand carré de clarté, je me décidai à entrer aussi, en laissant la porte ouverte.

La grande cheminée n'avait plus sa crémaillère, ni ses hauts landiers ; il ne restait dans la salle que les épaisses rondelles de bois qui avaient servi de sièges aux enfants de Jean le Rouge. L'écorce en était usée, et le dessus était poli et comme ciré, à force d'avoir servi. La deuxième chambre était complètement vide ; elle n'était pas carrelée, et sur la terre battue, les pieds des lits avaient creusé des trous.

La porte du fond n'avait pas non plus de serrure, et je me trouvai bientôt dans le jardin.

Les plates-bandes conservaient encore quelques légumes d'hiver, et les arbres à fruits étaient en fleurs.

La plupart étaient très vieux ; plusieurs étaient devenus bossus, et leurs branches s'abaissaient comme si elles trouvaient que les fleurs mêmes étaient trop lourdes à porter.

Au bas du jardin, la colline s'évasait en pente douce jusqu'à une immense plaine où paissaient des troupeaux, et, tout au bout, une rangée de peupliers faisait comme une barrière qui empêchait le ciel d'entrer dans la plaine.

Peu à peu je reconnaissais chaque endroit. Voici la petite rivière, au bas de la colline. Je ne vois pas l'eau, mais les saules ont l'air de se ranger pour la laisser passer.

Elle disparaît derrière les bâtiments de Villevieille, dont les toits sont de la même couleur que les châtaigniers, et la voilà de l'autre côté. Elle brille par endroits, entre les minces peupliers ; puis elle s'enfonce dans ce grand bois de sapins, qui paraît tout noir, et qui cache le Gué-Perdu : c'est le chemin que Mme Alphonse m'a fait suivre pour aller chez sa mère… Son frère avait dû venir par le même sentier, le jour où il m'était apparu dans le buisson de houx.

Aujourd'hui, il n'y avait personne dans le sentier. Tout était d'un vert tendre, et j'avais beau regarder entre les bouquets d'arbres, aucune blouse n'apparaissait.

Je cherchais aussi des yeux le buisson, mais il était caché par les toits de la ferme.

Henri Deslois y était venu plusieurs fois depuis le jour de Pâques. Je n'aurais pas su dire comment je le savais ; mais, ces jours-là, je ne pouvais m'empêcher d'en faire le tour.

Hier, Henri Deslois était entré dans la lingerie, pendant que j'étais seule : il avait fait un geste comme s'il allait me parler.

Aussitôt, mes yeux s'étaient attachés à lui, comme la première fois, et il était reparti sans rien dire.

Et maintenant que j'étais dans ce jardin sans clôture, tout entouré de genêts fleuris, le désir me venait d'y vivre toujours.

Un gros pommier se penchait à côté de moi, et trempait le bout de ses branches dans la source.

La source sortait du tronc creux d'un arbre, et le trop-plein s'en allait en petits ruisseaux à travers les plates-bandes.

Ce jardin plein de fleurs et d'eau claire me paraissait le plus beau jardin de la terre, et quand je tournais la tête vers la maison grande ouverte au soleil, j'attendais toujours qu'il en sortît des êtres extraordinaires.

Cette maison basse et sans couleur me semblait pleine de mystère : il sortait d'elle de petits glissements brusques et irréguliers et, tout à l'heure, j'avais bien cru entendre le bruit que faisait Henri Deslois quand il posait le pied sur le seuil de la ferme de Villevieille.

J'avais écouté, comme si j'espérais le voir s'approcher. Mais le bruit de pas ne s'était pas renouvelé, et bientôt je m'aperçus que les genêts et les arbres faisaient entendre toutes sortes de sons mystérieux.

J'imaginais que j'étais un jeune arbre, que le vent pouvait déplacer à son gré. Le même souffle frais qui balançait les genêts passait sur ma tête et emmêlait mes cheveux ; et pour imiter le pommier, je me baissais, et trempais mes doigts dans l'eau pure de la source.

Un nouveau bruit me fit regarder vers la maison, et je n'eus aucune surprise en voyant Henri Deslois dans l'encadrement de la porte.

Il était tête nue, et les bras ballants.

Il fit deux pas dans le jardin, et son regard s'en alla au loin dans la plaine.

Ses cheveux étaient séparés sur le côté, et son front s'allongeait très loin vers les tempes.

Il resta un long moment sans bouger ; puis il se tourna tout à fait vers moi.

Deux arbres seulement nous séparaient ; il fit encore un pas, il prit d'une main le tout jeune arbre qui était devant lui, et les branches fleuries firent comme un bouquet au-dessus de sa tête. La clarté était si grande qu'il me semblait que l'écorce des arbres brillait et que chaque fleur rayonnait, et, dans les yeux d'Henri

Deslois, il y avait une douceur si profonde que je m'avançai vers lui sans aucune honte.

Il ne fit pas un mouvement, mais quand je m'arrêtai devant lui, son visage devint plus blanc que sa blouse, et sa bouche trembla.

Il prit mes deux mains, qu'il appuya fortement contre ses tempes, et il dit d'une voix très basse :

« Je suis comme un avare qui a retrouvé son trésor. »

En ce moment, la cloche de l'église de Sainte-Montagne se mit à sonner. Les sons montaient la colline en courant et, après s'être reposés un instant au-dessus de nous, s'en allaient se perdre plus haut.

Les heures passèrent avec le jour, les troupeaux disparurent un à un de la plaine : une vapeur blanche se leva de la petite rivière ; puis le soleil passa derrière la barrière de peupliers, et les fleurs des genêts commencèrent à devenir plus sombres.

Henri Deslois me ramena sur le chemin de la ferme ; il marchait devant moi, dans le sentier étroit, et quand il me quitta, un peu avant l'allée des châtaigniers, je sentis que je l'aimais plus que sœur Marie-Aimée.

La maison de la colline devint notre maison.

Chaque dimanche j'y retrouvais Henri Deslois, et, comme au temps de Jean le Rouge, je rapportais le pain bénit que nous partagions en riant.

Il y avait en nous comme une folie de liberté, qui nous faisait courir autour du jardin, et mouiller nos souliers dans le ruisseau de la source.

Henri Deslois disait :

« Le dimanche, j'ai aussi dix-sept ans ! »

Parfois, nous faisions de longues promenades dans les bois qui entouraient la colline.

Henri Deslois ne se lassait pas de m'entendre raconter mon enfance avec sœur Marie-Aimée. Nous parlions aussi d'Eugène, qu'il connaissait. Il disait qu'il était de ceux qu'on aime à avoir pour amis.

Je lui dis aussi combien j'avais été mauvaise bergère ; et tout en pensant qu'il allait se moquer de moi, je racontai l'histoire du mouton enflé. Il ne se moqua pas ; il passa seulement un doigt sur mon front, en disant :

« Il faut beaucoup d'amour pour guérir ça ! »

IL NOUS ARRIVA UN JOUR de nous arrêter près d'un immense champ de blé, dont on ne voyait pas la fin. Des milliers de papillons blancs voltigeaient au-dessus des épis. Henri Deslois ne parlait pas, et moi je regardais les épis qui se ployaient et se redressaient comme s'ils voulaient prendre leur élan pour fuir. On eût dit que les papillons leur apportaient des ailes pour les aider ; mais les épis avaient beau s'agiter, ils ne parvenaient pas à quitter la terre.

Je le dis à Henri Deslois, qui regarda longtemps le blé ; puis, comme s'il parlait pour lui-même, il dit en traînant sur les mots :

« Il en est de même pour l'homme ; parfois une douce créature vient à lui ; elle est semblable aux papillons blancs de la plaine ; il ne sait si elle monte de la terre, ou si elle descend d'en haut ; il sent qu'avec elle il pourrait vivre du vent qui passe et du miel des fleurs. Mais, pareil à la racine qui retient l'épi à la terre, un lien mystérieux l'attache à son devoir qui est fort comme la terre. »

Il me sembla que sa voix avait un accent de souffrance, et que sa bouche fléchissait davantage. Mais presque aussitôt ses yeux s'arrêtèrent sur moi, et il dit d'une voix plus ferme :

« Ayons confiance en nous ! »

L'ÉTÉ PASSA, PUIS L'AUTOMNE ; et malgré le mauvais temps de décembre, nous ne pouvions nous décider à quitter la maison de la colline.

Henri Deslois apportait des livres que nous lisions, assis sur les rondelles de bois, dans la pièce qui donnait sur le jardin. Je rentrais à la ferme quand la nuit venait, et Adèle, qui croyait que je passais mon temps à la danse du village, s'étonnait toujours de mon air triste.

Presque chaque jour, Henri Deslois venait à Villevieille. Je l'entendais venir de loin ; il montait sans bride ni selle une grande jument blanche qui trottait lourdement, et qui le portait à travers les labours et les sentiers. C'était une bête patiente et douce. Son maître la laissait en liberté dans la cour, pendant qu'il entrait dire bonjour à Mme Alphonse. Aussitôt que M. Alphonse l'entendait, il entrait dans la lingerie.

Tous deux parlaient de l'amélioration des terres ou des gens qu'ils connaissaient ; mais il y avait toujours dans la conversation un mot ou une tournure de phrase qui venait à moi comme la pensée visible d'Henri Deslois.

Je rencontrais souvent le regard de M. Alphonse, et je ne pouvais pas toujours m'empêcher de rougir.

Un après-midi qu'Henri Deslois entrait tout souriant, M. Alphonse lui cria :

« Vous savez que j'ai vendu la maison de la colline. »

Les deux hommes se regardèrent ; ils devinrent si pâles tous les deux que j'eus peur de les voir mourir sur place. Puis M. Alphonse se leva de sa chaise pour s'adosser à la cheminée, pendant qu'Henri Deslois poussait la porte, sans pouvoir arriver à la fermer.

Mme Alphonse posa sa dentelle sur ses genoux et elle dit comme si elle répétait une leçon :

« Cette maison ne servait à rien, et je suis bien contente qu'elle soit vendue. »

Henri Deslois vint s'asseoir sur la table, si près de moi qu'il aurait pu me toucher. Il dit d'une voix assez ferme :

« Je regrette que vous l'ayez vendue sans m'en avoir parlé, car j'avais l'intention de l'acheter. »

M. Alphonse se tortilla comme un ver. Il faisait des efforts pour rire aux éclats, et, à travers son rire, il disait :

« L'acheter, l'acheter, mais qu'en auriez-vous fait ? »

Henri Deslois posa sa main sur le dossier de ma chaise, et il répondit :

« Je l'aurais habitée comme Jean le Rouge. »

M. Alphonse se mit à aller et venir devant la cheminée ; son visage était devenu d'un jaune terreux ; il tenait ses mains dans les poches de son pantalon, et ses pieds se soulevaient si vite qu'on eût dit qu'il les remontait avec une ficelle qu'il tenait dans chaque main.

Puis il vint s'appuyer à la table en face de nous et, en nous regardant l'un après l'autre de ses yeux qui luisaient, il dit avec un mouvement de tout son buste en avant :

« Eh bien ! je l'ai vendue, et comme cela, tout est fini ! »

Pendant le silence qui suivit, on entendit la jument blanche gratter le seuil avec son sabot, comme si elle appelait son maître.

Henri Deslois se dirigea vers la porte ; puis il revint près de moi pour ramasser mon ouvrage qui avait glissé de mes mains sans que je m'en fusse aperçue.

Il embrassa sa sœur, et, avant de partir, il dit en me regardant :

« À demain ! »

Le lendemain, dans la matinée, ce fut Mme Deslois qui entra dans la lingerie. Elle vint droit à moi avec des mots insultants.

Mais M. Alphonse la fit taire d'un geste sec ; puis, s'adressant à moi d'une voix adoucie, il dit :

« Mme Alphonse m'envoie vous dire qu'elle tient beaucoup à vous garder près d'elle. Elle désire seulement que dorénavant vous veniez à la messe avec nous. »

Il essaya de sourire en ajoutant :

« Vous ferez le voyage en voiture. »

C'était la première fois qu'il me parlait directement. Sa voix me parut un peu voilée, comme s'il éprouvait une gêne à me dire ces choses.

Je ne sais pas pourquoi je pensai que Mme Alphonse n'avait rien dit de tout cela, et qu'il mentait. Puis, en ce moment, il ressemblait tellement à la supérieure que je ne pus m'empêcher de le braver.

Je répondis que je n'aimais pas aller en voiture, et que je continuerais d'aller à Sainte-Montagne.

Il rentra sa lèvre inférieure, et il se mit à la mordiller.

Aussitôt, Mme Deslois s'avança, menaçante, en me traitant d'insolente. Elle répétait ce mot comme si elle n'en trouvait pas d'autres.

Elle le criait de plus en plus fort, et bientôt elle perdit toute mesure. Le blanc de ses yeux devint tout rouge, et elle leva la main pour me frapper.

Je reculai vivement en passant derrière ma chaise. Mme Deslois buta contre la chaise, qu'elle renversa, et elle dut se retenir à la table pour ne pas tomber.

Ses cris rauques m'épouvantaient.

Je voulus sortir de la lingerie ; mais M. Alphonse s'était mis devant la porte comme pour la garder, et je revins en face de Mme Deslois, de l'autre côté de la table.

Elle parlait maintenant d'une voix étranglée. Elle disait des mots dont le sens m'échappait. Je trouvais seulement que ses paroles avaient une odeur insupportable. Elle cessa, après avoir crié de toutes ses forces :

« Je suis sa mère, entendez-vous ? »

M. Alphonse revint vers moi ; il dit en me prenant le bras :

« Voyons ! écoutez-moi. »

Je me dégageai en le repoussant, et je sortis de la maison en courant.

Les derniers mots de Mme Deslois entraient dans ma tête comme un marteau pointu :

« Je suis sa mère, entendez-vous ? »

Oh ! ma mère Marie-Aimée, comme vous étiez belle à côté de cette autre mère, et comme je vous aimais en ce moment ! Comme vos yeux de plusieurs couleurs rayonnaient et illuminaient votre vêtement noir, et comme votre visage était pur dans votre cornette blanche ! Vous étiez aussi visible pour moi que si vous eussiez été réellement devant moi.

JE FUS TOUTE SURPRISE de me retrouver devant la maison de la colline ; et en même temps, je m'aperçus que la neige tombait en tourmente. J'entrai dans la maison pour m'abriter, et j'allai tout de suite dans la pièce qui donnait sur le jardin.

Je cherchai à fixer ma pensée ; mais mes idées tournoyaient dans ma tête comme les flocons de neige qui paraissaient monter de la terre et tomber du ciel en même temps ; et chaque fois que je faisais un effort pour penser, ma mémoire ne m'apportait que les bribes d'une chanson que les petites filles chantaient joyeusement dans leurs rondes et qui disait :

On a tant fait sauter la vieille,
Qu'elle est morte en sautillant,
Tireli,
Sautons, sautons, la vieille !

Je me trouvais bien dans cette maison silencieuse.

La neige s'arrêta de tomber, et les arbres me semblèrent aussi beaux que le jour où je les avais vus tout fleuris ; et brusquement le souvenir de ce qui venait de se passer se précisa dans mon esprit. Je revis la main aux doigts carrés de Mme Deslois ; un grand frisson me secoua ; quelle vilaine main, et comme elle était grande !

Puis l'expression du regard de M. Alphonse, quand il me prit le bras. Maintenant que j'y pensais, je me rappelais avoir déjà vu ce regard à une petite fille.

C'était un jour que je venais de voler un fruit tombé ; elle s'était précipitée sur moi, en disant :

« Donne-m'en la moitié, et je ne le dirai pas. »

Une grande répugnance m'était venue de partager avec elle, et, au risque de me faire voir par sœur Marie-Aimée, j'étais allée reporter le fruit sous l'arbre.

Et voilà qu'à penser à ces choses un désir violent me venait de revoir sœur Marie-Aimée. J'aurais voulu partir tout de suite. Mais, en même temps, je pensai qu'Henri Deslois avait dit hier en partant : « À demain ! »

Peut-être était-il déjà à la ferme, m'attendant et s'inquiétant de ce que je pouvais être devenue.

Je sortis de la maison pour courir à Villevieille.

Je n'avais fait que quelques pas, lorsque je le vis venir sur le chemin.

La jument blanche gravissait difficilement le sentier plein de neige.

Henri Deslois était tête nue comme la première fois qu'il était venu ici ; sa blouse se gonflait sous le vent, et il se retenait à la crinière de sa bête.

La jument s'arrêta devant moi.

Son maître se pencha, et saisit mes deux mains que je levais vers lui.

Il y avait sur son visage quelque chose de tourmenté que je n'y avais jamais vu. Je remarquai aussi que ses sourcils se rejoignaient comme ceux de Mme Deslois. Il dit, un peu essoufflé :

« Je savais que je vous retrouverais ici. »

Il ouvrit encore la bouche, et je fus tout de suite sûre que ses paroles allaient me donner de la joie.

Il serra davantage mes mains, et dit de la même voix essoufflée :

« N'ayez pas de haine contre moi. »

Il détourna les yeux des miens :

« Je ne peux plus être votre ami. »

Aussitôt, je crus que quelqu'un me donnait un coup violent sur la tête.

Il se fit dans mes oreilles un grand bruit de scie. Je vis Henri Deslois frissonner longuement, et j'entendis encore qu'il disait :

« Oh ! comme j'ai froid ! »

Puis, je ne sentis plus sur mes mains la chaleur des siennes ; et quand je compris que je restais seule sur le chemin, je ne vis plus qu'une masse d'un blanc gris, qui paraissait glisser sans bruit sur la neige du sentier.

JE DESCENDIS LENTEMENT l'autre versant de la colline. Je marchai longtemps dans la neige qui crissait sous mes pieds.

J'avais déjà fait la moitié du chemin, lorsqu'un paysan m'offrit de monter dans sa voiture. Il allait aussi à la ville, et je me trouvai bientôt devant l'orphelinat.

Je sonnai, et tout de suite la portière m'examina par le judas.

Je la reconnus. C'était toujours Bel-Œil.

Nous l'avions surnommée ainsi parce qu'elle avait un gros œil blanc. Elle ouvrit après m'avoir reconnue aussi. Elle me fit entrer, mais, avant de refermer la porte derrière moi, elle me dit :

« Sœur Marie-Aimée n'est plus ici. »

Je ne répondis pas ; alors elle répéta :

« Sœur Marie-Aimée n'est plus ici. »

J'entendais bien, mais je n'y apportais aucune attention ; c'était comme dans les rêves où les choses les plus extraordinaires vous arrivent, sans que cela ait de l'importance.

Je regardais son œil blanc, et je dis simplement :

« Je reviens. »

Elle ferma la porte derrière moi, et elle me laissa debout sous l'auvent, pendant qu'elle allait prévenir la supérieure.

Elle revint en disant que la supérieure voulait parler à sœur Désirée-des-Anges avant de me recevoir.

À un coup de sonnette, Bel-Œil se leva, en me faisant signe de la suivre.

La neige s'était remise à tomber.

L'obscurité était presque complète chez la supérieure.

Je ne vis tout d'abord que le feu qui flambait en sifflant. Une voix me fit regarder plus près. La supérieure disait :

« Alors vous revenez ? »

J'essayai de fixer mes idées ; je ne savais pas bien si je revenais. Elle reprit :

« Sœur Marie-Aimée n'est plus ici. »

Je crus que c'était le mauvais rêve qui continuait, et je toussai pour me réveiller ; puis je regardai le feu, et je tâchai de savoir pourquoi il sifflait. La supérieure dit encore :

« Est-ce que vous êtes malade ? »

Je répondis :

« Non. »

La chaleur me ranimait, et je me sentais mieux.

Je comprenais enfin que j'étais revenue, et que je me trouvais chez la supérieure. Je rencontrai ses yeux fixes et me rappelai tout.

Elle disait en se moquant :

« Vous n'avez pas beaucoup changé ; quel âge avez-vous donc ? »

Je répondis que j'avais dix-huit ans.

« Eh bien ! reprit-elle, cela ne vous a pas beaucoup fait grandir, d'aller dans le monde. »

Elle mit un coude sur la table, et me demanda pourquoi je revenais.

Je voulais répondre que c'était pour voir sœur Marie-Aimée ; mais j'eus peur de l'entendre encore me dire que sœur Marie-Aimée n'était plus ici, et je restai silencieuse.

Elle tira d'un tiroir une lettre qu'elle glissa sous sa main ouverte, et dit de l'air ennuyé d'une personne que l'on dérange pour peu de chose :

« Cette lettre m'avait déjà appris que vous étiez devenue une fille orgueilleuse et hardie. »

Elle repoussa la lettre d'un geste las, et, après avoir respiré longuement, elle dit encore :

« On va vous envoyer aux cuisines, en attendant qu'on vous trouve une autre place. »

Le feu sifflait sans relâche. Je continuais de le regarder sans parvenir à reconnaître laquelle des trois bûches faisait entendre ce sifflement.

La supérieure haussa sa voix monotone pour attirer mon attention. Elle me prévenait que sœur Désirée-des-Anges me surveillerait étroitement, et qu'il ne me serait pas permis de parler à mes anciennes compagnes.

Je la vis faire un geste vers la porte, et je sortis dans la neige.

Tout là-bas, de l'autre côté des allées, je voyais les cuisines. Sœur Désirée-des-Anges, longue et droite, m'attendait à la porte. Je ne voyais d'elle que sa cornette et sa robe noire, et je l'imaginais vieille et sèche.

L'idée me vint de me sauver ; je n'avais qu'à courir jusqu'à la porte ; je dirais à Bel-Œil que j'étais venue en visite ; elle me laisserait sortir et tout serait dit.

Au lieu d'aller du côté de la porte, je me dirigeai vers les bâtiments où s'était passée mon enfance.

Je ne savais pas pourquoi j'y allais. Mais je ne pouvais pas m'empêcher d'y aller. Je ressentais aussi une grande fatigue, et j'aurais voulu m'étendre pour dormir longtemps.

Le vieux banc était toujours à sa place ; j'écartai de la main la neige qui le recouvrait ; et je m'assis en m'appuyant au tilleul, comme autrefois M. le curé.

J'attendais quelque chose, et je ne savais pas quoi. Je regardai la fenêtre de la chambre de sœur Marie-Aimée.

Elle n'avait plus ses beaux rideaux de mousseline brodée, mais elle avait beau être pareille aux autres, je la trouvais quand même différente, et, si les épais rideaux de calicot ne déparaient pas les autres fenêtres, ils lui faisaient à elle comme un visage aux yeux fermés.

La nuit commença à tomber sur les allées, et les lumières s'allumaient à l'intérieur des salles.

Je voulais me lever du banc ; je pensais : « Bel-Œil va m'ouvrir la porte. »

Mais mon corps était comme écrasé, et il me semblait que des mains larges et dures se posaient lourdement sur ma tête, et toujours ces mots revenaient comme si je les avais prononcés tout haut : « Bel-Œil va m'ouvrir la porte. »

Mais voilà qu'une voix pleine de pitié disait près de moi :

« Je vous en prie, Marie-Claire, ne restez pas ainsi dans la neige ! »

Je relevai la tête : j'avais devant moi une toute jeune religieuse dont le visage était si beau que je ne me souvenais pas d'en avoir jamais vu de pareil.

Elle se pencha pour m'aider à me lever, et comme j'avais de la peine à me tenir debout, elle passa mon bras sous le sien pendant qu'elle disait :

« Appuyez-vous sur moi. »

Je vis aussitôt qu'elle me conduisait vers les cuisines, dont la large porte vitrée était tout éclairée.

Je ne pensais plus à rien. La neige, qui tombait fine et dure, me piquait le visage, et je sentais de violentes brûlures aux paupières. En entrant dans les cuisines, je reconnus les deux jeunes filles qui se tenaient devant le grand fourneau carré.

C'étaient Véronique la pimbêche et la grosse Mélanie, et il me sembla entendre sœur Marie-Aimée quand elle les nommait ainsi.

Seule, la grosse Mélanie me fit un petit signe au passage, et j'entrai avec la jeune sœur dans une chambre éclairée par une veilleuse.

Cette chambre était séparée en deux par un grand rideau blanc.

La jeune sœur me fit asseoir sur une chaise qu'elle tira de derrière le rideau, et elle sortit sans rien dire.

Un peu après, la grosse Mélanie et Véronique la pimbêche entrèrent pour mettre du linge propre au petit lit de fer qui était à côté de moi.

Quand elles eurent fini, Véronique, qui avait évité de me regarder, se tourna vers moi pour me dire qu'on n'aurait jamais cru que je serais revenue. Elle avait un air méprisant comme si elle me reprochait une chose honteuse.

La grosse Mélanie joignit ses mains sous son menton. Elle penchait toujours la tête de côté, comme quand elle était petite fille. Elle me dit avec un sourire affectueux :

« Je suis bien contente qu'on t'ait mise aux cuisines. »

Puis, elle tapota un peu le lit.

« Tu prends ma place, c'est moi qui couchais ici. »

Elle montra du doigt le rideau en baissant la voix :

« Sœur Désirée-des-Anges couche là. »

Quand elles furent sorties en fermant la porte derrière elles, je me rapprochai du lit de fer.

Ce grand rideau blanc m'impressionnait. Il me semblait voir remuer des ombres dans le creux des plis que la veilleuse n'éclairait pas.

Mon attention fut détournée par la cloche du dîner. J'en reconnaissais le son, et, malgré moi, j'en comptais les coups.

Puis le silence se fit, et la jeune sœur entra de nouveau dans la chambre. Elle m'apportait un bol de bouillon tout fumant.

Elle fit glisser le grand rideau sur sa tringle ; et elle eut presque le même geste que Mélanie quand elle dit :

« Voici votre chambre, et voici la mienne ! »

Je fus tout de suite rassurée en voyant que son petit lit de fer était pareil au mien. Je commençais à penser que j'avais devant moi sœur Désirée-des-Anges, mais je n'osais pas y croire et je le lui demandai.

Elle fit « oui » de la tête et, tout en approchant sa chaise de la mienne, elle dit en mettant son visage dans la lumière :

« On dirait que vous ne me reconnaissez pas ! »

Je la regardai sans répondre.

Non, je ne la reconnaissais pas : j'étais même sûre de ne l'avoir jamais vue, car je n'imaginais pas qu'on pût oublier ses traits lorsqu'on les avait vus une seule fois.

Elle fit une petite moue comique en disant :

« Je vois bien que vous ne vous souvenez plus de cette pauvre Désirée Joly. »

Désirée Joly ?... ah ! si je m'en souvenais ! C'était une jeune fille qui faisait son noviciat, elle avait un visage plus rose que les roses, elle avait aussi une taille fine, et elle était rieuse et aimante. Elle sautait si fort, quand elle jouait à la ronde avec nous, que sœur Marie-Aimée lui disait souvent :

« Voyons, mademoiselle Joly, pas si haut, on voit vos genoux. »

Et maintenant, j'avais beau regarder sœur Désirée-des-Anges, il m'était impossible de faire le plus petit rapprochement. Elle dit :

« Oui, le vêtement de religieuse nous change beaucoup ! »

Elle releva ses manches d'un geste vif, et avec la même petite moue de tout à l'heure, elle dit encore :

« Oubliez que je suis sœur Désirée-des-Anges, et rappelez-vous que Désirée Joly vous aimait bien autrefois. »

Elle reprit avec vivacité :

« Oh ! moi, je vous ai reconnue tout de suite. Vous avez toujours votre figure de petite fille. »

Quand je lui dis que j'avais imaginé une sœur Désirée-des-Anges bien vieille et bien méchante, elle répondit :

« Nous nous étions trompées toutes les deux ; on vous avait montrée à moi comme une fille vaniteuse et arrogante. Mais quand je vous ai vue pleurer au milieu de toute cette neige, j'ai pensé que vous aviez surtout de la peine et je suis allée vers vous. »

Après m'avoir aidée à me mettre au lit, elle sépara la chambre avec le rideau, et je m'endormis aussitôt.

Mais c'était un mauvais sommeil. Je me réveillais à tout instant ; j'avais toujours une grosse pierre sur la poitrine, et quand je réussissais à la rejeter, elle se partageait en plusieurs morceaux, qui retombaient sur moi, et m'écrasaient les membres.

Puis je rêvai que je me trouvais sur une route pleine de pierres coupantes. J'y marchais avec une extrême difficulté ; de chaque côté de la route, il y avait des champs, des vignes, des maisons.

Toutes les maisons étaient couvertes de neige, tandis qu'un beau soleil éclairait les arbres chargés de fruits.

Je quittais la route pour entrer dans les champs, et je m'arrêtais à tous les arbres, pour goûter à chaque fruit, mais tous étaient amers, et je les rejetais avec dégoût.

Je cherchais à entrer dans les maisons couvertes de neige, mais aucune n'avait de porte. Je revins sur la route, et voilà que les pierres s'amoncelèrent autour de moi en si grande quantité qu'il me fut impossible d'avancer. Alors, j'appelai à mon secours ; j'appelai de toutes mes forces, sans que personne n'entendît. Et quand je sentis que j'allais être ensevelie sous l'énorme monceau, je fis un tel effort pour me dégager que je me réveillai.

Pendant un instant, je crus que je rêvais encore ; le plafond de la chambre me parut à une hauteur extraordinaire. La tringle qui soutenait le rideau blanc brillait par endroits, et la branche de buis clouée au mur allongeait son ombre jusque sur la Vierge, qui tendait les bras dans son coin.

Puis un coq chanta. Il recommença plusieurs fois comme s'il eût voulu effacer son premier chant, qui s'était arrêté court, comme un cri d'angoisse.

La veilleuse se mit à grésiller. Elle pétilla longtemps avant de s'éteindre, et, quand tout fut devenu noir dans la chambre, j'entendis la respiration mince et régulière de sœur Désirée-des-Anges.

BIEN AVANT LE JOUR, je me levai pour commencer mon métier de cuisinière.

Mélanie me montra comment on soulevait les énormes marmites.

Il fallait autant d'adresse que de force. Il me fallut plus d'une semaine avant de pouvoir seulement les bouger de place.

Ce fut encore Mélanie qui m'apprit à sonner la lourde cloche du réveil : elle me montra comment on cambrait les reins pour tirer la corde. Je saisis vite le balancement du son régulier, et chaque matin, malgré le froid ou la pluie, j'avais un grand plaisir à sonner le réveil.

La cloche avait un son clair que le vent augmentait ou diminuait, et je ne me lassais pas de l'entendre.

Il y avait des jours où je sonnais si longtemps que sœur Désirée-des-Anges ouvrait la fenêtre et me disait avec une moue suppliante :

« Assez ! Assez ! »

Depuis que j'étais aux cuisines, Véronique la pimbêche affectait de regarder de côté en me parlant, et si je me renseignais près d'elle pour connaître la place d'un objet, elle me l'indiquait seulement d'un geste.

Sœur Désirée-des-Anges la suivait des yeux en faisant une petite grimace du coin de la bouche.

Elle n'avait plus sa pétulance de jeune novice, mais elle restait enjouée et moqueuse.

Chaque soir, nous nous retrouvions dans notre chambre. Elle me forçait à rire par quelques remarques plaisantes sur ce qui s'était passé dans la journée.

Il arrivait, parfois, que mon rire finissait en sanglots douloureux ; alors, elle appuyait ses mains l'une contre l'autre comme les saintes, et elle disait en regardant en haut :

« Oh ! comme je voudrais que votre chagrin s'en aille ! »

Puis elle s'agenouillait par terre pour prier, et souvent je m'endormais avant de l'avoir vue se relever.

Le travail des cuisines m'était très pénible. J'aidais Mélanie au récurage des marmites et au lavage des dalles.

C'était elle qui en faisait la plus grande partie ; elle était forte comme un homme et toujours prête à rendre service. Aussitôt qu'elle me voyait fatiguée, elle m'asseyait de force sur une chaise, et elle disait avec une autorité souriante :

« Prends ta récréation. »

Dès les premiers jours de mon arrivée, elle m'avait rappelé la difficulté qu'elle avait eue à apprendre son catéchisme. Elle n'avait pas oublié que pendant toute une saison j'avais passé toutes mes récréations à essayer de le lui faire retenir par cœur. Et maintenant, c'était une joie pour elle de me faire reposer un instant.

Véronique était chargée de préparer les légumes et de recevoir la viande de boucherie.

Elle se tenait raide et pincée, près de la bascule où les garçons déposaient la viande.

Elle se disputait souvent avec eux, trouvant toujours que les morceaux étaient coupés trop gros ou trop petits.

Les garçons finirent par lui dire des injures, et sœur Désirée-des-Anges me chargea de recevoir les bouchers à sa place.

Elle vint tout de même le lendemain près de la bascule, mais j'étais là, avec sœur Désirée-des-Anges, qui m'expliquait la manière de peser.

UN MATIN, UN DES DEUX BOUCHERS poussa une exclamation en prononçant mon nom. Sœur Désirée-des-Anges s'approcha, et moi je regardai le garçon, toute surprise : c'était un nouveau, mais je ne fus pas longtemps à le reconnaître. C'était l'aîné des enfants de Jean le Rouge. Il s'avançait tout joyeux de me rencontrer ; il parla tout de suite de ses parents qui avaient enfin trouvé une bonne place au château du Gué-Perdu. Lui n'avait aucun goût pour le travail des champs, et il avait voulu entrer chez un boucher de la ville.

Il se reprit très vite pour me dire que le Gué-Perdu se trouvait tout près de Villevieille et il me demanda si je le connaissais ; je fis un signe de tête, pour dire que je le connaissais.

Alors il continua, disant que ses parents y étaient installés depuis plusieurs mois, et qu'il y avait eu une belle fête la semaine dernière à l'occasion du mariage de M. Henri Deslois.

J'entendis encore quelques mots que je ne compris pas ; puis, le jour éclatant des cuisines se changea en nuit noire, et je sentis que les dalles s'enfonçaient et m'entraînaient dans un trou sans fond.

Je sentis encore que sœur Désirée-des-Anges venait à mon secours, mais déjà une bête s'était accrochée à ma poitrine. Il sortait d'elle un bruit qui m'était très douloureux à entendre. C'était comme un horrible sanglot qui s'arrêtait toujours au même endroit. Puis le jour revint, et j'aperçus au-dessus de moi le visage de sœur Désirée-des-Anges, et celui de Mélanie. Elles souriaient toutes deux du même sourire inquiet, et le visage large de Mélanie avait une grande ressemblance avec le visage fin et décoloré de sœur Désirée-des-Anges.

Je me dressai sur le lit, tout étonnée d'être couchée en plein jour ; mais je ne me levai pas. Le souvenir du petit Jean le Rouge me revint, et pendant des heures et des heures j'essayai d'étouffer mon mal.

Quand sœur Désirée-des-Anges entra dans la chambre à l'heure du coucher, elle s'assit sur le pied de mon lit. Elle mit encore ses mains comme les saintes, et elle me dit :

« Parlez-moi de votre peine. »

Je parlai, et il me sembla que chaque mot que je prononçais emportait un peu de ma souffrance. Lorsque j'eus tout dit, sœur Désirée-des-Anges alla prendre l'*Imitation de Jésus-Christ,* et elle se mit à lire tout haut.

Elle lisait avec un accent doux et résigné, et il y avait des mots qu'elle traînait comme une plainte qui finit.

Les jours suivants, je revis le petit Jean le Rouge ; il parla encore du Gué-Perdu, et pendant qu'il disait le contentement de ses parents, et la bonté du maître pour eux, je revoyais la maison de la colline avec son jardin fleuri et sa source dont le ruisseau descendait jusqu'à la petite rivière en se cachant sous les genêts.

Je parlais souvent d'elle à sœur Désirée-des-Anges, qui m'écoutait avec recueillement. Elle en connaissait les alentours et les moindres recoins, et un soir qu'elle restait songeuse, et que je lui en demandais la raison, elle répondit en regardant au loin :

« L'été va finir, et je pense que les arbres du jardin sont chargés de fruits ! »

PENDANT LE MOIS DE SEPTEMBRE, beaucoup de religieuses vinrent rendre visite à la supérieure. Bel-Œil les annonçait par un coup de cloche. À chaque coup, Véronique sortait pour s'assurer de celle qui entrait ; elle avait un mot désagréable pour chacune des religieuses qu'elle reconnaissait.

Vers le soir, il y eut encore un coup de cloche ; Véronique, qui se trouvait sur la porte, cria :

« Par exemple, en voilà une que personne n'attendait. »

Et en rentrant seulement sa tête dans les cuisines, elle nous dit :

« C'est sœur Marie-Aimée. »

La grosse cuillère à pot m'échappa des doigts et glissa jusqu'au fond de la marmite.

Je me précipitai vers la porte, en bousculant Véronique qui voulait m'empêcher de passer.

Mélanie courut derrière moi pour me retenir :

« Reviens, disait-elle, la supérieure te voit. »

Mais j'avais déjà rejoint sœur Marie-Aimée. Je m'étais jetée contre elle avec une si grande force que nous avions manqué de tomber ensemble.

Elle m'entoura à pleins bras. Elle était toute frémissante, et comme transportée.

Elle me prit la tête, et comme si j'avais été un tout petit enfant, elle m'embrassa par tout le visage.

Sa cornette faisait entendre un bruit de papier froissé, et ses larges manches reculaient vers ses coudes.

Mélanie avait raison : la supérieure me voyait, elle sortait de la chapelle, et s'avançait dans l'allée où nous étions.

Sœur Marie-Aimée la vit ; elle cessa de m'embrasser pour poser sa main sur mon épaule, tandis que je passais vivement mon bras autour de sa taille, dans la crainte qu'elle ne m'éloignât d'elle.

Toutes deux, maintenant, nous regardions venir la supérieure. Elle passa devant nous sans lever les yeux, et elle ne parut pas avoir vu le salut plein de gravité que lui fit sœur Marie-Aimée.

Aussitôt qu'elle nous eut dépassées, j'entraînai sœur Marie-Aimée sur le vieux banc. Elle hésita, et dit avant de s'asseoir :

« On dirait que les choses nous attendent. »

Elle s'assit, sans s'adosser au tilleul, et je m'agenouillai dans l'herbe à ses pieds.

Ses yeux n'avaient plus de rayons ; on eût dit que les couleurs s'étaient mélangées, et tout son visage, si fin, s'était comme rapetissé, et retiré au fond de sa cornette. Sa guimpe ne s'arrondissait plus comme autrefois sur sa poitrine, et ses mains laissaient voir leurs veines bleues.

Son regard se posa à peine sur la fenêtre de sa chambre ; il passa sur les allées de tilleuls, il fit le tour de la grande cour carrée, et pendant qu'il s'arrêtait sur la maison de la supérieure, elle laissa échapper ces paroles comme un murmure :

« Il faut bien pardonner aux autres, si nous voulons qu'on nous pardonne ! »

Elle ramena son regard sur moi, et elle dit :

« Tes yeux sont tristes. »

Elle passa ses paumes sur mes yeux, comme si elle voulait y effacer une chose qui lui déplaisait ; et, en les retenant fermés, elle dit de la même voix murmurante :

« Tant de souffrances passent sur nous ! »

Elle retira ses mains pour les mêler aux miennes et, sans me quitter du regard, avec un accent plein de prière, elle me parla :

« Ma douce fille, écoute-moi : ne deviens jamais une pauvre religieuse ! »

Elle eut comme un long soupir de regret, et elle reprit :

« Notre habit noir et blanc annonce aux autres que nous sommes des créatures de force et de clarté, et toutes les larmes s'étalent devant nous, et toutes les souffrances veulent être consolées par nous ; mais pour nous, personne ne s'inquiète de nos souffrances, et c'est comme si nous n'avions pas de visage. »

Puis elle parla d'avenir ; elle disait :

« Je m'en vais où vont les missionnaires. Je vivrai là-bas dans une maison pleine d'épouvante ; j'aurai sans cesse devant les yeux toutes les laideurs, et toutes les pourritures ! »

J'écoutai sa voix profonde ; il y avait au fond comme une ardeur : on eût dit qu'elle pouvait prendre pour elle seule toutes les souffrances de la terre.

Ses doigts cessèrent de s'entrecroiser aux miens. Elle les passa sur mes joues, et sa voix se fit très douce pour me dire :

« La pureté de ton visage restera gravée dans ma pensée. »

Et pendant que son regard passait au-dessus de moi, elle ajouta :

« Dieu nous a donné le souvenir, et il n'est au pouvoir de personne de nous le retirer. »

Elle se leva du banc ; je l'accompagnai jusqu'à la sortie, et, quand Bel-Œil eut refermé sur elle la lourde porte, j'en écoutai un long moment le bruit sourd et prolongé.

Ce soir-là, sœur Désirée-des-Anges vint plus tard dans la chambre. Elle avait assisté à des prières particulières, pour le départ de sœur Marie-Aimée, qui s'en allait soigner les lépreux.

L'HIVER REVINT ENCORE UNE FOIS.

Sœur Désirée-des-Anges avait vite compris mon goût pour la lecture ; elle m'apportait l'un après l'autre tous les livres de la bibliothèque des sœurs.

C'était, pour la plupart, des livres enfantins, que je lisais en tournant plusieurs pages à la fois. Je préférais les récits de voyages et je lisais la nuit à la lueur de la veilleuse.

Sœur Désirée-des-Anges me grondait, quand elle se réveillait, mais aussitôt qu'elle se rendormait, je reprenais mon livre.

Peu à peu une douce amitié nous avait liées ; le rideau blanc ne séparait plus nos lits pendant la nuit ; la gêne s'en était allée d'entre nous, et toutes nos pensées nous étaient communes.

Elle avait une gaieté fine, qui ne s'altérait jamais.

Une seule chose lui paraissait ennuyeuse dans la vie : c'était son costume de religieuse. Elle le trouvait lourd et incommode ; elle disait avec une expression de lassitude :

« Quand je m'habille, il me semble que je me mets dans une maison où il fait toujours noir. »

Elle s'en débarrassait très vite le soir, et elle était tout heureuse de marcher dans la chambre en costume de nuit.

Elle disait avec sa petite moue :

« Je commence à m'y faire, mais dans les premiers temps la cornette m'écorchait les joues, et la robe me tirait les épaules en bas. »

Au printemps, elle se mit à tousser.

Elle avait une petite toux sèche qui ne se faisait entendre que de temps en temps.

Son corps long et fin parut encore plus fragile. Elle gardait toute sa gaieté ; elle se plaignait seulement que sa robe devenait de plus en plus lourde.

PENDANT UNE NUIT du mois de mai, elle ne cessa de s'agiter et de rêver tout haut.

J'avais lu toute la nuit, et je m'aperçus tout à coup que le jour venait. Je soufflai la veilleuse, et j'essayai de dormir un peu.

Je commençais à sommeiller, lorsque sœur Désirée-des-Anges se mit à dire :

« Ouvrez la fenêtre, c'est aujourd'hui qu'il vient ! »

Je crus qu'elle rêvait encore, mais elle reprit d'une voix claire :

« Ouvrez la fenêtre, afin qu'il entre ! »

Je me dressai pour m'assurer qu'elle dormait, et je la vis assise sur son lit. Elle avait rejeté ses couvertures, et elle défaisait les cordons de sa cornette de nuit. Elle la retira pour la lancer au pied du lit ; puis elle secoua la tête, en faisant rouler ses cheveux courts et bouclés sur son front, et aussitôt je reconnus Désirée Joly.

Je me levai un peu effrayée ; elle répéta :

« Ouvrez la fenêtre, afin qu'il entre ! »

J'ouvris la fenêtre toute grande, et quand je me retournai, sœur Désirée-des-Anges tendait ses mains jointes vers le soleil levant, et d'une voix soudainement affaiblie elle disait :

« J'ai ôté ma robe, je n'en pouvais plus. »

Elle s'étendit tranquillement, et plus rien ne bougea sur son visage.

Je retins longtemps ma respiration pour écouter la sienne ; puis j'aspirai longuement, comme si mon souffle devait en même temps entrer dans sa poitrine.

Mais en la regardant de plus près, je compris que le dernier souffle était déjà sorti d'elle. Ses yeux grands ouverts semblaient regarder un rayon de soleil qui s'avançait comme une longue flèche.

Des hirondelles passaient et repassaient devant la fenêtre en poussant des cris comme les petites filles, et des bruits que je n'avais jamais entendus m'emplissaient les oreilles.

Je levai la tête vers les fenêtres des dortoirs, dans l'espoir que quelqu'un pourrait entendre ce que j'avais à dire.

Mais mon regard ne rencontra que le cadran de la grosse horloge, qui semblait regarder dans la chambre par-dessus les tilleuls : il marquait 5 heures ; alors je ramenai les couvertures sur sœur Désirée-des-Anges et je sortis sonner le réveil.

Je sonnai longtemps ; les sons s'en allaient loin, bien loin ! Ils s'en allaient où s'en était allée sœur Désirée-des-Anges.

Je sonnais, parce qu'il me semblait que la cloche disait au monde que sœur Désirée-des-Anges était morte.

Je sonnais aussi parce que j'espérais qu'elle mettrait encore une fois son beau visage à la fenêtre pour me dire :

« Assez ! assez ! »

Mélanie m'arracha brusquement la corde. La cloche, qui était lancée, retomba à faux, et fit entendre une sorte de plainte.

Mélanie me dit :

« Es-tu folle, voilà plus d'un quart d'heure que tu sonnes ! »

Je répondis :

« Sœur Désirée-des-Anges est morte. »

Véronique entra avec nous dans la chambre ; elle remarqua que le rideau blanc ne séparait pas les deux lits ; et avec un geste de mépris, elle trouva que c'était honteux pour une religieuse de laisser voir ses cheveux.

Mélanie passait son doigt sur chaque larme qui coulait sur ses joues. Sa tête se penchait davantage de côté ; et elle me dit tout bas :

« Elle est encore plus jolie qu'avant. »

Le soleil s'étalait maintenant sur le lit, et recouvrait complètement la morte.

Toute la journée, je restai près d'elle.

Quelques religieuses vinrent la voir. L'une d'elles lui recouvrit le visage avec un linge ; mais, aussitôt qu'elle fut sortie, je retirai le linge.

Mélanie vint passer la veillée de nuit avec moi. Quand elle eut fermé la fenêtre, elle alluma la grosse lampe, afin, dit-elle, que sœur Désirée-des-Anges ne regardât pas encore dans le noir.

Huit jours après, Bel-Œil entra dans les cuisines. Elle venait m'avertir de me tenir prête à partir le jour même. Elle tenait dans le creux de sa main deux pièces d'or, qu'elle mit l'une à côté de l'autre sur le coin du fourneau, et en les touchant du bout du doigt elle dit :

« Notre mère supérieure vous donne 40 francs. »

Je ne voulais pas partir sans dire adieu à Colette et à Ismérie, que j'avais souvent aperçues de l'autre côté de la pelouse.

Mais Mélanie m'assura qu'elles n'avaient que du mépris pour moi.

Colette ne comprenait pas que je ne sois pas encore mariée, et Ismérie ne me pardonnait pas d'aimer sœur Marie-Aimée.

Mélanie m'accompagna jusqu'à la porte.

En passant devant le vieux banc, je vis qu'un des pieds avait cédé, et qu'il était tombé dans l'herbe par un bout.

À la porte, je trouvai une femme aux yeux durs. Elle me dit avec autorité :

« Je suis ta sœur. »

Je ne la reconnus pas.

Douze ans avaient passé depuis notre séparation.

À peine dehors, elle m'arrêta par le bras et, d'une voix aussi dure que ses yeux, elle me demanda combien j'avais d'argent.

Je lui montrai les deux pièces d'or que je venais de recevoir.

« En ce cas, dit-elle, tu feras mieux de rester dans la ville, où tu trouveras plus facilement à te placer. »

Tout en continuant d'avancer, elle m'apprit qu'elle était mariée à un cultivateur des environs, et qu'elle ne voulait pas se créer des ennuis pour moi.

Nous étions arrivées devant la gare.

Elle m'entraîna sur le quai, pour l'aider à porter quelques paquets ; elle me dit adieu, quand son train s'ébranla, et je restai là, à la regarder s'éloigner.

Presque aussitôt, un autre train s'arrêta. Les employés couraient sur le quai en criant :

« Les voyageurs pour Paris, traversez ! »

Dans l'instant même, je vis Paris avec ses hautes maisons toutes semblables à des palais, et dont les toits étaient si hauts qu'ils se perdaient dans les nuages.

Un jeune employé me heurta ; il s'arrêta devant moi en disant :

« Est-ce que vous allez à Paris, mademoiselle ? »

J'hésitai à peine pour répondre :

« Oui, mais je n'ai pas mon billet. »

Il tendit la main.

« Donnez, dit-il, je vais aller vous le chercher. »

Je lui remis une de mes deux pièces, et il partit en courant.

Je mis pêle-mêle dans ma poche le billet et les quelques sous de monnaie qu'il me rapportait, et, conduite par lui, je traversai la voie, montai vivement dans le train.

Le jeune employé resta un moment devant la portière, puis il s'éloigna en se retournant. Il avait, comme Henri Deslois, des yeux pleins de douceur, et un air grave.

Le train siffla un premier coup, comme s'il me donnait un avertissement ; et quand il m'emporta, son deuxième coup se prolongea comme un grand cri.

L'Atelier de Marie-Claire

CE JOUR-LÀ, COMME CHAQUE MATIN à l'heure du travail, l'avenue du Maine s'encombrait de gens qui marchaient à pas précipités et de tramways surchargés qui roulaient à grande vitesse vers le centre de Paris.

Malgré la foule, j'aperçus tout de suite Sandrine. Elle aussi allongeait le pas et je dus courir pour la rattraper.

C'était un lundi. Notre chômage d'été prenait fin, et nous revenions à l'atelier pour commencer la saison d'hiver.

Bouledogue et la petite Duretour nous attendaient sur le trottoir, et la grande Bergeounette, que l'on voyait arriver d'en face, traversa l'avenue sans s'inquiéter des voitures afin de nous rejoindre plus vite.

Pendant quelques minutes il y eut dans notre groupe un joyeux bavardage. Puis les quatre étages furent montés rapidement. Et tandis que les autres reprenaient leurs places autour de la table, j'allai m'asseoir devant la machine à coudre, tout auprès de la fenêtre. Bouledogue fut la dernière assise. Elle souffla par le nez selon son habitude, et aussitôt l'ouvrage en main, elle dit :

« Maintenant il va falloir travailler dur pour contenter tout le monde. »

Le mari de la patronne la regarda de très près en répondant :

« Eh bé… dites si vous grognez déjà ! »

C'était toujours lui qui faisait les recommandations ou les reproches. Aussi les ouvrières l'appelaient le patron, tandis qu'elles ne parlaient de la patronne qu'en l'appelant Mme Dalignac.

Bouledogue grognait pour tout et pour rien.

Lorsqu'elle n'était pas contente, elle avait une façon de froncer le nez qui lui relevait la lèvre et découvrait toutes ses dents, qui étaient fortes et blanches.

Il arrivait souvent que le patron se querellait avec elle ; mais Mme Dalignac ramenait toujours la paix en leur disant doucement :

« Voyons… restez tranquilles. »

Les colères du patron ne ressemblaient pas du tout à celles de Bouledogue. Elles étaient aussi vite parties que venues. Sans préparation ni avertissement, il se précipitait vers l'ouvrière à réprimander, et pendant une minute il criait à s'en étrangler, en supprimant la moitié des mots qu'il avait à dire.

Cette façon de parler agaçait la grande Bergeounette qui se moquait et marmottait tout bas :

« Quel baragouin ! »

Le patron était le premier à rire de ses emportements, et comme pour s'en excuser, il disait :

« Je suis vif. »

Et il ajoutait parfois avec un peu de fierté :

« Moi, je suis des Pyrénées. »

C'était lui qui brodait à la machine les manteaux et les robes des clientes. Il était adroit et méticuleux, mais après quelques heures de travail il devenait tout jaune et paraissait écrasé de fatigue.

Sa femme le touchait à l'épaule en lui disant :

« Repose-toi, va. »

Il arrêtait alors sa lourde machine, puis il reculait son tabouret, afin de s'appuyer au mur ; et il restait de longs moments sans remuer ni parler.

Il y avait entre les patrons et les ouvrières comme une association amicale. Mme Dalignac ne craignait pas de demander des conseils dans l'atelier, et les ouvrières lui accordaient toute leur confiance.

Quant au patron, s'il criait à tue-tête pour nous donner la moindre explication, il parlait tout autrement à sa femme. Il prenait son avis pour les plus petites choses et ne la contrariait jamais.

Mme Dalignac était un peu plus âgée que son mari. Cela se voyait à ses cheveux qui grisonnaient aux tempes ; mais son visage restait très jeune et son rire était frais comme celui d'une petite fille.

Elle était grande et bien faite aussi, mais il fallait la regarder exprès pour s'en apercevoir, tant elle paraissait toujours effacée et lointaine. Elle parlait doucement et posément ; et s'il arrivait qu'elle fût obligée d'adresser un reproche à quelqu'un, elle rougissait et se troublait comme si elle était elle-même la coupable.

Le patron avait pour sa femme une tendresse pleine d'admiration, et souvent il nous disait :

« Personne n'est comme elle. »

Dès qu'elle sortait, il se mettait à la fenêtre pour la voir passer d'un trottoir à l'autre, et si elle tardait à revenir, il la guettait et devenait inquiet.

Dans ces moments-là, les ouvrières savaient bien qu'il ne fallait rien lui demander.

Aujourd'hui l'espoir du travail apportait de la joie dans l'atelier. Il n'était question que d'une nouvelle cliente dont les paiements seraient sûrs, parce qu'elle tenait un commerce important, et qui nous donnerait beaucoup d'ouvrage parce qu'elle avait cinq filles.

Le patron pressait sa femme d'aller chercher les étoffes annoncées :

« Vite, vite », disait-il.

Et il s'agitait si fort, qu'il heurtait les mannequins et les tabourets.

Mme Dalignac riait, et tout le monde en faisait autant.

Le soleil paraissait rire avec nous aussi. Il rayonnait à travers la vitre et cherchait à se poser sur la corbeille à fil et sur la machine à coudre. Sa chaleur était encore très douce et Bergeounette ouvrit toute grande la fenêtre pour qu'il pût entrer à son aise.

De l'autre côté de l'avenue, les murs d'une maison en construction commençaient à sortir de terre. Des bruits de pierres et de bois se confondaient en montant jusqu'à nous, et les ceintures rouges et bleues des maçons se montraient à travers les échafaudages.

À tout instant, des tombereaux de moellons et de sable se déversaient. Les moellons roulaient avec un bruit clair, et le glissement du sable faisait penser au vent d'été dans le feuillage des marronniers. Puis c'était des fardiers chargés de pierres de taille qui arrivaient. On les entendait venir de loin. Les charretiers criaient. Les fouets claquaient, et les chevaux tiraient à plein collier.

Aussitôt que sa femme fut partie, le patron se fit aider par la petite Duretour, pour débarrasser les planches des bouts de chiffons et mettre de l'ordre un peu partout.

La petite Duretour n'était pas très bonne ouvrière malgré ses dix-huit ans, mais Mme Dalignac la gardait à cause de sa grande gaîté. Elle prenait toujours les choses du bon côté, et son entrain nous empêchait souvent de sentir la fatigue.

C'était elle qui faisait les courses et qui ouvrait la porte aux clientes. Sa taille était si menue et ses cheveux si négligés que beaucoup la prenaient pour une apprentie. Cela la vexait un peu et lui faisait dire :

« Lorsque je serai mariée, elles me prendront encore pour une petite fille. »

Son fiancé n'était guère plus âgé qu'elle. Chaque soir il venait l'attendre à la sortie et tous deux ne tenaient pas plus de place qu'un seul sur le trottoir.

Maintenant elle vidait les casiers et brossait les planches. De temps en temps, elle lançait un paquet en l'air et le rattrapait comme une balle, ou bien elle s'amusait à déformer les noms des clientes en faisant des révérences aux mannequins. C'étaient surtout Mmes Belauzaud et Pellofy qui recevaient ses compliments. Elle s'inclinait très bas en prenant un air ravi :

« Bonjour, madame Bel-oiseau. »

« Bonjour, madame Pelle à feu. »

Les rires s'échappaient tous ensemble par la fenêtre, et les maçons d'en face levaient la tête pour voir d'où ils sortaient.

J'étais la dernière venue dans la maison.

J'y étais entrée peu de temps avant la morte-saison d'été, et quoique toutes se fussent montrées bonnes camarades pour moi, une timidité m'empêchait de prendre part à leur gaîté. Cependant, depuis que j'étais à Paris, c'était le premier atelier où je me sentais à l'aise. La voix querelleuse du patron ne m'effrayait guère, et la douceur de sa femme me donnait une grande tranquillité.

À mon arrivée, le patron avait tout de suite coupé mon nom en deux. Ses joues s'étaient gonflées pour accentuer la moquerie pendant qu'il disait :

« Marie-Claire ? Deux noms à la fois ? Eh bé… vous êtes épatante, vous. »

Et en rejetant son souffle comme s'il éloignait de lui une chose trop compliquée, il avait ajouté d'un ton sérieux :

« On vous appellera Marie. Cela sera bien suffisant. »

Mais cela ne fut pas suffisant. Je répondis si mal à ce nom qu'il fallut bien rendre au mien sa première forme.

Mme Dalignac revint plus tôt qu'on ne s'y attendait. Elle rapportait un énorme carton dont le couvercle se soulevait malgré les ficelles qui le retenaient.

Le patron s'empressa de l'ouvrir. Il toucha les tissus avec une petite grimace de contentement :

« De la soie, rien que de la soie », disait-il.

Sa femme l'éloigna :

« Laisse… tu vas tout embrouiller. »

Puis, en s'adressant à nous :

« C'est pour un mariage. »

Elle s'assura que le carton reposait tout entier sur la table et elle sortit, une à une, les pièces d'étoffes, en désignant leur emploi.

« Une robe noire pour la mère de la mariée… Deux robes bleues pour les grandes sœurs… Des robes roses pour les petites sœurs… Et des dentelles noires, et des dentelles blanches, et des pièces de ruban, et des taffetas pour doublures, et des satins pour jupon… »

Elle sortit avec précaution le dernier tissu soigneusement plié dans du papier :

« Et voilà du crêpe de chine pour la robe de la mariée. »

Et sans prendre le temps d'enlever son manteau, elle attira un mannequin et prit les étoffes à pleines mains pour les draper autour du buste. Elle dépliait les dentelles et les disposait, elle tournait les rubans en coque sur ses doigts et les piquait d'une épingle. Puis elle rejeta le tout sur la table et ce ne fut bientôt plus qu'un fouillis de toute couleur.

Mes quatre compagnes avaient cessé de coudre et regardaient avec intérêt. Leurs yeux allaient d'une couleur à l'autre et leurs mains s'avançaient pour toucher les dentelles et les tissus soyeux.

Tout à coup la pendule se mit à sonner.

Bouledogue se leva en disant d'un ton bourru :

« Il est midi. »

C'était vrai, mais la matinée avait passé si vite que personne ne se doutait qu'il était l'heure d'aller déjeuner.

Les autres déposèrent leur ouvrage et se levèrent lentement, comme à regret.

L'après-midi fut pleine d'entrain. Duretour, montée sur un tabouret, garnissait les planches d'un papier gris que le patron lui passait, après en avoir coupé les bandes de la grandeur nécessaire.

Quand le patron ne donnait pas les papiers assez vite, Duretour en profitait pour tourner et danser sur son tabouret ; puis elle ouvrait et refermait les bras en criant comme une marchande à la foire :

« Robes et manteaux, robes et manteaux. »

Cela nous faisait rire et le patron disait d'un air indulgent :

« S'il n'y avait que vous pour les faire, ma pauvre Duretour. »

Les maçons d'en face sifflaient comme des oiseaux libres. Ils avaient fini par découvrir l'atelier et ils faisaient tout leur possible pour attirer notre attention. L'un d'eux appelait tous les noms de jeunes filles qui lui venaient à l'idée, pendant qu'un autre frappait une charpente en fer avec un lourd marteau. Et chaque fois qu'un rire éclatait ou que l'une de nous se montrait un peu à la fenêtre, les appels redoublaient, et la charpente sonnait comme une cloche.

Vers le soir, la sœur du patron entra dans l'atelier. C'était une femme à l'air hardi. Elle était couturière aussi et on l'appelait Mme Doublé.

Elle s'assit sur le tabouret du patron et elle dit d'un ton méprisant :

« Tout le monde travaille déjà ? »

Son frère répondit, l'air vexé :

« Je suis sûr que tu n'as pas fini de te reposer, toi ! »

Elle fit le geste de lancer quelque chose par-dessus son épaule :

« Oh ! moi, je fais comme les clientes, je vais aux bains de mer, et je suis rentrée seulement ce matin. »

Le patron lui montra les tissus :

« Nous avons de l'ouvrage », dit-il.

Mme Doublé devint attentive, et ses sourcils se rapprochèrent.

Elle avait des yeux noirs comme ceux de son frère, mais son regard était plein d'audace et de fermeté. Sa bouche aussi faisait penser à celle du patron, mais ses lèvres semblaient faites d'une matière dure qui les empêchait de se distendre pour le sourire. Elle marchait sans grâce, en bombant la poitrine, et on eût dit qu'elle portait sur toute sa personne quelque chose de satisfait.

À son entrée, le visage de Mme Dalignac avait changé d'expression. Tout en coupant ses taffetas, elle mordillait sa lèvre comme les gens qui ont une préoccupation, et on entendait davantage le bruit sec et grinçant de ses ciseaux.

Mme Doublé reprit :

« C'est égal, tu es fou, Baptiste, d'avoir toutes tes ouvrières au début de la saison. »

Elle me désigna du doigt :

« Tu n'avais pas besoin de reprendre celle-là. »

Le patron parut gêné. Il répondit sans me regarder :

« Elle a besoin de gagner sa vie comme nous. »

Mme Doublé se moqua. Elle avait l'air de chantonner quand elle dit en tapant sur l'épaule de son frère :

« Eh oui ! pauvre Baptiste ! mais moi, j'aime mieux que l'argent soit dans ma poche que dans celle des autres. »

Bouledogue et Sandrine baissaient la tête et cousaient plus vite. La petite Duretour était devenue sérieuse et je ressentais moi-même un malaise, qui me faisait désirer fortement le départ de Mme Doublé. Seule, la grande Bergeounette paraissait ne rien redouter et continuait à s'intéresser aux maçons d'en face, qui menaient grand bruit en quittant le chantier.

Le patron cherchait à parler d'autre chose, mais sa sœur revenait toujours au même sujet. Elle trouvait que Mme Dalignac manquait de fermeté avec ses clientes et de sévérité avec ses ouvrières. Elle demandait des détails précis sur le travail et trouvait à redire à tout.

Le patron finit par montrer de l'agacement :

« Ma femme n'est pas un gendarme comme toi », dit-il.

Et Mme Doublé, qui avait le même accent que son frère, répondit :

« Eh bé… Tant pis, donc. »

Et elle se campa debout en regardant tout le monde avec insolence.

« Il est 7 heures, Bouledogue… » dit tout à coup Mme Dalignac.

C'était peut-être la première fois que Bouledogue oubliait l'heure. Elle se leva vivement et défit son tablier avant d'avoir rangé son ouvrage. Les autres aussi se levèrent en hâte. Elles passèrent la porte sans bruit. Mais à peine sorties, on les entendit dégringoler l'escalier comme si elles fuyaient un danger.

Je les retrouvai en bas, groupées comme le matin devant la porte cochère ; mais leurs visages étaient bien différents. Les jolis yeux de la petite Duretour montraient une vraie colère :

« Elle nous a gâté notre belle journée », disait-elle.

Sandrine affirma en se rapprochant de moi :

« Elle est très dure pour ses ouvrières. »

Elle se rapprocha encore en baissant la voix.

« Vous la verrez revenir quand les robes de mariage seront faites. À chaque saison, elle vient prendre nos plus jolis modèles, et elle se vante de les faire payer très cher à ses clientes. »

La grande Bergeounette fit entendre un rire drôle, et dit tout en l'air, sans souci d'être écoutée :

« Elle n'a pas sa pareille pour savoir amener l'argent dans son coffre. »

Bouledogue grogna en montrant ses dents :

« Je ne travaillerais pas chez elle, même si j'avais grand-faim. »

L'arrivée du fiancé de Duretour nous obligea de nous séparer et chacune s'en alla en emportant sa rancune.

OCTOBRE ÉTAIT VENU. Les toilettes de mariage se terminaient les unes après les autres, et il ne resta bientôt plus que la robe blanche qu'on devait faire au dernier moment afin de lui conserver toute sa fraîcheur.

C'étaient Sandrine et Bouledogue qui s'occupaient de ce travail. Mme Dalignac leur donnait des tabliers blancs qui les couvraient jusqu'aux pieds, et elles s'installaient momentanément au bout de la table.

Mme Doublé revint comme l'avait prédit Sandrine. Elle fit tourner d'un coup de pouce les mannequins sur lesquels étaient les robes, et après avoir crayonné des lignes sur un bout de papier, elle sortit de l'atelier comme elle y était entrée, sans dire un mot.

La voix de Bouledogue gronda derrière elle :

« Elle nous prend pour des chiens. »

Au même instant, Duretour leva le nez au plafond et fit entendre une petite voix flûtée qui disait :

« B'jour, m'dame. »

Maintenant, les planches débordaient d'étoffes et les rires des premiers jours avaient cessé. Le soir à la sortie, on ne prenait plus le temps de bavarder sous la porte cochère. Bouledogue filait vite dans la clarté des becs de gaz. Bergeounette, qui se pressait aussi, ne prenait pas toujours la direction de sa demeure, et Duretour, serrée contre son fiancé, l'entraînait rapidement vers la rue de la Gaîté.

Sandrine habitait une rue voisine de la mienne et nous remontions une partie de l'avenue du Maine ensemble. Une fois, elle m'avait quittée pour courir à la rencontre de son Jacques qui venait au-devant d'elle.

J'avais souvent entendu parler du Jacques à Sandrine, ainsi que le nommait Bergeounette. Mais lorsque je le vis, il me fit penser à une chose inachevée. Il était beaucoup plus grand que Sandrine. Cependant, quand elle lui prit le bras pour l'appuyer sur le sien, il me sembla qu'elle n'aurait eu aucune peine à le porter comme un petit enfant.

Jacques et Sandrine n'étaient pas des fiancés, comme la petite Duretour et son mécanicien. Ils étaient des amoureux qui s'étaient toujours aimés.

La mère de Sandrine les avait nourris ensemble et longtemps ils s'étaient crus frère et sœur. Puis les parents de Jacques avaient repris leur fils, pour le mettre au collège. Mais chaque année ils le renvoyaient passer ses vacances dans le petit village. Aussi, lorsque à vingt ans Sandrine était venue chercher du travail à Paris, elle était déjà mère d'une petite fille.

Elle l'avait avoué sans honte ni crainte à Mme Dalignac. Et tout de suite elle avait demandé à emporter de l'ouvrage le soir pour augmenter le prix de sa journée.

Elle savait son métier à fond. Elle était douce et gaie. Et dès les premiers jours Mme Dalignac l'avait prise en amitié.

Depuis, il lui était venu un autre enfant, un petit garçon qui allait sur ses trois ans et que la grand-mère élevait à la campagne avec la petite fille.

Jacques était caissier dans une grande maison de banque. Il habitait avec sa mère qu'il faisait vivre maintenant que son père était mort, mais il passait toutes ses soirées auprès de Sandrine à faire des colonnes de chiffres qui n'en finissaient plus. La même table et la même lampe leur servaient, et tout deux travaillaient courageusement jusqu'à minuit pour gagner de quoi faire vivre leurs petits.

Pour l'instant, il y avait quelque chose de changé dans leur intimité. Jacques ne venait plus au-devant de Sandrine, et il la laissait seule à veiller dans la petite chambre. Sandrine n'en prenait pas souci. Jacques lui avait dit qu'il était obligé de rester auprès de sa mère très souffrante et cette explication lui suffisait. Elle se montrait heureuse et tranquille, comme si elle eût été la femme légitime de Jacques, et elle disait avec un sourire plein de confiance :

« Je sais bien que mon Jacques ne pourra jamais m'épouser, mais je sais bien aussi que rien ne pourra nous séparer. »

C'était à elle que je devais mon entrée chez Mme Dalignac. Le hasard nous avait réunies un dimanche sur un banc du boulevard. Nous avions parlé de la couture, et elle m'avait proposé la place de mécanicienne qui était libre dans son atelier.

Moi aussi je l'avais prise en amitié tout de suite. J'ignorais si elle se sentait elle-même attirée vers moi ; car elle paraissait indifférente à tout ce qui n'était pas son Jacques ou ses enfants. Mais lorsqu'elle levait les yeux sur moi, elle avait toujours l'air de m'offrir quelque chose.

Au jour fixé pour le mariage de la jeune cliente, Sandrine mit la robe dans le carton, afin d'aller habiller elle-même la mariée et s'assurer qu'aucun point n'avait été oublié. Elle aimait faire ce travail et Mme Dalignac savait bien qu'elle s'en acquittait parfaitement. Aussi, elle lui indiqua seulement la manière de disposer le voile à la nouvelle mode. Il fallait surtout que la couronne de fleurs d'oranger retînt très en arrière les plis de tulle.

« Tenez, comme ceci. »

Et Mme Dalignac drapait une mousseline raide sur les cheveux de Duretour, et elle ramassait au hasard une bande de toile, qu'elle lui enroulait au front, en guise de couronne.

Sandrine ne riait pas comme nous des mines révoltées de Duretour. Elle suivait attentivement les gestes de Mme Dalignac et, quand elle eut elle-même arrondi certain pli sous la bande de toile, elle partit toute légère et pleine d'assurance.

L'activité se relâchait toujours un peu lorsqu'une commande importante était finie. Bouledogue prenait son temps. Le patron se croisait les bras, et Bergeounette regardait plus qu'il ne fallait à travers la vitre.

Bergeounette était la plus ancienne après Sandrine. Elle avait pris sa place devant la fenêtre et n'avait jamais voulu la céder à personne.

Le patron affirmait qu'elle faisait des signes à un manchot qui passait sur le trottoir d'en face, mais Mme Dalignac disait que cela ne l'empêchait pas de coudre très vite et très bien.

Personne ne savait le véritable nom de Bergeounette et personne ne s'en inquiétait.

Le premier jour de son entrée à l'atelier, elle avait refusé de faire le travail à la manière de la maison, prétendant que sa manière à elle était aussi bonne. Le patron qui n'aimait pas à être contredit s'était emporté en lui criant qu'elle était aussi entêtée qu'une Bretonne.

Aussitôt elle s'était redressée pour répondre avec fierté :

« J'en suis une. Je suis une véritable Barzounette. »

Le patron s'était moqué :

« Comment dites-vous cela ? »

Mais Bergeounette l'avait nargué :

« Je dis comme ça, monsieur. Et vous ne pourrez pas le répéter, parce que les gens du Midi ne sauront jamais prononcer ce mot-là. »

Le patron avait ri au lieu de se fâcher, et il avait cédé à l'entêtée en l'appelant : tête de Bergeounette.

Elle continuait à montrer le même entêtement pour tout ce qui n'était pas son idée.

Les cris furieux du patron ou les douces remontrances de sa femme n'avaient aucune prise sur elle ; et il fallait toujours lui céder à la fin.

En dehors de ce défaut qui amenait souvent des disputes, elle était toujours prête à rendre service aux autres. De plus, elle était d'humeur égale et ne cherchait jamais les querelles. Sa grande joie était d'être écoutée, quand elle parlait de sa Bretagne, elle disait :

« La lande est grise, mais les ajoncs fleuris sont plus jaunes que les genêts. »

Elle parlait de la mer comme d'une personne qu'elle aurait aimée tendrement.

« Quand j'étais petite, disait-elle, je courais sur les rochers pour mieux la voir, et lorsqu'elle se mettait à écumer, je croyais qu'elle s'habillait en blanc pour une fête, et que toutes les vagues la suivaient en procession. »

Par les jours de grand vent, Bergeounette ressentait une véritable inquiétude et ne manquait jamais de nous dire :

« Il y aura des barques à la côte. »

Parfois elle ouvrait la fenêtre et regardait le ciel comme si elle y cherchait les barques en péril. Puis elle fixait longuement les nuages, et souvent, en se rasseyant, elle chantait d'une voix lente et comme lointaine :

D'où viens-tu, beau nuage,
Apporté par le vent ?
Viens-tu de cette plage,
Que je vois en rêvant ?

Notre gaîté s'effaça brusquement au retour de Sandrine. Elle rentrait de chez la cliente avec un visage si bouleversé, que tout le monde pensa qu'un malheur était arrivé à la robe.

Le patron et sa femme n'osaient pas l'interroger. Ils attendaient ce qu'elle allait dire, mais elle passa devant eux sans parler, et au lieu de s'asseoir, elle resta debout près de son tabouret.

Ses épaules étaient comme tassées et ses yeux étaient si élargis qu'ils faisaient mal à voir. Et tout à coup, elle se tourna contre le mur pour y appuyer son front.

Alors le patron n'y tint plus. Il se précipita en lui criant dans les oreilles :

« La robe ? la robe ? »

Le regard de Sandrine passa sur lui et sur nous et aussitôt elle parla. Elle parlait avec vivacité ; et ce qu'elle disait était si embrouillé qu'il semblait que personne n'y comprendrait jamais rien. Cependant, quand elle s'arrêta, tout le monde savait que la robe allait bien, que le voile avait été disposé à la nouvelle mode, et que la pauvre Sandrine venait d'apprendre que son Jacques était marié à une jeune fille riche depuis une semaine déjà.

Il y eut comme une épouvante qui sembla commander le silence. Puis le patron baissa la tête et recula jusqu'à son tabouret, pendant que sa femme s'avançait lentement vers Sandrine, comme si elle y était attirée contre sa volonté.

Ce fut Bouledogue qui ramena le bruit en lançant des mots injurieux à l'adresse de Jacques. Bergeounette secoua les épaules comme si elle voulait se débarrasser d'un manteau gênant. La petite Duretour se mit à pleurer tout haut. Et quand enfin je ramenai mon regard sur la machine à coudre, je m'aperçus que je serrais fortement la burette contre ma poitrine, et que l'huile tombait goutte à goutte sur mes vêtements.

C'était chez la mère de Jacques que Sandrine avait appris son malheur. Comme la vieille dame lui avait toujours témoigné de l'amitié, elle n'avait pu résister au désir de monter prendre de ses nouvelles en passant devant sa demeure. Mais là, au lieu d'une malade, elle avait trouvé une personne bien portante et gaie qui lui avait dit tout de suite :

« Jacques a fait un beau mariage. »

Et après avoir donné beaucoup de détails sur le bonheur de son fils et la beauté de sa bru, elle avait renvoyé doucement Sandrine en lui disant :

« Allez vite habiller votre jeune mariée. »

Tout le jour Sandrine pleura. Elle poussait des cris comme un petit enfant, et sa peine nous paraissait si grande que nous ne trouvions rien à lui dire.

Elle s'arrêtait pour répéter d'un ton plein d'angoisse :

– Pourquoi ? mais, pourquoi ?

Justement, la veille, Jacques avait passé quelques instants dans la petite chambre, et il était parti en emportant une photographie des enfants.

Et le front de Sandrine se plissait, et son regard semblait se retourner en dedans comme pour fouiller sa mémoire :

« Pourquoi ? mais, pourquoi ? »

Elle finit par s'endormir contre le mur et le bruit des tabourets ne la réveilla pas, à la sortie des ouvrières.

Je restai pour attendre son réveil afin de l'accompagner chez elle. De son côté, Mme Dalignac parlait de tirer le lit-cage de son coin, pour l'étendre dans l'atelier.

Sandrine se réveilla au bruit que fit la sonnette de la porte.

C'était Jacques qui venait aux nouvelles. Il était comme apeuré, et il n'avait ni chapeau, ni pardessus, malgré le temps humide et froid.

Sandrine trembla de tout son corps en le voyant, et lui, en s'avançant, semblait implorer sa pitié :

« Ma Sandrine ! »

Et Sandrine, en lui tendant les deux mains comme pour le protéger, répondit aussitôt :

« Mon Jacques. »

Ils restèrent un long moment à se regarder.

Le visage de Jacques exprimait une tendresse si profonde, qu'il me vint à l'idée qu'il n'y avait rien de changé entre eux. Mais cela s'effaça vite, car tous deux se mirent à pleurer lamentablement.

Sandrine ne fit aucun reproche. Elle dit seulement à travers ses larmes :

« Comment vais-je faire pour élever les enfants ? »

Jacques voulut parler aussi, mais les mots qu'il avait à dire sortaient difficilement de sa bouche.

Sa voix restait au fond de sa gorge, et il pressait davantage les mains de son amie, comme si cela suffisait à le faire comprendre. Puis il se mit à tirer sur le dossier d'une chaise dont les pieds se trouvaient retenus par la traverse de la table. Il tirait fortement, et quand il eut réussi à sortir la chaise il respira avec satisfaction comme s'il venait de faire une chose absolument nécessaire. Peu après, il reprit son air craintif, et il regarda vers la porte avec un mouvement qui lui fit tendre le dos.

Sandrine ne chercha pas à le retenir, mais au moment où il la quittait pour aller rejoindre sa nouvelle femme, elle lui lustra du bout des doigts le plastron de sa chemise, dont les plis formaient des cassures.

Le lendemain, personne ne la vit pleurer.

Cependant, elle gardait un tic qui lui tirait durement la bouche. Et à tout instant son regard s'en allait autour de l'atelier comme à la recherche d'un objet perdu.

On approchait de la Toussaint, et toutes les clientes réclamaient leurs vêtements pour ce jour-là. Une activité pleine d'appréhension emplissait l'atelier. Mme Dalignac nous distribuait l'ouvrage avec un front soucieux, et les indications qu'elle donnait d'un air absent n'étaient pas toujours comprises. Bergeounette, qui ne prenait plus le temps de regarder par la fenêtre, supportait mal les observations, et Duretour, qui ne pouvait plus rire, se mettait à pleurer au moindre reproche. Bouledogue grognait et disait que nous faisions le travail de deux journées en une seule. Personne ne lui répondait, mais les mouvements nerveux augmentaient. Une bobine s'en allait rouler sous la table, ou une paire de ciseaux tombait avec bruit sur le parquet.

Bouledogue n'arrivait jamais en retard à l'atelier, mais elle ne donnait jamais une minute en plus du temps qu'elle devait. À midi ou à 7 heures tapantes, elle se levait de son tabouret, et si l'une de nous s'attardait pour finir quelques points, elle la regardait de travers et disait :

« Une journée de travail suffit. »

Maintenant elle était sans cesse de mauvaise humeur et rudoyait tout le monde.

Mme Dalignac essaya de la calmer :

« Allons ! Bouledogue, encore un peu de courage, bientôt nous serons moins pressées. »

Mais Bouledogue, au lieu de se calmer, se dressa et répondit très haut :

« Si vous ne disiez pas toujours oui à vos clientes, elles seraient bien forcées d'attendre que leurs robes soient faites. »

Elle se rassit un peu tremblante, et elle ajouta :

« Moi aussi, je voudrais une robe neuve pour la Toussaint. Pourtant, il faudra bien que je m'en passe. »

Le patron ne savait pas non plus se retenir. Il se lança sur Bouledogue et lui cria en pleine figure :

« Ma femme est une sainte ! entendez-vous ? »

Et Bouledogue, qui n'était pas encore apaisée, répondit en le repoussant du coude :

« Je le sais bien. »

Lorsque Bouledogue était en colère, sa voix semblait monter du plus profond d'elle-même. Elle résonnait sourdement, et faisait penser à une cognée qui frappe un chêne.

Le patron en restait intimidé, et Bergeounette, qui ne craignait rien ni personne, se taisait dans ces moments-là.

Le lendemain de ce jour, Sandrine ne vint pas. Mme Dalignac s'aperçut tout de suite qu'elle n'était pas à sa place. Et comme aucune de nous ne connaissait la cause de son absence, elle parla d'envoyer quelqu'un chez elle, craignant qu'elle ne fût malade.

La grande Bergeounette posait déjà son tablier ; mais le patron lui appuya fortement sur l'épaule pour la faire tenir tranquille.

« Cette Bergeounette ! disait-il. Elle a toujours un pied en l'air pour courir dehors. »

Il croyait, lui, que Sandrine était seulement en retard, et qu'elle allait arriver d'un instant à l'autre.

La crainte que Sandrine ne fût malade me vint à moi aussi. Depuis deux jours elle avait un gros rhume, et la veille au soir en rentrant sous la pluie, elle avait eu beaucoup de peine à remonter l'avenue avec son paquet d'ouvrage, qui n'était cependant pas lourd.

Je voulais dire cela à Mme Dalignac, mais la petite Duretour racontait qu'elle avait failli manquer aussi, parce que son fiancé avait voulu la quitter.

Sa voix était pleine de rire, et le patron eut une moquerie apitoyée en forçant son accent :

« Au moins, pôvre petite ! vous l'avez retenu, cet homme ?

– Il est aussi entêté que moi, disait Duretour. Il voulait se promener sur l'avenue du Maine, et moi je voulais aller sur le boulevard Montparnasse. Alors il s'est fâché. Il a retiré son bras de ma taille et il s'en est allé à grandes enjambées.

– Et vous avez couru derrière lui comme un petit chieng ? dit encore le patron.

– Oh ! non, répondit Duretour. Quand j'ai vu qu'il partait pour de vrai, j'ai perdu la tête et j'ai crié : "Au voleur !" »

Personne n'avait envie de rire. On pensait à Sandrine et au travail pressé, et Duretour n'osa pas dire la fin de son histoire.

Sandrine arriva au moment où tout le monde avait cessé de penser à elle.

Elle venait demander la permission de se reposer tout le jour. Elle s'excusa en disant qu'elle avait la fièvre et qu'il lui était impossible de travailler.

Ses yeux étaient brillants et ses lèvres rouges, mais son visage paraissait très diminué.

Presque aussitôt elle eut une quinte de toux.

On eût dit qu'elle avait quelque chose de fêlé dans la gorge, et Duretour lui cria :

« Arrêtez-vous donc, vous toussez comme un vieux bonhomme. »

Sandrine se mit à rire à travers sa toux, puis elle dit en frappant sa poitrine de son poing fermé :

« C'est la première fois qu'un rhume me fait aussi mal. »

Dès qu'elle fut partie, Mme Dalignac parut s'inquiéter à son sujet et le patron grommela :

« Il ne manquerait plus que ça qu'elle soit malade. »

Le lendemain elle manqua encore, et Duretour, qui était allée aux nouvelles, rapporta que la fièvre avait augmenté et que Sandrine était incapable de se lever.

Le regard de Mme Dalignac se fixa un long moment sur les robes à moitié faites qui s'étalaient partout. Et le patron parlait déjà de prendre une nouvelle ouvrière pour remplacer Sandrine.

Sa femme l'empêcha de s'agiter davantage en disant :

« Je travaillerai tous les soirs jusqu'à minuit. Voilà tout. »

Elle ajouta d'un air un peu gêné en se tournant vers nous :

« Si l'une de vous a envie d'en faire autant, nous veillerons ensemble. »

Personne ne répondit. Mais le soir, comme 9 heures sonnaient, Bergeounette arriva en même temps que moi. Et presque aussitôt, Bouledogue entra à son tour.

Le patron fut grandement surpris en la voyant. Il ne pouvait pas croire qu'elle voulût veiller aussi.

« Oh ! c'est pour Sandrine », répondit Bouledogue de son air malgracieux.

Et chacune se mit à travailler en silence.

Le patron avait pris un coin de la table. Il dessinait une garniture de broderie pour un manteau, et quoique son fusain se cassât souvent dans ses doigts, il ne s'impatientait pas comme d'habitude.

Les veillées suivantes furent plus animées.

Bouledogue et le patron se chamaillaient, ou bien Bergeounette se plaignait de la vie insupportable qu'elle menait dans son ménage.

Les plaintes de Bergeounette avaient toujours quelque chose de si comique que personne ne la prenait en pitié. Même le matin où elle était arrivée avec un œil meurtri et une joue saignante, tout le monde s'était mis à rire en lui voyant prendre un air drôlement triste pour dire :

« Si mon mari ne me battait pas, je serais la plus heureuse des femmes. »

À coudre tranquillement sous la lampe, elle finissait par oublier ses ennuis, et les veillées ne s'achevaient pas sans qu'elle ait longuement parlé de la mer et de sa Bretagne.

Elle répétait souvent les mêmes choses, mais on ne se lassait pas de les entendre, et c'était comme si elle eût recommencé une très belle chanson, lorsqu'elle disait :

« La mer est comme un être aveugle et sourd dont la puissance et la force n'auraient pas de limites. Elle hurle, elle frappe, elle broie, et ses vagues lancées comme des cavaliers fous le long des côtes, les déchirent et les émiettent sans fin. »

Bouledogue grondait avec un peu de crainte :

« C'est une mauvaise bête que la mer. »

Mais Bergeounette reprenait vite :

« Il y a des jours où elle est si paisible et si molle qu'on a envie de s'étendre sur elle pour dormir longtemps.

« Puis, sans qu'on sache pourquoi, elle se met tout à coup à danser sous le soleil. On dirait qu'elle balance les plis de sa robe. Et les vagues pleines d'écume lui font comme une multitude de jupons blancs. »

Nous l'écoutions, et personne n'eût osé l'interrompre, quand elle récitait comme une litanie les noms des barques et des pêcheurs du petit port où elle était née :

« *Notre-Dame de Souffrance*, à Locmaël. *La Volante*, au gars Turbé. *Le Forban*, au vieux Guiscrif. »

Le soir où elle parla des filets de pêche qui séchaient au bout des mâts, et qui flottaient plus fins et plus légers qu'un voile de mariée, elle assura fermement :

« Il y en a qui sont bleus comme la robe de la Vierge Marie les jours de mai. »

Le lendemain de la Toussaint, je ne trouvai pas mes compagnes à l'atelier. Elles étaient au cimetière, et le patron me demanda pourquoi je n'y allais pas aussi.

Il pleuvait, et je répondis que j'aimais mieux travailler que d'aller me promener par le vilain temps.

Il cria comme s'il se fâchait :

« Ce n'est pas une promenade, c'est une visite à nos morts. »

Un peu de gaîté me vint à le voir si furieux et je repartis en riant :

« Oui, mais moi, je n'ai pas de morts. »

Il me regarda comme si je venais de lui dire une chose extraordinaire, et il sortit aussitôt pour se rendre lui-même au cimetière.

Mme Dalignac cousait déjà à la place de Sandrine. C'était la première fois que je me trouvais seule avec elle. Elle me regarda de la même manière que le patron, avant de dire :

« Vous avez de la chance de ne pas avoir de morts.

– C'est que je n'ai pas de vivants non plus », dis-je.

Elle s'arrêta de coudre avec un air d'étonnement très marqué, puis elle eut un mouvement des lèvres comme pour me poser une question, et enfin elle dit un peu vite :

« Lorsque vous êtes venue ici, je vous croyais aussi jeune que Duretour, mais par la suite, j'ai bien vu que vous aviez dépassé vingt ans. »

Elle se tut, et il me sembla qu'une sorte de gêne l'empêchait de me regarder lorsqu'elle me demanda un instant après :

« Vous habitez seule ?

– Oui, madame. »

Elle se tut encore. Ma réponse parut augmenter sa gêne. Cependant, elle reprit d'un ton enjoué :

« Vous avez bien un amoureux ?

– Non, madame. »

Elle rougit en se reprenant :

« Je veux dire… un fiancé, enfin, quelqu'un qui vous aime. »

Je ne sais pourquoi je pensai à Sandrine et à son Jacques et je répondis nettement encore.

« Non, madame. »

Mais au même instant ma pensée me montra un vieux visage affectueux, et je me repris à mon tour :

« Si, pourtant, il y a Mlle Herminie qui m'aime. »

Et devant l'attention de Mme Dalignac, je me hâtai d'expliquer :

« C'est une très vieille voisine à qui je rends quelques petits services et qui me récompense en me racontant des histoires. »

Mme Dalignac sourit avec satisfaction :

« Vous avez là une bonne grand-mère ? »

La vérité était si différente que je répliquai aussitôt :

« Oh ! non, elle est bien plutôt mon petit enfant. »

Un silence se fit, puis, comme si Mme Dalignac avait de la peine à le supporter, elle leva la tête et nos yeux se rencontrèrent. Les siens se baissèrent les premiers, mais il me sembla qu'ils avaient la même expression que ceux de Sandrine et qu'ils venaient aussi de m'offrir quelque chose.

Le patron revint vers le milieu de la matinée. Il ramenait Sandrine qu'il avait rencontrée dans une allée du cimetière. Elle était essoufflée, et ses vêtements gardaient une odeur de terre humide. Elle s'assit en disant d'un air las :

« Les tombes sont toutes trempées de pluie. »

Mme Dalignac la gronda doucement :

« Puisque vous êtes malade, vous n'auriez pas dû sortir par ce vilain temps. »

Sandrine se récria :

« Mais je ne suis pas malade. Je suis seulement enrhumée. »

Et ses yeux noirs avaient comme une inquiétude quand elle répéta :

« Je ne suis pas malade, je vous assure. »

Mme Dalignac lui sourit pour la rassurer :

« Nous le savons bien, dit-elle, mais vous auriez pu aller au cimetière un autre jour. »

Elle ajouta comme si elle n'attachait aucune importance à tout cela :

« Les cimetières ne s'envolent pas, et les morts ont le temps d'attendre. »

Sandrine dit presque aussitôt :

« Demain, je reviens travailler. »

Elle voulut dire autre chose, mais sa voix devint rauque avant qu'elle n'eût achevé le premier mot, et elle fut prise d'une quinte de toux.

Elle toussait par à-coups avec une sorte d'impatience. Elle aspirait fortement et faisait de violents efforts pour tâcher d'arracher de sa poitrine une chose qui paraissait y avoir pris de profondes racines. Sa toux avait toujours les mêmes sons creux et fêlés, mais aujourd'hui elle semblait remuer une chose épaisse et mouvante qui restait accrochée au fond.

Elle fut obligée de s'asseoir, son visage devint tout blanc, et la sueur lui coula sur le front. Elle fit encore un effort pour tousser. Il y eut dans sa gorge un claquement sec, comme lorsqu'on vient de casser un fil solide. Puis elle se frappa la poitrine de son poing fermé comme la première fois, et elle dit en riant :

« Il faudra bien que je me débarrasse de ce rhume. »

Elle remonta sa mante qui glissait de ses épaules et elle partit en toussant de nouveau.

Son départ laissa un malaise. Le patron restait debout sans parler, et Mme Dalignac, qui tenait les mains à plat sur son ouvrage, dit tout à coup :

« Il y a des rhumes qui font mourir. »

Le patron resserra sa veste sur sa poitrine comme s'il sentait brusquement venir le froid. Puis il attira son tabouret très près de sa femme et le silence revint.

Les jours qui suivirent, Sandrine toussait beaucoup moins. Cependant, son souffle restait court et plein de rudesse, et sa toux semblait toujours accrocher quelque chose dans sa poitrine.

De temps en temps, le patron lui demandait d'un air gai :

« Cela va, Sandrine ? »

Et Sandrine répondait du même air gai en imitant l'accent du patron :

« Cela va biengne. »

À présent, l'atelier était tranquille. La table à ouvrage laissait voir ses fils de toutes couleurs, et la corbeille pleine de tresses et d'agrafes était bien en ordre. On n'entendait plus les exclamations d'impatience ni les mots d'énervement quand il s'agissait de retrouver une dentelle ou une doublure tombées sous la table et que l'une de nous foulait aux pieds sans les voir.

Le patron ne heurtait plus les mannequins en passant d'une pièce dans l'autre, et Mme Dalignac avait son visage reposé, si agréable à regarder.

Tout le monde écoutait, lorsque Bergeounette chantait ou racontait une histoire. Elle avait une voix très voilée, et ses notes hautes faisaient penser à un mauvais sifflet ; mais ses notes graves étaient pleines et très douces à l'oreille.

Elle parlait avec facilité et ne pouvait souffrir les mots malsonnants. Et quand l'une de nous cherchait à savoir si un mot était français ou non, elle affirmait avec autorité :

« Je le sais, moi, j'ai mon brevet. »

Bouledogue ne savait pas tourner ses phrases comme Bergeounette. Elle jetait les mots comme on jette une pierre, et il semblait toujours qu'elle allait démolir quelque chose.

Elle chantait rarement, quoique sa voix fût plus belle que celle de Bergeounette.

Depuis qu'on était moins pressées, elle était moins grognon, et un jour elle dit :

« Il faudrait que le travail soit toujours réglé ainsi. »

Mme Dalignac s'approcha :

« Je le voudrais comme vous, dit-elle, mais si j'avais renvoyé les clientes, nous n'aurions plus rien à faire maintenant et je serais forcée de vous renvoyer aussi. »

Bouledogue se renfrogna, puis elle reprit :

« Puisque nous travaillons davantage dans les moments pressés, nous méritons de gagner davantage. »

Mme Dalignac remua la tête comme lorsqu'on sait une chose impossible, et Bergeounette se moqua :

« Tu voudrais faire une révolution, peut-être ? »

Bouledogue découvrit ses dents, et sa voix roula un peu pour répondre :

« Le travail ne devrait jamais être une peine. »

Je savais que Mme Dalignac était sans défense contre les exigences de ses clientes, et que réclamer le prix de ses façons était pour elle un gros ennui. Mais ce que venait de dire Bouledogue me paraissait si juste que je m'apprêtais à lui donner raison, lorsque Bergeounette me devança :

« Voilà celle-ci qui va prêcher maintenant. »

Ce n'était pas la première fois qu'elle me faisait ce reproche, aussi j'en restai confuse et je me contentai de regarder Mme Dalignac.

Le patron n'aimait pas les discussions. Il détourna les idées en demandant à Bergeounette une chanson de son pays. Et Bergeounette, qui continuait à se moquer, chanta une très vieille chanson dont elle avait souvent fredonné l'air :

Dans le bon vieux temps,
Me dit souvent ma grand-mère...
Dans le bon vieux temps,
Un jupon durait cent ans.

Cela fit rire tout le monde ; mais Mme Dalignac reprit vite son air soucieux. Elle me fixa à son tour et dit comme si elle répondait à un reproche :

« Ma peine est semblable à la vôtre, et ma part d'argent est souvent la plus petite. »

Elle fit à reculons les trois pas qui la séparaient de sa table de coupe, sans cesser de me regarder, et Bergeounette commença un autre couplet de sa chanson.

LA FIN DE DÉCEMBRE ramena la morte-saison et il fallut nous séparer encore une fois.

Bouledogue quitta la première, pour s'embaucher dans une fabrique de conserves alimentaires.

Jusqu'à présent, elle avait employé son temps de chômage à faire de la lingerie fine avec une amie, mais l'amie venait de partir à l'étranger et Bouledogue ne savait à qui s'adresser pour avoir le même travail.

C'était elle qui faisait vivre sa grand-mère avec laquelle elle habitait. Son gain était vite dépensé et les moindres journées perdues condamnaient les deux femmes à toutes les privations.

Elle était après Sandrine la meilleure ouvrière de l'atelier. Il ne fallait pas lui demander une idée nouvelle, ni l'obliger à disposer des garnitures à son goût, mais quand elle avait dit : « J'ai fini de coudre la robe », on pouvait se fier à elle, car jamais elle n'oubliait un point.

Le jour de son départ, elle tourna les yeux vers les planches vides, comme si elle leur gardait une mauvaise rancune, et sa voix eut un large grondement pendant qu'elle disait :

« Lorsque grand-mère ne mangeait pas à sa faim pour me permettre d'apprendre un joli métier, elle ne se doutait pas qu'il me faudrait aller quand même à l'usine. »

Sandrine fut la seule qui resta. Mme Dalignac partageait avec elle le peu d'ouvrage qu'apportaient les clientes.

Je partis à mon tour et, dès le lendemain, j'entrais chez un fourreur qui demandait des ouvrières pour un coup de main.

Le prix qu'on m'offrait était de beaucoup plus élevé que chez Mme Dalignac, aussi j'apportai toute mon attention à ce nouveau travail.

Mes doigts eurent peu de peine à manier l'aiguille carrelée, mais j'éprouvai tout de suite une grande difficulté à respirer. Des milliers et des milliers de poils fins s'échappaient des fourrures et s'envolaient dans l'air de la pièce.

Un chatouillement insupportable me prit à la gorge, et je toussais sans arrêt.

Les autres me conseillaient de boire des grands verres d'eau. Mais la toux recommençait une minute après. Au bout de quelques heures, je fus prise d'un violent saignement de nez. Et le soir même, le patron me mit à la porte :

« Allez-vous-en... Vous n'êtes bonne à rien ici. »

La crainte d'un long chômage me fit chercher un nouvel emploi.

Je le trouvai dans une maison de stoppage où je m'appliquai de toute ma volonté. Mais là aussi je trouvais un grave inconvénient. Devant la boutique déjà peu éclairée où je m'alignais avec les autres stoppeuses, des hommes de tous âges s'arrêtaient à chaque instant. Certains d'entre eux s'approchaient si près et restaient si longtemps à barrer le jour, qu'il m'arriva de ne plus voir la trame des fils et d'embrouiller mes reprises. Et malgré mon désir de bien faire, je dus partir pour ne plus entendre les reproches de la patronne.

Lasse de chercher à m'employer selon mes capacités, je me décidai à entrer dans une maison que venait de quitter ma vieille voisine, Mlle Herminie. Il s'agissait de coudre des bandes de cuir et de flanelle sur des rouleaux servant à l'imprimerie. C'était un dur travail qu'il fallait faire debout et qui n'avait pas mis trois mois à rendre bossue Mlle Herminie. Je l'abandonnai à la fin de la première semaine, car je sentis que je deviendrais bossue aussi.

Sandrine, que je rencontrais souvent dans la rue, m'engagea à venir passer mon temps à l'atelier au lieu de rester seule chez moi.

J'y retrouvai Bergeounette qui n'avait pas cessé d'y venir. Son mari ne voulait pas la nourrir ni la supporter sans rien faire au logis ; et, à chaque chômage, c'était entre eux des batailles sans fin.

Elle était forte et hardie, et ne craignait pas de se battre avec lui. Mais elle recevait par-ci par-là un mauvais coup qui la laissait peureuse et tremblante. Aussi, pour éviter les disputes, elle faisait semblant de travailler une partie de la journée. L'ouvrage commencé qu'elle traînait avec elle n'avançait guère. Elle s'occupait surtout à regarder par la fenêtre, et toujours elle descendait à l'heure où le manchot passait.

Je me trouvais si bien dans l'atelier que j'en oubliais les soucis du chômage.

Tout comme Bergeounette, j'apportai mon linge à réparer. C'était du linge sans dentelles ni garnitures, dont elle se moquait, et qui lui faisait dire :

« Cela ne vaut pas la peine d'être raccommodé. Vous reprisez ici et ça se déchire là. »

Comme elle aussi, je m'approchais souvent de la fenêtre et elle s'étonnait de voir mon regard s'en aller par-dessus les toits au lieu de se fixer sur les gens qui passaient dans l'avenue. Elle levait un doigt vers le ciel et me disait malicieusement :

« Ce n'est pas de là-haut qu'il viendra. »

Parfois j'apportais un livre enveloppé dans le même papier que mon pain du goûter. Le patron le feuilletait et me le rendait très vite, avec un ton de gronderie :

« Vous avez la passion de la lecture, hé ? »

Ce reproche m'avait été adressé si souvent déjà que j'avais pris l'habitude de m'excuser en répondant que je lisais seulement à temps perdu, ou pendant la nuit, lorsque je ne dormais pas.

Malgré le manque de travail, Bergeounette gardait ses joues pleines, et son goûter était aussi copieux que par le passé.

Par contre je me sentais très déprimée. Mes joues se creusaient à l'endroit des mâchoires et mon cou ne remplissait plus le col de mon corsage.

Le patron me taquinait :

« Votre nez s'allonge », disait-il.

Sandrine riait avec moi, et Bergeounette affirmait que la lecture n'était pas meilleure que le pain sec.

Je ne plaisais guère à Bergeounette. Elle supportait mal de me voir rester une demi-journée sans parler ni remuer les pieds, et elle m'accusait de n'aimer que le silence.

Pourtant, lorsqu'elle chantait ou racontait, je l'écoutais toujours avec un grand plaisir, et bien des fois, j'avais réclamé la suite d'une histoire que le patron avait interrompue.

Mon visage non plus ne lui plaisait pas. Elle disait qu'on ne savait pas comment il était fait. Elle regardait le sien dans une petite glace et, quand elle s'était assurée qu'il restait brun et d'aspect solide, elle s'étonnait que le mien soit tantôt pâle et flétri, comme si j'étais malade, et tantôt éclatant de fraîcheur, comme si je possédais la plus belle santé du monde. Et quoiqu'il n'y eût jamais de chicanes entre nous deux, nous paraissions séparées par un obstacle que ni l'une ni l'autre ne pourrait jamais franchir.

La petite Duretour ne tarda pas à venir passer quelques heures près de nous. Mais elle n'apportait rien à coudre. Sa gaîté suffisait à l'occuper. Elle s'amusait à sauter d'un pied sur l'autre et elle n'en finissait plus de raconter les parties fines qu'elle faisait le dimanche avec son fiancé. Elle singeait les actrices et les danseuses. Ou bien elle imitait les gestes apprêtés d'un garçon de restaurant, en train de découper une volaille de prix. Et pendant qu'elle faisait mine de découper la corbeille à fils, en tenant ses coudes en l'air et ses doigts en ailes de pigeon, elle semblait elle-même une volaille délicate et très précieuse.

Il y avait de longues discussions entre elle et Bergeounette au sujet des mets. Bergeounette parlait du ris de veau, qu'elle aimait beaucoup. Mais Duretour n'aimait pas le ris de veau. Elle disait avec une petite grimace de dégoût :

« C'est bon pour les vieux qui n'ont plus de dents. »

Et elle riait en nous montrant les siennes qui étaient plus claires que de la porcelaine fine.

Elle parlait des théâtres et des restaurants, avec des détails qui faisaient dire au patron :

« Elle finira par tomber dans les grandeurs. »

Cependant elle n'avait aucun désir de luxe. Elle avouait même se trouver souvent intimidée au milieu des gens du dehors.

Son fiancé n'était pas plus hardi. Un jour qu'ils avaient voulu jouer aux riches et qu'ils s'étaient fait conduire en voiture aux Champs-Élysées, tous deux étaient descendus de voiture pour regarder les gourmandises d'un confiseur. Mais ils étaient restés si longtemps devant la boutique que le cocher s'était endormi sur son siège. Ni l'un ni l'autre n'avaient osé le déranger, et ils avaient fait les cent pas sur le trottoir en attendant son réveil.

Quand Duretour n'avait rien de nouveau à nous apprendre, elle collait son front contre la vitre. Mais son attention ne s'arrêtait pas sur les passants ni sur l'étendue du ciel au-dessus des toits. Elle ne s'intéressait qu'aux enterrements, qui défilaient tout le long du jour dans l'avenue du Maine.

Dès qu'elle apercevait le corbillard des pauvres, tout mince et léger qui avançait vite en sautant d'un air maladroit sur les pavés, elle disait :

« Ha ! voilà la sauterelle. »

Mais lorsqu'un corbillard tout alourdi de panaches et de fleurs montait lentement l'avenue, elle gonflait ses joues, pour dire avec un respect exagéré :

« Ça, c'est un gros mort. »

Elle essayait aussi de faire des signes aux maçons d'en face, mais ils ne prenaient plus le temps de regarder l'atelier. La pluie les mouillait sans discontinuer, et leurs ceintures rouges et bleues disparaissaient sous les sacs à plâtre qu'ils s'attachaient aux épaules.

C'était à leur tour d'être pressés. Les truelles puisaient sans arrêt dans les auges pleines de mortier ; et les pierres s'ajoutaient et augmentaient rapidement la hauteur des murs.

Les tombereaux déversaient toujours la meulière et le sable sur le trottoir, mais maintenant les pierres roulaient dans la boue avec un bruit sourd, et le vent d'hiver nous empêchait d'entendre le glissement soyeux et frais du sable.

En janvier, Sandrine eut une rechute grave. Pendant les deux premiers jours elle ne s'aperçut pas des soins que je lui donnais, mais, dès que sa fièvre fut calmée, elle me pria d'aller lui chercher du travail.

Le patron cria en prenant sa tête à pleines mains :

« C'est épouvantable… Où prendra-t-elle la force de travailler ? »

Et il tournait tout courbé autour de la pièce, comme s'il cherchait du secours sous la table ou derrière les tabourets.

Mme Dalignac fit un grand geste d'impuissance et prépara le paquet d'ouvrage que j'emportai aussitôt.

Je retrouvai Sandrine assise dans son lit en train de coudre une petite culotte de garçon.

Ses cheveux noirs lui cachaient la moitié des joues, et leurs boucles s'allongeaient jusque sous son menton. Elle respirait difficilement, sa poitrine faisait entendre un bruit de gargouille et ses lèvres étaient sèches et toutes craquelées.

Elle défit très vite le paquet, et la petite culotte, qu'elle jeta au pied du lit, resta gonflée par le fond.

Chaque jour je retournai chez Sandrine. J'y arrivais parfois très tôt, mais toujours je la trouvais assise avec son ouvrage éparpillé sur les couvertures. Sa mante qu'elle gardait aux épaules lui couvrait la taille et s'étalait autour d'elle. Et tout son corps posé de travers se tendait vers la fenêtre en tabatière.

Elle ne montrait aucune mauvaise humeur du temps sombre. Elle disait seulement :

« Si jamais je deviens riche, je me ferai bâtir une maison où les murs seront tout en fenêtres. »

Il y avait des jours où la pluie coulait si épaisse sur la vitre en pente qu'elle faisait comme un rideau qui empêchait le jour d'entrer. D'autres fois, c'était le vent qui secouait le châssis comme s'il voulait l'arracher pour l'emporter au loin. Et lorsque le vent et la pluie se mêlaient, un froid humide entrait dans la chambre et pénétrait jusque dans le lit de Sandrine.

Elle resserrait son vêtement et ramenait les pieds sous elle, mais une fatigue l'obligeait vite à étendre les jambes. Alors elle disait avec un peu de regret :

« Quand le repos vient, la chaleur s'en va. »

Le froid me faisait souffrir aussi et j'aurais bien voulu allumer du feu, mais il n'y avait ni poêle ni cheminée dans la chambre.

Cette chambre était si petite que le lit en prenait toute la longueur d'un côté. L'autre côté se trouvait rempli par une table et deux chaises et il eût été difficile de s'asseoir dans le passage du milieu.

Des planches s'étageaient un peu partout, mais ce qui dominait dans la pièce, c'était des photographies d'enfant : un petit garçon et une petite fille, tantôt seuls, tantôt se tenant par la main. Et au-dessus de la table, à l'endroit où aurait pu être la cheminée, un cadre plus grand que les autres montrait les enfants et leurs parents réunis. Jacques retenait les deux petits entre ses genoux et Sandrine, debout derrière eux, se penchait pour les entourer de ses bras.

La fillette avait comme sa mère des cheveux tout en boucles et un visage bien fait, tandis que le garçonnet avait comme son père des cheveux lisses et un visage dont les contours semblaient tout effacés.

Bergeounette venait me retrouver chez Sandrine. Elle mettait une animation extraordinaire dans la petite chambre qu'elle emplissait de désordre et de bruit. C'était comme si elle se fût assise sur tous les meubles à la fois, et après son départ j'étais toujours obligée de donner un coup de balai.

Cela faisait rire Sandrine qui trouvait que Bergeounette ressemblait à un bon chien mal dressé.

Puis c'était Jacques qui arrivait pour quelques instants. Il se troublait en me voyant, et il restait debout comme un étranger.

Sandrine le forçait à s'asseoir sur le pied du lit, et à toute minute elle levait les yeux sur lui comme si elle craignait qu'il n'eût disparu tout à coup.

Les commandes revinrent avec les premiers jours de mars, et Mme Dalignac rappela Bouledogue et Duretour.

Bergeounette, qui ne s'était souciée de rien pendant le chômage, fit montre d'un contentement exagéré d'être occupée. Son rire bas et comme cassé se faisait entendre à tout moment, et on n'obtenait pas de réponse quand on lui en demandait la raison.

Lorsque Bergeounette était debout, tout son corps remuait avec aisance, mais quand elle se tenait tranquille sur son tabouret, elle faisait penser à une chose difficile à manier. Ses épaules carrées paraissaient dures comme le granit, et en passant près d'elle on prenait garde à ses coudes. Mais, qu'elle fût remuante ou paisible, ses cheveux fins et lisses restaient collés contre sa tête, tandis que sa face semblait virer à tous les vents.

Une après-midi, en revenant travailler, je la vis descendre l'avenue dans une galopade extraordinaire. Elle avançait par bonds énormes et bousculait tout le monde pour échapper à son mari qui la suivait de près. Et brusquement elle disparut sous la porte cochère qu'elle repoussa derrière elle.

L'homme essaya d'enfoncer la porte, puis il donna un grand coup de pied dedans, et après avoir regardé en l'air comme s'il espérait voir sa femme à une fenêtre, il tourna le dos et s'éloigna.

Je retrouvai Bergeounette en haut. Elle était tremblante et en nage, et, à travers son essoufflement, elle disait d'un air plein de crainte :

« S'il m'avait saisie, il m'aurait tuée. »

Lorsqu'elle fut plus calme, le patron fit chanter son accent pour lui demander :

« Étiez-vous aussi blanche qu'un petit agneau et lui disiez-vous des choses jolies quand sa colère est venue ? »

Elle se mit à rire, et tout en remuant ses bras d'une façon désordonnée, elle avoua que depuis le début de la morte-saison, elle volait chaque semaine une pièce d'or dans la cachette de son mari, et que l'instant d'avant, dans une terrible dispute, elle s'en était vantée par bravade.

« Comment ferez-vous pour rentrer ce soir ? » demanda Mme Dalignac.

Bergeounette fit un geste de la main pour la tranquilliser.

« Je rentrerai tard », dit-elle.

Elle rit de nouveau très bas et comme en dedans, et elle ajouta :

« Il n'est jamais méchant lorsqu'il est couché. »

Le lendemain elle revint avec son visage ordinaire, et personne ne lui parla de ce qui s'était passé la veille.

Depuis son retour à l'ouvrage, Bouledogue ne cessait de bougonner après ses doigts qui avaient perdu leur souplesse et la finesse du toucher :

« Comment voulez-vous que je tienne une aiguille avec des doigts raides et durs comme cela ? »

Et elle nous montrait ses mains pleines de durillons et d'ampoules crevassées.

Elle avait la spécialité des petits plis et des fronces dans les tissus légers et son habileté était telle qu'aucune de nous ne pouvait la remplacer.

Lorsque après de longues heures de travail, un corsage de mousseline de soie sortait tout plissé de ses mains, on eût dit qu'il venait d'être fait par magie tant il gardait de fraîcheur.

Le patron osait à peine le toucher. Il l'élevait avec précaution dans la lumière et il disait tout content :

« Je crois bien qu'il a poussé tout seul au soleil. »

Aussi maintenant lorsque Bouledogue voyait les tissus s'accrocher et s'érailler à ses doigts, elle entrait dans de violentes colères qui finissaient par la faire pleurer.

Mme Dalignac essayait de lui faire prendre patience. Mais Bouledogue était incapable d'avoir de la patience ; elle jurait comme un homme et maudissait le monde entier. De plus, elle ne pouvait pas dire assez combien les femmes de la fabrique s'étaient moquées de ses mains fines, en lui voyant toucher les boîtes de ferblanc qui lui écorchaient les paumes et lui cassaient les ongles.

À l'écouter, une grande appréhension nous venait de la prochaine morte-saison, et chacune de nous disait tout haut son espoir d'éviter la fabrique.

Seule Bergeounette se moquait de cela, comme elle se moquait de tout le reste. Elle réussissait même à calmer Bouledogue en attirant adroitement son attention sur des soirées dansantes que des petites sociétés d'ouvriers donnaient, ici ou là, dans le quartier de

Plaisance. Bouledogue aimait la danse par-dessus tout. Sa voix devenait tout autre pour s'informer de la date exacte et du lieu où devait se donner le bal.

Son amour de la danse l'obligeait à faire toutes sortes de mensonges à sa grand-mère à qui elle n'osait l'avouer.

Elle avait heureusement une cousine de son âge qui partageait son goût. En s'entendant à l'avance, elles trompaient la grand-mère et se rendaient libres.

Pendant l'été, elles allaient jusqu'à Robinson, mais c'était loin, et le train qui devait les ramener ne leur laissait qu'une heure de répit. Aussi elles ne perdaient pas une minute, elles couraient d'une traite de la gare à la salle de bal. Et là, sans s'occuper des garçons en quête de danseuses, elles s'enlaçaient et dansaient avec l'angoisse constante de manquer le train du retour.

L'hiver, elles allaient au bal Bullier, mais si elles n'avaient plus le souci du voyage, elles craignaient d'être reconnues et dénoncées. Bouledogue en avait une crainte si intense qu'elle croisait parfois ses deux mains sur sa tête en disant :

« Si grand-mère apprend un jour que je vais à ce bal, elle en mourra de honte. »

Cela ne l'empêchait pas de prétexter, le dimanche suivant, une promenade au jardin du Luxembourg où elle n'entrait jamais.

Il arrivait que la grand-mère désirait aussi se promener au jardin, mais comme elle était vite lasse, les jeunes filles l'installaient sur une chaise et s'éloignaient rapidement derrière son dos.

Ces jours-là, il ne fallait pas songer à s'attarder au bal. La cousine y serait bien restée, mais Bouledogue la ramenait sans pitié vers la grand-mère. Et du même ton dont elle nous disait : « Une journée de travail suffit », elle disait à la cousine : « Une danse suffit pour s'en passer l'envie. »

Sandrine avait repris sa place en même temps que nous. Sa poitrine ne faisait plus entendre qu'un léger ronflement, et quand le patron lui criait du bout de l'atelier : « Cela va, Sandrine ? » elle répondait tout de suite : « Oh ! oui, cela va très bien. »

Elle souriait en nous regardant, et ses yeux noirs étaient doux comme du velours neuf. Cependant ses cheveux n'étaient plus aussi brillants, et ses boucles paraissaient moins élastiques, mais jamais elle ne se plaignait.

Une fois seulement elle parla ainsi de la fatigue de ses nuits :

« C'est drôle… Depuis que j'ai ce rhume, je ne peux plus m'étendre dans mon lit, et il me faut être à moitié assise pour pouvoir dormir un peu. »

Un matin, je la surpris dans l'escalier alors qu'elle se croyait seule. Elle montait avec lenteur, en tenant le buste raide et la bouche fermée. Mais l'air qu'elle rejetait par le nez faisait un bruit fort comme celui d'un soufflet.

Mme Dalignac l'envoya chez son médecin, qui conseilla un long repos et une bonne nourriture. Sandrine riait de tout son cœur en rapportant les paroles du médecin :

« Du repos… disait-elle. Où diable veut-il que je prenne cela ? Je ne connais pas de marchand qui en vende. »

Mme Doublé, qui se trouvait là, lui lança un regard plein de malveillance. Elle parla longuement des rhumes qui tournaient en maladie contagieuse et dit qu'elle ne supporterait pas une ouvrière tuberculeuse dans son atelier.

Je levai les yeux sur Sandrine. Elle gardait son air tranquille et un peu enfantin, et, lorsque Mme Doublé fut sortie, elle dit en riant :

« Ses ouvrières feront bien de ne pas s'enrhumer. »

Le mois d'avril ramena le travail pressé.

Les mains de Bouledogue avaient retrouvé toute leur souplesse, et ses doigts longs et bien tournés maniaient avec adresse les tissus les plus fins. Mais son énervement revenait avec le désordre de la table à ouvrage, et sa voix grondait sourdement, quand on était à la recherche d'une chose égarée.

Bergeounette restait indifférente aux ennuis du travail. Elle continuait à regarder passer le manchot. Et, dès que l'une de nous marquait trop d'impatience, elle chantait sa vieille chanson qui avait un couplet pour toutes les circonstances :

Dans le bon vieux temps,
Les pâtés et les brioches,
Dans le bon vieux temps,
Croissaient au milieu des champs.

En approchant des fêtes de Pâques, les journées redevinrent aussi dures qu'avant la Toussaint. La machine du patron n'avait plus de temps d'arrêt, et le ronflement de la mienne ne faisait pas beaucoup moins de bruit. Et chaque fois que Duretour partait avec une robe terminée, le patron disait, en tapant dans ses mains :

« Courage, mesdames ! Pâques va nous apporter deux jours de fête pour nous reposer. »

La veille de Pâques, comme il répétait cela, Bergeounette lui répondit :

« Sandrine aura le temps de courir après son souffle pendant ces deux jours-là. »

Tout le monde regarda Sandrine. Elle gardait la bouche ouverte et il y avait comme une buée autour de son visage.

Le soir, après la journée finie, elle prit le temps de sourire en nous disant :

« C'est vrai, pourtant, que je cours après mon souffle aujourd'hui. »

Sa voix était tremblante et comme effacée, et on eût dit que ses yeux laissaient glisser toute leur lumière.

Et pour la première fois, depuis bien longtemps, elle remonta l'avenue avec moi, sans son paquet d'ouvrage pour la veillée.

LE MARDI SUIVANT, nous étions toutes en retard pour commencer la nouvelle semaine. Duretour elle-même était sans entrain et Bouledogue n'en finissait plus de déplier son tablier.

Le patron fit semblant de nous gronder :

« Il faudrait que Pâques ait trois jours de fête pour vous autres. »

Je m'aperçus tout de suite que Sandrine n'était pas encore arrivée, et j'allais le faire remarquer à Mme Dalignac ; mais, juste à ce moment, elle disait, en ouvrant une lettre dont l'adresse s'en allait tout de travers :

« Ça, c'est sûrement une cliente qui se fâche. »

Chacune resta debout s'attendant à l'ennui d'une robe à retoucher. Mais au lieu de nous donner des explications, comme elle le faisait toujours dans ce cas-là, Mme Dalignac éloigna le papier et le rapprocha. Puis ses yeux papillottèrent devant les deux seules lignes qui étaient en haut de la page, et enfin elle lut tout haut :

Ma Sandrine est morte.
Jacques.

Dans le silence qui suivit, les têtes se tournèrent une à une vers la place de Sandrine et personne n'avait l'air de comprendre le sens de la lettre.

Tout comme les autres, je regardais la place vide, mais dans le même instant je revis les yeux mornes et le sourire si las de Sandrine le samedi d'avant, et je compris que, ce soir-là, elle était au bout de sa vie.

Mme Dalignac devait se souvenir aussi ; car son regard, qui s'était élargi, se rétrécit brusquement et ses mains se mirent à trembler.

Toutes les voix s'élevèrent pour dire les mêmes mots. C'était comme une bousculade de questions où il n'arrivait aucune réponse.

Et tout à coup Bouledogue fit entendre un sourd grondement, puis elle saisit le tabouret de Sandrine et le frappa sur le parquet avec tant de violence que les pieds s'écartèrent et qu'il s'écroula tout disloqué.

On ne sut pas contre qui allait la grande colère qui faisait relever tous les fronts.

Bergeounette semblait prête à se jeter sur quelqu'un, et la petite Duretour répétait, comme un reproche à l'adresse de Sandrine :

« Mais, puisqu'elle avait retrouvé son Jacques… »

Mme Dalignac cessa vite de trembler. Son visage si doux d'ordinaire s'emplit de révolte, comme à l'annonce d'une injustice insupportable. Et pendant que le patron reprenait la lettre pour la lire à son tour, elle mit rapidement son chapeau et me fit signe de l'accompagner.

Tout était en ordre dans la chambre de Sandrine. On y sentait une odeur de parquet lavé, et le petit lit tout blanc semblait éclairer la chambre autant que le soleil d'avril.

Jacques était à moitié couché par terre. Il se releva péniblement pendant que Mme Dalignac lui demandait très vite :

« Comment cela est-il arrivé ? Où est Sandrine ? »

Il tourna son visage vers le lit en répondant :

« Elle est là. »

On ne voyait aucun renflement sous les draps, pas même à l'endroit des pieds ; mais déjà Mme Dalignac se baissait et passait sa main sur toute la longueur du lit, comme pour s'assurer que Sandrine était bien là. Puis elle lui découvrit le visage et la regarda longuement.

Jacques dit :

« C'est hier qu'elle est morte. »

Sa bouche trembla, et ses paupières se fermèrent. Il essaya de raffermir sa voix pour ajouter :

« Quand je suis arrivé, elle avait déjà vomi tout son sang. »

Une voisine entra sans bruit, tout en cousant une pièce à un tablier d'enfant.

« Elle n'a pas mis longtemps à mourir », nous dit-elle.

Et de la même voix basse et calme, elle expliqua :

« Toute la nuit, je l'avais entendue tousser à travers le mur. Au matin, je l'entendis aller et venir, et tout à coup elle a crié : "Jacques, Jacques." Elle avait une voix comme quelqu'un qui appelle au secours. Je suis entrée chez elle aussitôt, et je l'ai trouvée en train de vomir sur le parquet. Elle vomissait tout rouge et cela ne s'arrêtait pas. Alors, je pris peur et je voulus appeler aussi. Sandrine m'en empêcha, et me pria d'aller chercher M. Jacques. »

Et comme la voisine avait fini de coudre sa pièce, elle piqua son aiguille à son corsage et s'en alla sur la pointe des pieds.

Jacques reprit sa place par terre, et sa tête renversée touchait maintenant celle de Sandrine.

En rentrant à l'atelier, le grand désir d'y retrouver Sandrine me fit regarder à sa place. Mais il n'y avait là qu'un tabouret couché sur le côté, et qui montrait ses barreaux tout brisés. Mme Dalignac voulut apprendre aux autres ce qu'elle savait ; mais sa gorge se boucha et je fus obligée de parler pour elle.

Je me sentais comme étranglée aussi, et il ne me fut pas facile de tout dire d'un coup. Et lorsque les ouvrières connurent les détails que la voisine avait donnés, Bouledogue dit durement au patron :

« Pâques n'a pas eu de fête pour elle. »

Le patron ne parut pas l'entendre. Il se cramponnait des deux mains à sa machine, et un petit filet de salive sortait de sa bouche.

Sur un signe de Mme Dalignac, je ramassai le tabouret brisé pour le porter à la cuisine, et quand je revins, la petite Duretour disait d'une voix très haute :

« L'amour de Sandrine est mort aussi. »

Et on n'entendit plus que le cri répété d'une marchande de fleurs qui descendait l'avenue et le tic-tac de la pendule qui paraissait battre plus vite et plus fort.

Le soir, je retournai chez Sandrine avec Mme Dalignac.

Jacques était toujours à moitié couché par terre. Il avait seulement remonté ses genoux qu'il retenait de ses doigts entrecroisés.

La voisine nous dit tout bas :

« Il dort comme ça depuis ce matin. »

Jacques l'entendit. Il se releva en répondant :

« Je ne dormais pas, j'étais avec Sandrine. »

Il était tout étourdi et dans le mouvement qu'il fit pour se retenir au mur, il dérangea une photographie des enfants qui resta accrochée de travers.

Le lendemain, à l'heure de l'enterrement, un homme entra chez Sandrine en tenant devant lui une longue boîte aux planches rugueuses. Son regard cherchait une place dans la chambre, et je dus sortir en même temps que Mme Dalignac pour laisser libre le petit espace du milieu. Mais malgré cela, quand l'homme coucha le cercueil entre le lit et la table, il heurta les pieds de Jacques qui s'était pourtant reculé jusqu'aux lambris de la fenêtre.

Un autre homme déposa le couvercle qu'il tenait entre ses bras, et tous deux soulevèrent la morte pour la mettre dans la longue boîte. Sandrine était enveloppée d'un drap déchiré, et ses mains croisées sur sa poitrine passaient par une ouverture.

Et tandis qu'un des hommes cherchait à lui mettre la tête bien d'aplomb, le mouchoir qui retenait ses boucles glissa et lui fit comme un large bandeau sur le front.

Jacques regardait sans rien dire ; mais quand il vit poser le couvercle, il devint comme égaré. Il repoussa les hommes et il s'agenouilla près de Sandrine. Il souleva le bandeau qui la rendait semblable à une sainte toute drapée de blanc et il supplia :

« Aie pitié de moi, Sandrine… Ne t'en va pas. »

Il laissait tellement voir le déchirement de son cœur que les hommes n'osaient pas l'éloigner. La voisine et Mme Dalignac finirent par l'emmener pendant qu'il suppliait encore :

« Aie pitié, ma Sandrine. »

La petite photographie restait accrochée de travers et les enfants avaient l'air de se pencher pour voir ce qu'on faisait de leur mère.

Je m'approchais pour la redresser, mais l'un des deux hommes me demanda :

« C'est à elle, ces deux beaux petits ? »

Je fis signe que oui.

Alors il prit le cadre et le glissa sous les mains de Sandrine que le drap déchiré laissait passer. Puis il regarda l'étroit couloir qui barrait la porte et il dit :

« Il va falloir la sortir debout. »

Il reprit d'un ton apitoyé :

« Ce n'est pas qu'elle soit lourde, mais ces mauvaises boîtes ne sont pas solides, et à les trimballer le long des étages on craint toujours un accident. »

Et comme le moment était venu de descendre la morte, l'homme tira une grosse corde de sa poche et il entoura solidement la mauvaise boîte par le milieu.

Le corbillard attendait en bas. C'était une voiture sans aucun ornement, et je la reconnus pour celle que Duretour appelait la sauterelle.

Le patron y accrocha lui-même la couronne blanche qu'il venait d'apporter. Bergeounette déposa le long du cercueil les petits bouquets de violettes que chacune de nous offrait à Sandrine, et aussitôt la sauterelle se mit en marche.

Elle avançait vite sur le boulevard Raspail. Nous avions beaucoup de peine à la suivre, et Jacques, qui marchait le premier derrière elle, appuyait sa main dessus, comme s'il voulait l'empêcher de sauter si fort.

À notre passage, des femmes se levaient des bancs où elles étaient assises. Quelques-unes faisaient le signe de la croix, et gardaient leurs mains jointes. Deux enfants cessèrent de remuer le sable avec leur pelle en bois et tapèrent bruyamment sur leur petit seau en chantant sur un air de cloche :

« L'enterrement, l'enterrement. »

Le jour était plein de soleil. Les bruits montaient clairs et précis dans l'air très doux et les marronniers tout fleuris de blanc s'alignaient le long de notre chemin.

En entrant dans le cimetière, la sauterelle avança encore plus vite. Ses roues firent un bruit criard sur l'épaisse couche de gravier, et la couronne accrochée à l'arrière se balança fortement.

Le cimetière aussi était tout fleuri, et les tombes paraissaient plus blanches sous le soleil.

Bergeounette, qui lisait les poteaux indicateurs, me nommait les allées de traverse que l'on dépassait :

« Allée des Morts... Allée des Cyprès... Allée des Tombes. »

Et chaque fois les paroles sortaient de sa bouche, comme si elle les rejetait avec dégoût. Mais lorsque le corbillard tourna entre deux rangées d'arbres qui s'élevaient droits et fins comme des colonnes lisses, elle dit tout haut avec un air de triomphe :

« Allée des Érables-Blancs.

La sauterelle s'arrêta près d'une longue tranchée où des cercueils se rangeaient côte à côte, et notre groupe se resserra pour dire adieu à Sandrine.

Bouledogue avait son visage des mauvais jours.

Sa lèvre se retroussait seulement par le milieu et ne laissait voir que deux dents. Et comme je me penchais tout étonnée sur la grande tranchée, elle me dit :

« Ça ! c'est la fosse commune. »

Sa voix résonna avec des vibrations si profondes et si étendues qu'elle parut sortir de terre pour aller heurter les caveaux d'alentour et les tombes toutes fleuries.

Les croque-morts se dépêchaient ; car un autre convoi s'avançait aussi vers la fosse commune.

Ils prirent vivement Sandrine et la déposèrent auprès de deux petites boîtes d'enfants qu'on avait mises bout à bout pour ne pas perdre de place. Et aussitôt la sauterelle s'éloigna par le fond de l'allée, où deux de ses pareilles la devançaient.

Jacques ne pleurait pas. Il suivait docilement le patron et sa femme. Mais, avant de sortir du cimetière, il se retourna vers les érables blancs, et ses lèvres remuèrent comme s'il leur parlait.

Moi aussi, je me retournai vers les érables blancs. Je voulais revoir leur feuillage grêle, plus fin que de la dentelle et qui semblait vouloir s'envoler au vent. Puis mon regard s'abaissa pour faire le tour des immenses carrés de tombes qui brillaient sous le soleil, et lorsque je repris ma place auprès de Bergeounette, elle disait en respirant largement :

« Aujourd'hui, le cimetière est beau comme un paradis. »

LES FÊTES DE PÂQUES et l'enterrement avaient apporté beaucoup de retard dans le travail.

Le patron décida de prendre une nouvelle ouvrière pour remplacer Sandrine, et il fit une affiche que Bergeounette alla coller rue de la Gaîté.

Il apportait le même soin à ses affiches qu'à ses broderies. Ses lettres s'arrondissaient et se liaient, et on pouvait facilement lire de loin :

ON DEMANDE
Une très bonne ouvrière couturière.
Très pressé.

Bouledogue grogna :

« Les bonnes ouvrières ne courent pas les rues en ce moment. »

Il en vint une qui ne savait pas faire grand-chose, mais que le patron garda faute de mieux.

Elle s'appelait Roberte. Elle n'était ni laide ni mal faite ; mais son air prétentieux la rendait peu agréable à regarder.

Une moquerie sournoise sembla entrer en même temps qu'elle dans l'atelier.

La petite Duretour lui fit des grimaces derrière le dos. Bouledogue lui montra ses dents, et Bergeounette dit tranquillement :

« Elle est bête à faire pleurer un âne. »

Le bruit de la machine m'empêchait souvent d'entendre ce que disaient les autres, mais lorsque Roberte parlait, l'expression de son visage me donnait toujours envie de rire.

Elle prenait des poses pour le moindre mot ou le moindre geste, et elle faisait de telles simagrées pour s'asseoir ou se lever que le patron demandait parfois, tout effaré :

« Qu'est-ce qui lui prend ? »

Au bout de la première semaine, comme elle s'était absentée un moment, Mme Dalignac dit à son tour :

« Chaque fois que je regarde de son côté, j'ai une vilaine surprise en trouvant sa pauvre figure au lieu du beau visage de Sandrine.

– Si vous la mettiez à ma place », dit la petite Duretour.

Et elle se tortillait en pinçant sa jolie bouche, pour ressembler à Roberte.

Après les rires, tout le monde fut de son avis, et Roberte dut se mettre au bout de la table, pendant que

Duretour devenait subitement très grave en allant s'asseoir à la place de Sandrine.

Maintenant, c'était pour aller aux courses que les clientes exigeaient leurs robes.

Et comme Mme Dalignac recommençait à veiller, je pris l'habitude de venir travailler tous les soirs avec elle.

Il arrivait qu'une robe à finir nous entraînait jusqu'au matin, et les autres nous retrouvaient avec des traits tirés et des gestes lents.

Bouledogue, qui montait toujours la première, nous jetait un coup d'œil furieux. Elle débarrassait la table des bouts de chiffons, en répétant ce qu'elle avait déjà dit tant de fois :

« Si personne ne voulait veiller, les clientes seraient bien forcées de s'en arranger. »

Tout au fond de moi-même je lui donnais raison ; mais je ne voyais pas comment on eût pu faire autrement, et je lui en voulais d'ajouter ses reproches à notre fatigue.

Mme Dalignac ne répondait pas non plus. Je voyais clignoter un instant ses paupières, et, la minute d'après, elle distribuait l'ouvrage, en donnant les indications de sa voix douce et posée.

Ces jours-là, Bouledogue grognait sans arrêt.

Quand elle avait fini pour une chose, elle recommençait pour une autre. La maison neuve d'en face lui procurait mille occasions de se mettre en colère. Elle ne pouvait souffrir ses hautes fenêtres et ses larges balcons de pierre. Et sa voix semblait emplir tout l'atelier lorsqu'elle disait :

« C'est aux maisons des pauvres qu'il faudrait des balcons… Les vieux et les enfants pourraient s'y mettre au soleil ou y prendre le frais. »

Son mécontentement grandissait en pensant à sa grand-mère trop faible pour descendre les étages, et obligée de prendre l'air à la fenêtre de leur chambre qui s'ouvrait sur une cour étroite et pleine de mauvaises odeurs. Et chaque fois qu'un bruit de la belle maison attirait son attention, elle criait rageusement :

« Vous verrez qu'il n'y viendra jamais personne à ces beaux balcons. »

Depuis que Sandrine était morte, le patron ne savait plus commander ni se fâcher. Il restait de longues heures comme absorbé par une idée fixe. Et un jour, quoique personne n'eût parlé de Sandrine, il dit au milieu d'un silence :

« Le médecin n'avait pas prévu l'hémorragie.

– Nous non plus », répondit sa femme, d'un air de regret.

Et comme le patron retombait dans son affaissement, Mme Dalignac pria Bergeounette de chanter pour ramener un peu de gaîté. Mais Bergeounette avait elle même un grand regret de Sandrine, et aucune chanson ne lui venait à la mémoire.

Elle essaya deux ou trois fois d'en commencer une, mais il se trouva toujours quelqu'un pour lui dire :

« Oh ! non, pas celle-là, elle est trop triste. »

Et le silence prit de nouveau la plus grande place.

Pourtant, lorsque Roberte se mit à chanter, il y eut des instants de bruyante gaîté. Sa voix n'aurait pas été désagréable si elle eût chanté simplement, mais elle l'enlaidissait de tout son pouvoir en essayant de la rendre plus précieuse. De plus elle déformait les mots sans souci de leur sens véritable, et cela accouplait parfois des phrases si disparates que nos rires partaient sans retenue.

Le jour où elle chanta une romance que tout le monde connaissait :

Selon moi, vois-tu, c'est l'indifférence
Qui blesse le cœur et le fait souffrir.

Elle lança en toute tranquillité :

Seule dans ma voiture, c'est la différence
Qui blesse le cœur et le fait s'ouvrir.

Duretour alors fut prise d'un rire si fou qu'elle glissa de son tabouret sous la table. Et tandis que Bergeounette s'étranglait contre la vitre, Bouledogue renversée en arrière riait à en demander grâce.

Le patron fit taire Roberte qui continuait sa chanson :

« Dites un peu... Eh... Vous chanterez quand le travail sera moins pressé. »

Peu après, Bergeounette fit entendre une romance pleine de mélancolie dont chaque couplet se terminait ainsi :

Que les beaux jours sont courts,
Que les beaux jours sont courts.

Elle laissait traîner sa voix comme si elle eût voulu allonger indéfiniment les beaux jours, et pendant ce temps, toutes les mains semblaient plus actives à l'ouvrage.

Le patron, qui se plaignait d'une grande fatigue, s'évanouit un jour à sa machine. Cependant il reprit le travail, car il voulait terminer au plus vite le manteau de Mme Moulin.

Mme Moulin était une très bonne cliente, mais elle changeait toujours d'idée lorsque ses vêtements étaient à moitié faits.

Au premier essayage elle avait une joie enfantine. Tout lui plaisait, mais le lendemain elle demandait à revoir la robe. Elle la tournait et la retournait en disant d'un ton triste :

« Je la trouve très bien. Elle sera très jolie. »

Puis, toujours du même ton triste, elle parlait de ses amies qui avaient des robes comme ceci et comme cela, et qui lui conseillaient de faire faire la sienne toute pareille.

Elle soupirait d'un air si malheureux que Mme Dalignac la prenait en pitié et nous disait après son départ :

« Mettez sa robe de côté, elle ne lui plaît pas. »

Et lorsque Mme Moulin revenait, elle riait fort en apprenant qu'on pouvait faire les changements désirés.

Trois fois déjà on avait changé la garniture de son manteau. La veille encore, elle avait fouillé tous les dessins du patron et combiné longuement une nouvelle garniture. Le patron avait fait la moue devant l'assemblage qu'elle exigeait :

« Je ne trouve pas ça épatant. »

Mais Mme Moulin, qui était persuadée du contraire, s'en était allée toute joyeuse.

Aussi, malgré son extrême fatigue, le patron se dépêchait, craignant toujours de la voir arriver avec une autre idée.

De loin en loin il s'arrêtait pendant une minute :

« Je n'en puis plus », disait-il.

Il essayait de se mettre en colère.

« Que le diable emporte les femmes avec leurs broderies ! »

Il veilla même une bonne heure, mais quand il voulut quitter sa machine, il retomba sur son tabouret, en respirant si difficilement, qu'il me fit penser à Sandrine.

Seule avec Mme Dalignac, je lui demandai pourquoi elle ne faisait pas venir le médecin. Elle releva la tête avec vivacité pendant qu'elle demandait :

« Est-ce que vous le croyez malade ?

– Oh ! non. »

Et comme elle ne détournait pas les yeux, je pris un air tranquille pour ajouter :

« Les médecins connaissent les drogues qui redonnent des forces. »

Elle se rasséréna très vite :

« Ce n'est que de la fatigue », dit-elle.

Elle m'apprit alors que son mari avait été très malade pendant la première année de leur mariage. Plusieurs médecins avaient même déclaré que ses poumons étaient si gravement atteints qu'il ne pourrait pas vivre plus d'un an.

« Pourtant, reprit-elle, dix ans ont passé depuis. »

Et comme si cela lui ôtait tout souci pour l'avenir, elle rit un peu.

Mme Moulin arriva juste au moment où le patron venait de finir son manteau. Et avant que Duretour eût refermé la porte sur elle, on entendit :

« Il n'est pas encore brodé, n'est-ce pas ? »

Et son entrée dans l'atelier fut rapide comme un coup de vent.

Le patron lui montra le vêtement avec un peu de malice.

Elle fit claquer ses mains l'une contre l'autre d'un air navré.

« Oh ! quel malheur ! moi qui avais pensé à une autre garniture. »

Elle tira sur un bout de soutache, et sa voix timide prit de la force pour demander :

« Est-ce que cela ne peut pas se défaire ?

– Oh ! non, madame. »

Et le visage jaune du patron devint tout rouge.

Cette fois Mme Moulin s'en retourna désolée.

Maintenant le patron souffrait de l'estomac. Chaque jour il vomissait ses repas, et Bergeounette qui se moquait de tout nous disait :

« Il renverse encore sa soupière. »

J'étais étonnée de ne pas voir venir le médecin et j'en parlai de nouveau à Mme Dalignac.

« J'y pense, me dit-elle, mais si je le fais venir, mon mari va se croire très malade. »

Elle reprit avec un accent plein de désir :

« Si nous pouvions avoir la chance de ne plus faire de vêtements brodés. »

Cette chance-là ne fut pas la nôtre, au contraire. Les clientes recommandaient expressément des broderies, beaucoup de broderies. Il fallait broder et rebroder tous les costumes, qu'ils fussent de laine, de toile ou de soie. On eût dit que la broderie était la seule chose digne de parer les femmes et qu'il ne leur serait plus possible de vivre sans cela.

« Elles sont folles », disait le patron.

Il s'évanouit encore à sa machine, et tandis que Bergeounette le soutenait pour l'empêcher de rouler à terre, je partis en courant chercher le médecin.

Quand il arriva, le patron buvait à petites gorgées une infusion chaude. Il se sentait beaucoup mieux et il me montra du doigt en riant :

« C'est cette jeunesse qui a pris peur. »

Le médecin rit avec lui tout en s'informant de son malaise.

Il s'appelait M. Bon, c'était lui qui avait vu Sandrine. Il demanda à la revoir, et, quand il sut qu'elle était morte, il dit d'une voix fâchée :

« Elle pouvait guérir avec du repos et des soins, ses poumons étaient à peine atteints.

– Elle avait deux enfants à élever », répondit Mme Dalignac, comme si elle voulait excuser Sandrine d'être morte.

Le regard de M. Bon se posa sur chacune de nous, et ensuite il dit au patron :

« Puisque je suis là, nous allons en profiter pour voir si vos poumons sont toujours sages. »

Et pendant que nous faisions silence, il donna quelques coups de son doigt recourbé dans le dos du patron, puis il se pencha pour écouter. Il gardait la bouche ouverte, mais lorsqu'il eut appuyé son oreille du côté gauche, il rattrapa vivement sa lèvre avec ses dents. Et sans que sa tête eût fait le plus petit mouvement, ses yeux se levèrent et regardèrent fixement Mme Dalignac.

Il s'assit de nouveau en face du patron pour lui prendre le poignet, et au bout d'un instant, il se leva, en disant d'un ton ferme :

« Voilà… Je vous trouve très affaibli… et si vous ne vous reposez pas immédiatement… je ne sais pas ce qui arrivera. »

Le patron se moqua.

« Té ! je ferai comme Sandrine peut-être ? »

M. Bon détourna son regard et répondit gravement :

« Peut-être… »

Il fit une ordonnance, et, tout en donnant des explications et des conseils à Mme Dalignac, il l'entraîna jusque sur le palier.

Quand elle rentra, le patron bougonnait :

« Sans leurs sacrées broderies, je pourrais me reposer.

– Il n'y a qu'à mettre un brodeur à ta place », dit Mme Dalignac.

Le patron se redressa en criant :

« Un brodeur ! mais tu n'en trouveras pas en ce moment.

– Eh bien ! je renverrai les robes. »

Elle parlait comme à travers ses dents serrées, et personne ne lui connaissait cette voix-là.

Et pendant que Bergeounette et Bouledogue se récriaient d'étonnement, le patron pouffait de rire à l'idée que sa femme pouvait renvoyer les robes.

Il fit tout de même une affiche que Bergeounette alla coller près de la gare Montparnasse.

ON DEMANDE
Un brodeur à la machine pour travail soigné.
Très pressé.

À l'heure de la veillée, Mme Dalignac me parla tout bas :

« Le poumon gauche ne va pas bien. Il faudrait que Baptiste parte à la campagne, mais le plus pressé est qu'il cesse tout travail. »

Elle tendait les épaules comme lorsqu'elle redoutait un ennui. Ses yeux avaient un peu d'égarement et son visage se rétrécissait. Elle repoussa ses cheveux des deux mains comme s'ils étaient trop lourds à ses tempes, et, en secouant la tête, elle dit avec une grande énergie :

« Allons… Travaillons. »

Et jusqu'à minuit, on n'entendit plus dans l'atelier que le roulement de la machine à coudre et le claquement léger des aiguilles contre la soie.

Le lendemain, en rentrant de chez une cliente, Mme Dalignac s'épouvanta de retrouver son mari en train de broder :

« Ôte-toi de là, Baptiste. Ôte-toi de là. »

Et comme il ne l'écoutait pas, elle mit la main sur le volant de la machine.

Le patron se défendait :

« Mais laisse-moi finir, voyons, je n'en ai plus que pour quelques minutes.

– Non… Non… Ôte-toi de là. »

Et de son autre main, elle fit sauter la courroie.

Le patron maugréa en reculant son tabouret :

« Je ne serais pas mort pour avoir fini cette manche. »

Sa femme reprit :

« As-tu déjà oublié ce qu'a dit M. Bon ?

– Non, fit le patron d'un ton bourru, je sais qu'il m'arrivera la même chose qu'à Sandrine. »

Le regard de Mme Dalignac passa par-dessus la tête de Bouledogue pour venir chercher le mien. Le soir, elle parla encore plus bas que la veille :

« Pourvu qu'il vienne un brodeur… »

Et le soupir qui suivit fut long et tremblé.

Il vint un brodeur. C'était un bel homme à l'air solide. Il fixa d'abord le prix de sa journée, puis il s'approcha de la machine et dit avec insolence :

« Mais c'est un vieux modèle… Comment voulez-vous que je fasse du travail soigné avec ça ?

– J'en fais… moi », dit le patron d'un air vexé.

Le bel homme le regarda de haut :

« Moi, je ne travaille qu'avec des machines modernes. »

Il cligna un œil de notre côté, et il s'en alla en retroussant sa moustache.

Il en vint un autre qui avait grande envie de travailler. Il trouva la machine lourde, et, pour la rendre plus légère, il fit couler de l'huile en quantité dans tous les trous.

Le patron se tourmentait :

« Vous allez tacher les broderies. »

L'ouvrier répondit :

« Tout le monde fait des taches. »

Et il réclama de la benzine.

À la fin de la journée il avait tant fait de taches et tant employé de benzine que le tissu en était tout défraîchi. Le patron le renvoya avec des cris pleins de fureur :

« Je suis plus malade de voir ça que de travailler », nous dit-il.

Mme Dalignac eut une idée :

« Si on prenait une femme ? »

Et Bergeounette alla coller une nouvelle affiche. Bouledogue grogna encore :

« Les brodeuses qui savent leur métier ne chôment pas en ce moment. »

Celle qui vint essuya soigneusement la machine, la fit rouler à vide pendant un instant, fixa timidement le prix de sa journée et travailla dans la perfection jusqu'au soir.

Le patron nous faisait des petits signes joyeux, et lorsque la brodeuse fut partie, il ouvrit tous ses doigts en éventail pour nous dire :

« C'est une fameuse ouvrière. »

On était au samedi. Pendant que Mme Dalignac faisait la paye, chacune disait son mot sur la nouvelle venue.

Bergeounette la jugeait solide et de bonne santé. Bouledogue avait remarqué que ses effets étaient très propres, et Duretour enviait sa haute taille et son teint coloré.

Mme Dalignac paraissait elle-même si contente que je n'osais pas l'inquiéter en disant que la brodeuse avait le regard incertain, comme les alcooliques.

Les trois premiers jours, tout alla bien, mais, le quatrième, la brodeuse apporta un litre de vin enveloppé dans du papier. L'après-midi, elle en apporta un autre qu'elle but en un rien de temps. Et lorsque le patron lui fit une remarque à ce sujet, elle répondit :

« Quand on travaille dur, on a soif. »

Bientôt ses deux litres ne suffirent plus et à l'heure du goûter, elle descendit chez le marchand de vin.

Alors il lui arriva de faire des taches et de broder à côté du dessin.

Le patron recommença de trépigner, et sa femme fut prise d'un véritable désespoir. Elle essaya de broder elle-même.

« Cela ne doit pas être bien difficile », disait-elle.

Cela était au contraire très difficile, et, malgré son grand désir, elle dut y renoncer.

Le patron la plaignait :

« Eh !... pôvre femme... Tu ne peux pas tout faire... »

À la voir si adroite et si courageuse, on ne pouvait imaginer qu'il pût y avoir un travail impossible pour elle, et j'étais étonnée qu'elle ne sût pas broder aussi bien que son mari, rien qu'en se plaçant à sa machine.

Dès la deuxième semaine, la brodeuse ne donna plus que quelques heures de bon travail. Et le dernier samedi, elle était dans un tel état d'ivresse qu'il nous fallut l'accompagner chez elle.

Ce ne fut pas facile de lui faire descendre l'escalier. Elle cherchait à nous échapper et se cognait rudement contre le mur ou la rampe.

Je voulais la préserver des chocs, mais Bergeounette m'en empêchait :

« Laissez-la donc se fêler... elle est comme une barrique trop pleine. »

On finit par trouver un vieux brodeur qui avait été bon ouvrier dans son temps. Il mit deux paires de lunettes pour y voir plus clair, et le patron ponça plus fortement ses dessins.

JACQUES RÔDAIT dans l'avenue.

Bergeounette qui le voyait de sa place nous le signalait. Il marchait la tête baissée et son dos paraissait tout arrondi.

Après l'enterrement, il n'était pas rentré chez lui, et sa femme l'avait retrouvé pleurant dans la petite chambre de Sandrine.

La voisine qui ignorait le mariage de Jacques avait dit tout ce qu'elle savait de leur amour, de leurs veillées et de leurs enfants. Et la jeune femme profondément froissée avait quitté Paris en attendant son divorce.

Un soir que Jacques rôdait encore après le départ des ouvrières, Mme Dalignac l'appela d'un signe. Il fit le tour de l'atelier comme s'il espérait rencontrer Sandrine dans quelque coin, puis il dit :

« Je sais bien qu'elle n'est plus ici, mais c'est comme si elle y était encore. »

Il était très amaigri, et il gardait son air du jour de l'enterrement.

Il prit vite l'habitude de revenir. Il montait bien avant le départ des ouvrières, et il s'asseyait tout au fond de l'atelier pour ne gêner personne. Il apportait comme un grand deuil dans la maison. Et Bergeounette ne chantait pas quand elle le savait là. Peu à peu cependant elle oublia sa présence et il lui arriva de chanter ce couplet :

Quand je vis Madeline
Pour la dernière fois,
Ses mains sur sa poitrine
Étaient posées en croix.
Elle était toute blanche…

Elle s'arrêta net, parce que le patron la poussa du coude, mais Jacques s'en alla presque aussitôt et il ne revint plus.

Malgré toute notre activité nous n'arrivions pas à contenter les clientes. Mme Dalignac recevait des lettres de reproches qui la mettaient au supplice, et l'obligeaient à des excuses sans fin. La fatigue des veillées ajoutée aux autres fatigues la laissait dans un état d'énervement maladif, qui la faisait sursauter violemment, chaque fois qu'on sonnait à la porte.

Un matin, en revenant d'ouvrir, Duretour annonça : « C'est un monsieur. »

Mme Dalignac devint toute pâle, et sa voix eut beaucoup de peine à sortir, lorsqu'elle dit :

« Qu'est-ce qu'il peut bien me vouloir, ce monsieur ? »

Elle était troublée au point que tout son corps s'affaissa comme si elle allait tomber en faiblesse. Alors la petite Duretour lui parla avec autorité :

« Pourquoi vous tourmenter comme ça ? Ce monsieur ne vient pas pour essayer une robe. »

Mme Dalignac se mit à rire avec un peu de pitié sur elle-même. Elle redressa les épaules et s'en alla retrouver le monsieur.

C'était un placier en broderies. Elle ne resta que quelques minutes près de lui, et au retour elle riait encore de son angoisse sans motif.

Nos veillées continuaient. Nous passions une nuit sur deux pour achever le plus pressé.

Il y avait des nuits si dures que le sommeil finissait par nous vaincre et que le patron nous retrouvait endormies, la tête sur la table. Nous étions toutes raidies par le froid, et la joue que nous avions appuyée sur le bras restait longtemps fripée.

Le patron nous grondait :

« Vous feriez mieux de vous étendre par terre. »

Et pendant que nous reprenions notre ouvrage, il s'en allait à la cuisine nous faire du café très fort.

Nous buvions le café en quelques gorgées rapides. Je le trouvais parfois si amer que je ne pouvais m'empêcher de faire la grimace, mais Mme Dalignac disait :

« Bah ! le goût ne compte pas. C'est comme lorsqu'on met de l'huile dans la machine. »

Une intimité confiante nous liait à présent.

Quand la fatigue nous laissait quelque répit, nous causions à cœur ouvert, et les nuits nous semblaient moins longues.

Je n'avais pas grand-chose à dire sur moi-même.

Mais Mme Dalignac me confiait ses soucis et ses craintes.

La maladie de son mari ne l'inquiétait pas trop. Elle était persuadée que quelques mois de repos à la campagne le remettraient vite, mais elle ne savait comment faire pour lui assurer ce repos. La plupart des clientes faisaient attendre leurs paiements, et, depuis que le patron ne travaillait plus, l'argent qui rentrait suffisait tout juste à la vie de chaque jour et à la paye des ouvrières.

Elle s'intéressait à mon avenir aussi. Elle pensait qu'il ne me faudrait pas longtemps pour savoir faire les robes aussi bien que la meilleure ouvrière.

« C'est un joli métier, disait-elle, et bien des femmes savent en tirer parti. »

Tandis qu'elle parlait, je pensais comme elle, et je désirais vivement devenir une couturière habile. Mais aussitôt qu'elle se taisait, le métier m'apparaissait terne et plein d'ennuis. J'oubliais les robes de toutes couleurs et de toutes formes que je voyais partir avec regret, tant j'avais de plaisir à les regarder. J'oubliais même le visage si intelligent et comme illuminé de Mme Dalignac, lorsqu'elle composait ses modèles, et je ne me souvenais plus que de son tourment devant les reproches des clientes, du mécontentement continuel de Bouledogue, et de notre peine à toutes.

La dernière semaine de juin fut si encombrée d'ouvrage que la grande Bergeounette offrit de rester chaque soir jusqu'à minuit.

Avec elle les veillées devinrent presque des distractions. Elle chantait ou racontait sans se lasser. Et le patron restait à l'écouter au lieu d'aller se coucher.

Elle se souvenait d'une quantité de refrains baroques qu'elle avait entendu chanter par les marins. Elle imitait leur voix mal assurée au sortir du cabaret, et on croyait les voir regagnant leur bateau en chantant, avec des gestes en l'air et des pas tout culbutés.

Elle parlait de sa mère avec un peu de dédain, mais elle gardait de son père un souvenir plein de compassion moqueuse, et sa voix eut un fléchissement quand elle nous dit :

« C'était un homme sans malice, et qui ne pensait qu'à boire et à chanter. »

Elle racontait sur lui toutes sortes d'histoires drôles.

Et même, en parlant de sa mort, elle ne put s'empêcher de rire.

Il avait la manie de descendre dans le puits, qui était peu profond et qui tarissait pendant l'été. On ne savait pas comment il faisait pour y descendre mais, dès qu'il était au fond, il poussait des cris aigus pour qu'on vînt l'aider à remonter.

Un jour il s'était noyé parce que le puits s'était empli à la suite d'un grand orage.

Et Bergeounette affirmait :

« Je suis bien sûre qu'il est au paradis, quoiqu'il soit mort sans confession. »

On riait et minuit venait vite.

Pendant le jour, on n'entendait ni conte ni chant, et cependant les heures passaient avec une rapidité qui étonnait tout le monde.

Tout à coup une voix inquiète s'élevait :

« Déjà 5 heures ! »

Et les respirations devenaient plus bruyantes, et une jambe trop crispée s'étirait brusquement sous la table.

Nos seuls instants de répit nous venaient des grimaces de Roberte et des taquineries de Duretour.

Roberte assurait qu'elle était parisienne, mais personne ne la croyait. Elle avait un accent rude qu'elle cherchait à dissimuler en imitant le parler traînard des faubourgs. Et lorsqu'il lui arrivait de laisser échapper un mot de patois, Duretour lui demandait :

« De quel pays êtes-vous ? »

Roberte clignait précipitamment des yeux, comme si elle craignait d'avoir oublié le nom de son pays et toujours elle répondait :

« Je suis de Paris, mais pas de Montparnasse.

– Je m'en doute bien », répliquait Duretour en lui riant au nez.

D'autres fois, Duretour s'amusait à lui jeter des bouts de chiffons sur la tête, et, pour la faire cesser, Roberte criait d'une voix forte et menaçante :

« Allez… allez… là-bas ! »

Cela me rappelait un vacher de mon pays criant après ses vaches, pour les empêcher de brouter les pousses des jeunes arbres. Et je joignais mon rire à celui des autres.

Nous savions qu'après les jours de grandes courses, le travail serait moins pénible et cela soutenait notre courage.

Bouledogue cessait peu à peu de grogner et Mme Dalignac semblait respirer plus librement.

Mais voilà que deux jours avant le Grand Prix, alors que la plupart des commandes allaient être livrées, une cliente nous arriva en menant grand tapage.

Duretour la reconnut à son coup de sonnette :

« C'est Mme Linella. »

Mme Linella était une cliente très jolie et très bien faite, qui se fiait au bon goût de Mme Dalignac, mais qui commandait toujours ses robes au dernier moment.

Cependant, comme on venait de lui faire spécialement pour le jour du Grand Prix une magnifique robe rouge toute brodée, personne ne se troubla de sa venue.

Elle entra dans l'atelier malgré Duretour qui cherchait à lui barrer le passage et elle dit très vite à Mme Dalignac :

« Je sais que vous êtes pressée et je ne veux pas vous faire perdre votre temps. »

Elle s'appuya contre la table pour expliquer :

« C'est une robe blanche que je veux. Vous me ferez la jupe très collante et le corsage très flou, sans broderie, car je veux être la seule à n'en pas avoir sur le champ de courses. »

Elle reprit haleine pour ajouter d'un ton sec :

« Et vous me la livrerez dimanche matin avant 10 heures. »

Mme Dalignac répondit sans la regarder :

« Vous demandez une chose impossible, nous n'avons plus le temps. »

Les yeux de la cliente se durcirent comme si elle allait se fâcher :

« Par exemple ! » fit-elle.

Elle se radoucit pourtant :

« Sans cette robe je ne pourrais pas aller à Longchamps. »

Et elle continua d'insister sur l'extrême besoin qu'elle avait d'une robe non brodée pour ce jour spécial.

Mme Dalignac ne répondait plus ; elle se contentait de faire un continuel mouvement de refus avec sa tête. Alors Mme Linella se fit câline :

« Allons ! vous veillerez un petit peu. Voilà tout ! »

Mme Dalignac eut un rire qui lui tira les coins de la bouche en bas. Elle leva le coude d'un air excédé, comme pour repousser la cliente, et au moment où l'on croyait qu'elle allait refuser encore, elle laissa retomber son bras et promit de faire la robe pour le dimanche matin.

Il y eut un murmure parmi nous, mais déjà Mme Linella s'en allait vers la porte. Elle revint pour dire :

« Tenez, j'ai une idée pour le corsage. Vous mettrez un tout petit peu de bleu au col et à la ceinture. »

Elle s'éloigna pour revenir de nouveau :

« Surtout faites-moi des manches qui n'aient pas l'air d'être des manches. »

Et cette fois, elle partit pour de bon.

Aussitôt le patron demanda à sa femme :

« Tu ne la feras pas cette robe, hé ?

– Est-ce que je sais », répondit Mme Dalignac.

Et son visage prit un air de découragement si intense qu'on eût dit qu'elle allait se mettre à pleurer.

Mais cela ne dura pas longtemps ; son regard devint vite absent et préoccupé comme lorsqu'elle avait une robe difficile à composer, et les paroles inquiètes du patron ne semblèrent plus arriver jusqu'à elle.

Dans l'atelier on se moquait de la cliente.

« Elle est loin, sa robe blanche, disait Duretour.

– Personne ne l'empêche de courir après », ricanait Bergeounette.

Bouledogue, le nez tout plissé de colère, ronchonnait :

« Il y a des limites à tout. »

Le soir, lorsque je fus seule avec Mme Dalignac, elle me dit :

« En travaillant pendant toute la nuit de samedi, nous arriverions peut-être à faire la robe de Mme Linella. »

J'avançai la bouche en signe de doute. Je me sentais très lasse, et de plus je craignais de ne pas apporter une aide suffisante, car je prévoyais que la robe ne serait que dentelle et mousseline, et j'avais peu de capacité pour ce genre de travail.

Elle reprit comme si elle devinait ma pensée :

« Vous vous chargeriez de la jupe qui sera de drap souple, et je m'occuperai du corsage. »

Je ne répondis pas encore. Je pensais à la robe rouge qui nous avait déjà fait veiller, et une colère pareille à celle de Bouledogue me venait contre cette cliente capricieuse.

Mme Dalignac reprit de nouveau :

« Ce serait la dernière nuit à passer. »

Elle attendit avant de dire, comme pour elle seule :

« Comment ne pas la faire, maintenant que j'ai promis ? »

Sa voix angoissée me fit oublier d'un seul coup toute ma rancune. Je compris qu'elle essayerait quand même de contenter sa cliente et que rien ne l'empêcherait de passer encore une nuit ; alors je promis de ne pas la laisser seule et de l'aider de tout mon courage.

La robe n'était pas encore coupée quand Mme Linella vint pour l'essayer, et elle dut attendre plus d'une heure.

Après son départ, tandis que les autres terminaient ce qui devait être livré le soir même, j'enlevai les épingles de l'essayage, et je passai les fils de couleur qui devaient me guider pour la confection de ma jupe.

Bouledogue souffla fortement par le nez et Bergeounette fredonna la rengaine qu'un vieux mendiant venait chanter sous les fenêtres de l'atelier :

Elle avait ce jour-là mis une robe blanche,
Où flottait, pour ceinture, un large ruban bleu.

La petite Duretour s'en alla la dernière. Sa jolie figure montrait une grande pitié, quand elle offrit de venir le lendemain matin pour faire la livraison.

La lumière du jour éclairait encore l'avenue, quand Mme Dalignac apporta la lampe tout allumée sur la table. Elle tira un tabouret pour s'installer en face de moi et la nuit de travail commença.

Les heures passèrent, l'horloge d'une église les comptait une à une sans oublier les quarts et les demies, et les sons entraient par la fenêtre ouverte comme s'ils étaient chargés de nous rappeler que nous n'avions pas une minute à perdre.

Les douze coups de minuit résonnèrent si longtemps que Mme Dalignac alla fermer la fenêtre comme elle fermait parfois la porte derrière une cliente trop exigeante. Mais les heures qui suivirent ne se lassèrent pas, elle revinrent à travers la vitre, et leurs sons grêles retenaient sans cesse notre attention.

Par instants, Mme Dalignac cédait au sommeil. Elle lâchait brusquement son aiguille en inclinant la tête, et à la voir ainsi, on eût dit qu'elle regardait attentivement l'intérieur de sa main droite qui restait à demi ouverte sur son ouvrage.

Je la touchais du doigt alors, et le sourire qu'elle m'adressait était plein de confusion.

Depuis longtemps les tramways ne passaient plus sur l'avenue. Les fiacres eux-mêmes avaient cessé de rouler et, dans le silence qui s'étendait maintenant sur la ville, l'horloge de l'église compta tout à coup 3 heures.

Mme Dalignac se redressa tandis que sa bouche laissait échapper un souffle court.

Elle posa son ouvrage et se leva péniblement pour aller nous faire du thé.

Dès qu'elle fut sortie je m'aperçus que la lampe baissait. Elle baissait rapidement, et j'en ressentis une véritable angoisse. Je la remontai d'un mouvement sec, mais, au lieu d'augmenter sa lumière, elle ne jeta qu'une longue flamme mélangée d'étincelles, et, comme si elle venait de donner d'un seul coup toute sa réserve, elle fit cloc, cloc, et s'éteignit.

Ce fut comme si une catastrophe s'abattait sur moi, et, pendant un instant, je crus que tout était perdu. Je cherchai du secours en me tournant vers la croisée, mais j'étais si troublée qu'il me sembla voir une large draperie lamée d'argent à travers la vitre. Je reconnus presque aussitôt le ciel et son reste d'étoiles sans éclat. En même temps je compris que le jour se levait, et que la lampe devenait inutile, alors je laissai mon corps se tasser dans le repos et je cédai au désir intense de quelques minutes de sommeil.

Mme Dalignac me réveilla en rentrant avec le thé. Elle se plaignit de la mauvaise odeur que la mèche charbonneuse répandait dans la pièce, et elle rouvrit la fenêtre en disant :

« L'air frais va nous faire du bien. »

Je frissonnai lorsque l'air frais me toucha. À ce moment j'eusse préféré toutes les mauvaises odeurs à cet air pur qui m'apportait une souffrance plus vive. Cependant je m'y habituai peu à peu, et bientôt j'allai m'accouder aussi à la fenêtre.

Toutes les étoiles avaient disparu. Le ciel était d'un bleu gris. Et là-bas, du côté du levant, des petits nuages roses s'en allaient en bandes au-devant du soleil.

Tout près de nous, sous la haute toiture vitrée de la gare Montparnasse, une machine sifflait doucement comme si elle appelait quelqu'un en cachette. D'autres arrivaient en glissant silencieusement sur les rails et lançaient un coup de sifflet clair et net comme un joyeux bonjour.

En bas, des voitures de laitiers commençaient à descendre l'avenue à grand fracas, et des chiffonniers fouillaient déjà les boîtes à ordures.

Mme Dalignac versa le thé dans les tasses. Elle le versait doucement pour éviter les éclaboussures et il coulait si noir de la théière qu'on aurait pu croire que c'était du café.

Il ne nous apporta pas tout de suite l'énergie que nous en attendions. Au contraire, sa chaleur humide nous enveloppait d'un bien-être et nous amollissait, mais la demie de 3 heures sonna pleine de force à nos oreilles, et avant même qu'il fît grand jour, je repris ma jupe, et Mme Dalignac, son corsage.

Malgré moi je regardais le fouillis de dentelle et mousseline qui allait servir à faire les manches de Mme Linella.

Mme Dalignac les ajusta d'abord avec de la dentelle, puis elle épingla de la mousseline qu'elle rejeta pour reprendre de nouveau la dentelle.

Rien ne la satisfaisait et à chaque changement elle répétait d'un ton machinal ces mots qui sonnaient presque aussi fort que les heures à mes oreilles :

« Des manches qui n'aient pas l'air d'être des manches. »

Elle se décida enfin, et, après une heure de travail, elle s'éloigna du mannequin pour mieux juger de l'effet. Mais lorsqu'elle se tourna vers moi pour prendre mon avis, comme elle le faisait souvent, elle vit que je regardais déjà les manches, et sans que j'aie dit un seul mot, elle recula jusqu'au mur et se mit à pleurer.

Elle pleurait mollement, et disait en prononçant à moitié les mots :

« Je suis trop lasse, je ne peux rien faire de bien. »

Elle resta un moment le dos appuyé et le visage caché dans ses mains. Puis, comme si elle était vraiment à bout de forces et de courage, elle fléchit tout à coup et tomba sur les genoux.

Elle voulut se redresser, mais le poids de sa tête était trop lourd et ses mains restèrent collées au parquet. Elle eut encore un sursaut, comme les gens qui veulent échapper au sommeil ; mais dans ce mouvement, ses deux coudes se replièrent et elle s'écroula sur le côté.

Je crus qu'elle s'évanouissait, et je me levai précipitamment pour lui porter secours, mais en me penchant je vis qu'elle venait de s'endormir lourdement.

Elle dormait la bouche ouverte, et son souffle était rude et régulier.

Je lui glissai un paquet de doublure sous la tête, et, dans la crainte de m'endormir comme elle, je me passai un linge mouillé sur le visage.

« Des manches qui n'aient pas l'air d'être des manches. »

Je les regardai longtemps, puis je les défis, et, après avoir plissé de la mousseline, ajusté des entre-deux, et disposé de la dentelle, je m'éloignai à mon tour du mannequin pour juger de l'effet…

6 heures sonnaient à ce moment, et le patron entrait dans l'atelier avec son teint jaune et ses cheveux ébouriffés. Il tourna autour du corsage avec des gestes d'admiration et il dit en montrant sa femme :

« Elle peut dormir maintenant, elle a fait là un beau travail. »

Et il se sauva bien vite à la cuisine.

Mme Dalignac s'était réveillée au bruit.

Elle ne pouvait pas croire que ses manches étaient faites. Elle les touchait l'une après l'autre d'un air craintif, comme si elle craignait de les voir disparaître subitement. Elle voulut parler aussi, mais il se trouva qu'elle avait perdu la voix.

Je ne parlais pas non plus. Je sentais que la moindre parole m'apporterait un surcroît de fatigue et j'indiquais par signes ce qui restait à faire.

Je repris ma place. Le soleil qui passait au-dessus de la maison neuve cherchait à s'encadrer dans une vitre et m'aveuglait.

Mes paupières se fermèrent et pendant un instant le sommeil m'écrasa. Puis une sorte d'engourdissement me saisit, il me sembla qu'un grand trou se creusait dans ma poitrine, et il n'y eut plus en moi que l'idée fixe qu'il fallait à tout prix livrer la robe avant 10 heures.

LE LUNDI MATIN, l'atelier était propre et sans un bout de chiffon. Il n'y avait que les fils et les agrafes qui s'entremêlaient dans la corbeille. Bouledogue qui n'aimait pas à attendre demanda dès qu'elle fut assise :

« Qu'est-ce que je vais faire, moi ? »

Et aussitôt les autres firent la même demande. Mme Dalignac dépliait une toile rose sur sa table, et ce fut le patron qui répondit avec bonne humeur :

« Dites donque ? Hé ? ma femme a dormi toute la nuit au lieu de couper des robes. »

Il leur montra les fils emmêlés :

« Amusez-vous à débrouiller ça ! »

Mme Dalignac gardait un air d'extrême fatigue. Elle pliait sur elle-même, et semblait ne plus pouvoir porter son corps qu'elle appuyait contre tout ce qu'elle trouvait à sa portée.

Il y eut un long silence. Le vieux brodeur et moi inondions nos machines de pétrole pour en enlever le cambouis et les ouvrières débrouillaient et enroulaient les fils avec vivacité comme s'il leur restait une crainte de perdre du temps. Puis les voix emplirent de nouveau l'atelier. Chacune racontait ce qu'elle avait fait de son dimanche. Duretour avait entraîné son fiancé aux courses rien que pour s'assurer que Mme Linella n'avait pas mis sa robe blanche.

La veille, après avoir livré la robe, elle était revenue en hâte pour nous faire savoir que la femme de chambre lui avait dit : « Ne la dépliez pas. Je vais la mettre dans l'armoire. »

Et maintenant, elle était gaie comme une gamine en racontant comment elle s'y était prise pour se faire reconnaître de la cliente, qui était devenue aussi rouge que sa robe en l'apercevant.

Bouledogue n'était même pas allée au bal, elle avait passé sa journée à laver et repasser le linge de deux semaines. Et comme le patron lui disait qu'elle aurait mieux fait de se reposer, elle répondit sans grogner :

« Un travail repose d'un autre travail. »

Bergeounette non plus n'était pas allée aux courses. Elle avait rôdé dans les églises du quartier selon son habitude.

Le patron ne pouvait pas croire qu'elle pût rester tranquille pendant le temps d'une messe, et Bergeounette avouait qu'elle ne prenait aucun plaisir à s'agenouiller pour prier. Mais les autels resplendissants, les costumes magnifiques des prêtres et le large chant des orgues lui donnaient un contentement dont elle ne se lassait pas.

Aujourd'hui, elle tenait surtout à dire qu'elle m'avait vue debout contre un pilier de Notre-Dame-des-Champs. Elle était sûre que je ne priais pas ; puisque j'avais le nez en l'air, mais malgré cela elle n'avait pu réussir à attirer mon attention.

Duretour, qui n'était jamais entrée dans une église, cria :

« Elle attendait qu'un fiancé lui tombe du ciel. »

Je répondais peu aux railleries, mais quand Bergeounette eut fini de tourner en ridicule mon air de ne penser à rien, je ne pus m'empêcher de me moquer d'elle à mon tour en disant que je l'avais très bien vue à son arrivée dans l'église, où elle avait changé de place plus de vingt fois en un quart d'heure. Et tandis qu'elle s'étonnait de ma réplique, j'en profitais pour ajouter :

« À ce moment-là, vous n'aviez guère le temps de penser à moi, tant vous étiez occupée à vous agenouiller de tout côté. »

Duretour, qui avait crié sur moi, cria de même sur Bergeounette :

« Elle jouait à cache-cache avec les anges du paradis. »

Le patron s'en mêla aussi :

« Té ! ses prières n'étaient pas plus longues qu'un alléluia, je pense. »

L'atelier débordait de rires et Bergeounette se remuait et riait plus fort que tout le monde. Personne ne pensait plus aux fatigues passées ni aux caprices des belles clientes, qui font veiller les ouvrières pour avoir une robe de plus dans l'armoire. Mme Dalignac elle-même semblait redevenue forte, et son visage si doux était plein de clarté. Et pendant qu'elle activait la préparation du travail, Bergeounette continua de nous amuser avec une histoire de son enfance.

Elle aimait tant la petite église de son pays qu'elle arrivait toujours la première au catéchisme. Mais elle ne pouvait rester tranquille, et toujours aussi, elle se disputait avec ses compagnes.

Le vieux curé la grondait, puis il joignait les mains comme s'il demandait à Dieu la patience de la supporter, et, quand il n'en pouvait plus, il l'envoyait s'asseoir du côté des garçons.

Et Bergeounette raconta ainsi :

« C'était un peu avant la fin du catéchisme, la gifle que je venais de donner à mon voisin avait claqué si fort que toutes les filles se levèrent pour voir d'où elle était partie.

« Le vieux curé se leva aussi, bien plus vite que je ne le croyais capable de le faire, et il me poussa jusque sous l'escalier sombre qui menait au clocher. Tout d'abord, je n'osai pas bouger dans la crainte de tomber dans quelque trou, mais bientôt j'aperçus une grosse corde qui pendait auprès de moi, et pour faire comme les marins j'essayai de grimper après. Ce n'était pas facile, mes sabots glissaient le long de la corde et je retombais toujours. Mais voilà qu'au-dessus de ma tête la cloche se met à tinter un coup, puis un autre, puis encore un autre, tout comme si on sonnait le glas. Je m'arrêtai de sauter pour écouter, mais au même instant M. le curé me tira de ma cachette en disant tout indigné : “Oh ! oh ! oh !”

« La cloche ne tintait plus et les enfants arrivaient en se bousculant, pendant que M. le curé ne trouvait pas autre chose à dire que : “Oh ! oh ! oh !”

« Il ouvrit la porte de l'église et je sortis au milieu des filles et des garçons qui couraient devant moi en riant et criant comme cela n'était jamais arrivé dans le village. »

Et Bergeounette acheva, sans rire :

« Lorsque ma mère troussa mes jupes, ce ne fut pas le glas qu'elle sonna, mais la volée des plus beaux jours de fête. »

La semaine n'apporta pas la tranquillité qu'on attendait. On compta les robes qui restaient à faire et déjà Bouledogue s'épouvantait à l'idée que le travail allait manquer. De plus le patron paraissait s'affaiblir encore et il supportait difficilement le bruit des machines. Mme Dalignac commençait à préparer leur départ pour les Pyrénées. M. Bon l'avait conseillée dans ce sens avec l'espoir que le malade se remettrait plus vite à l'air de son pays.

Elle passait une partie de son temps à courir d'une cliente chez l'autre pour toucher le prix de ses façons, mais elle rentrait souvent sans argent, lasse et contrariée. Le soir, je l'aidais à relever ses factures, et tout en feuilletant le livre de comptes, je m'étonnai de la grande quantité de notes qui n'avaient pas été payées depuis plusieurs années. Pourtant, les mêmes clientes continuaient à se faire habiller à la maison. Quelques-unes étaient même très exigeantes et ne payaient les nouvelles façons que par petites sommes espacées.

Je fis le compte des sommes perdues ainsi, et je ne pus retenir un accent de reproche, en disant :

« Cet argent vous serait très utile en ce moment, il permettrait à votre mari de se reposer longtemps et peut-être de guérir pour toujours. »

Ses yeux s'agrandirent et devinrent très attentifs. Elle fixa le vide comme si elle apercevait brusquement un chemin facile pour arriver plus vite au but, mais bientôt ses paupières s'abaissèrent, sa bouche et son menton eurent un petit frémissement comme lorsqu'on a envie de rire et de pleurer tout à la fois, puis elle courba la tête et dit avec une grande honte :

« Je n'ai jamais su réclamer mon dû. »

Une immense pitié me vint pour elle. J'eus honte à mon tour de l'avoir obligée à s'humilier, et je repoussai le livre de comptes avec colère, comme si ce fut lui qui eut adressé le reproche.

L'idée de quitter Paris était insupportable au patron. Il regardait sans cesse les balcons de la maison neuve que le soleil éclairait et chauffait. Celui du milieu surtout attirait son attention. Il s'avançait large et rond comme un énorme ventre, et Bouledogue affirmait qu'il était deux fois grand comme la chambre qu'elle habitait avec sa grand-mère.

Le patron disait à sa femme :

« Vois-tu ! s'il était à nous, tu m'y ferais une tente avec un drap et je resterais tout le jour couché sur la pierre chaude.

– Mais, puisque nous allons dans les Pyrénées », répondait Mme Dalignac.

Et le patron grommelait en faisant la grimace :

« Dans les Pyrénées… dans les Pyrénées… »

Dès la deuxième semaine de juillet, l'ouvrage manqua tout à fait.

Jamais la morte-saison n'avait commencé si tôt. Ce fut parmi nous comme un désastre. Bergeounette se déplaçait avec des mouvements désordonnés et Bouledogue, qui oubliait de montrer ses dents, roula son tablier dans un journal avec un air de profond découragement.

Malgré ses ennuis de toutes sortes, Mme Dalignac ne voulut pas partir sans donner la petite fête qui réunissait tous les ans sa famille et les ouvrières. Et, d'accord avec le patron, elle choisit pour cela le jour où son neveu Clément devait venir en permission.

Je n'avais jamais vu Clément qui faisait son service militaire dans une garnison assez éloignée de Paris, mais j'en avais souvent entendu parler.

Des petites discussions s'élevaient à son sujet entre Mme Dalignac et son mari. Le patron aurait préféré le voir un peu moins volontaire et têtu, tandis que sa femme appelait cela de la fermeté de caractère. Elle disait en riant :

« Ce sera un homme. »

Un jour, en parlant d'un accident où elle aurait pu perdre la vie, elle avait ajouté :

« Heureusement que Clément était là. Avec lui je n'avais rien à craindre. »

Le patron qui se trouvait à l'autre bout de l'atelier s'était retourné pour répondre d'un air vexé :

« Eh ? dis un peu ? S'il n'avait pas été là, est-ce que je ne t'aurais pas sauvée, moi ? »

Mme Dalignac avait ri doucement en tendant sa main ouverte vers son mari, et son geste affectueux était en même temps si plein de protection que le patron avait incliné la tête comme si la main le touchait vraiment, et qu'il pût s'y appuyer.

Clément avait deux sœurs : Églantine et Rose.

C'était tout ce qui restait de famille à Mme Dalignac. Elle les avait recueillis tous trois à la mort de leurs parents, alors que les fillettes avaient déjà quatorze et quinze ans et que Clément n'était encore qu'un gamin d'une dizaine d'années.

Rose, l'aînée, s'était mariée à un garde de Paris.

Elle était élégante et coquette, et passait tout son temps à se parer et à parer ses enfants. Églantine vivait auprès du jeune ménage. Elle aimait et soignait les petits de sa sœur avec un dévouement sans bornes, et le patron disait que leur vraie mère n'était pas Rose.

On voyait bien que le patron préférait Églantine à Rose, mais on voyait aussi que sa femme aimait Clément plus qu'Églantine.

Lorsque j'arrivai pour aider Mme Dalignac à l'arrangement du dîner de fête, Clément était déjà là.

Il me parut propre et reluisant comme un objet neuf, et je vis tout de suite que son sourire avait beaucoup de hardiesse.

Lui aussi arrêta son regard sur moi, et il me sembla que sa poignée de main durait plus longtemps qu'il n'était nécessaire.

Il était en train de vider l'atelier pour faire de la place. Rien ne l'embarrassait. Il rangea les mannequins face au mur en les serrant fortement les uns contre les autres, et il étagea au-dessus une énorme pile de cartons. Ses gestes avaient une grande souplesse et ses vêtements bien ajustés suivaient tous ses mouvements.

Tout en accouplant les deux tables pour n'en faire qu'une, il m'indiquait la place de chacun :

« Surtout, disait-il, mettez bien les bambins à côté d'Églantine, et n'oubliez pas de placer Rose auprès de son mari. »

Mme Dalignac riait avec lui, et son visage montrait une sérénité si parfaite, qu'il semblait qu'aucun souci ne pourrait jamais plus la troubler.

Le repas se composait de mets solides. Une gaîté franche accueillait chaque plat, et les mots drôles faisaient rouler les rires d'un bout à l'autre de la table.

La grande glace de la cheminée reflétait la tête ronde et le dos bien droit de Clément. Et elle faisait paraître encore plus éclatant le teint de sa sœur Rose.

Églantine s'inclinait constamment sur l'un ou l'autre des enfants, et la plupart du temps je ne voyais de son visage qu'une joue mince et deux lèvres fraîches qui s'allongeaient pour un baiser.

Elle ne ressemblait pas à son frère, et pas davantage à Rose qui était belle et très différente.

Je ne voyais pas le patron, mais j'entendais son accent à travers les autres voix :

« Donne-m'en un autre peu, hé ? »

Ce fut Bergeounette qui chanta la première chanson au dessert.

Bouledogue la suivit. Sa voix large et vibrante retint l'attention de tous.

Roberte, qui vint après, chanta en se trémoussant de telle sorte que Duretour se sauva dans la cuisine pour ne pas entraîner les rires des autres. Et pendant que Rose se campait orgueilleusement avant de se faire entendre, Églantine gardait une posture incommode pour ne pas déranger l'un des petits qui s'était endormi sur ses genoux.

Clément se fit un peu prier quand le patron lui dit :

« Chante-nous donc *Le Vin de Marsala.* »

Je croyais à une chanson à boire, mais lorsque Clément se fut mis debout pour chanter, il prit un air si grave que j'apportai aussitôt de l'attention.

Il chercha les premières paroles et commença :

J'étais un jour seul dans la plaine,
Quand je vis en face de moi,
Un soldat de vingt ans à peine,
Qui portait les couleurs du roi.

Tous les yeux se braquèrent sur lui et tous les coudes se posèrent sur la table, pendant qu'il attaquait le refrain et criait :

Ah ! que maudite soit la guerre.

Puis les couplets se déroulèrent, racontant tout au long l'histoire de mort :

Ah ! je ne chantai pas victoire,
Mais je lui demandai pardon.
Il avait soif, je le fis boire.

La voix de Clément montait et descendait avec des inflexions qui faisaient soulever plus haut nos poitrines. Nous le suivions tandis qu'il courait porter secours au blessé, nous nous penchions avec lui pour chercher la blessure et la panser, et tout le monde voyait nettement le portrait de la vieille dame que le jeune soldat portait tout contre son cœur.

Aussi, lorsque Clément eut dit que le regret de cette mort durerait aussi longtemps que sa vie, toutes nos voix s'unirent à la sienne pour lancer comme un grand cri de haine :

Ah ! que maudite soit la guerre.

Il n'y eut pas d'applaudissements comme aux autres chansons.

Clément s'assit un peu essoufflé. Il avait mis tant d'ardeur à son chant qu'on eût dit qu'il venait vraiment de tuer un homme dans la plaine. L'éclat de ses yeux devait le gêner lui-même, car il ferma plusieurs fois les paupières.

Le silence se prolongea. Il semblait qu'une crainte mystérieuse venait d'entrer dans la pièce et rôdait autour de la table pour en chasser la gaîté. Les coudes restaient sur la nappe, mais chaque poing fermé devenait un support où les visages pleins de gravité s'appuyaient fortement.

Le patron eut recours à Bergeounette pour ramener l'entrain, mais Bergeounette gardait un air préoccupé, et ce fut d'une voix indifférente qu'elle chanta une vieille romance triste.

On se sépara dans le bruit revenu.

J'aidai Églantine à mettre le manteau des enfants pendant que leur mère s'assurait devant la glace que le sien ne faisait aucun pli sur ses hanches.

Le lendemain était jour de départ. C'était aussi la veille de la fête nationale. Des drapeaux flottaient à toutes les fenêtres de l'avenue et des gamins faisaient déjà partir des pétards contre la bordure des trottoirs.

Je retrouvai Mme Dalignac au milieu de ses malles à moitié faites.

Clément s'empressait autour d'elle. Il touchait les choses avec adresse et trouvait du premier coup la bonne place.

Mme Dalignac le suivait d'un regard affectueux. Et quand il eut chargé et descendu les deux lourdes malles sans que son corps eût plié sous le poids, elle lui dit avec un peu d'admiration :

« Te voilà bon à marier maintenant. »

Les quais de la gare étaient encombrés de gens qui se bousculaient pour monter dans les wagons déjà pleins. Le patron se laissait heurter de tout côté. Il était comme raidi et ne prononçait pas un mot. Cependant, lorsqu'il fut monté dans son compartiment, il me tendit la main :

« Adieu, petite ! »

Je répondis en riant :

« Au revoir, patron, pas adieu. »

Il me regarda fixement :

« Vrai ! vous le croyez, que je reviendrai ? »

Sa voix était si différente de l'instant d'avant que j'en restai surprise. Je n'eus pas le temps de lui répondre. Un employé qui courait le long du train me repoussa et ferma vivement la portière.

Le patron voulut baisser la glace de la portière, mais elle était dure, et déjà le train démarrait.

À travers la vitre je vis ses yeux pleins d'interrogation et ceux de sa femme craintifs et soucieux. Puis les deux visages se confondirent avec la boiserie et les barres de cuivre, et le train prit la courbe en faisant sonner durement les plaques tournantes qui se trouvaient sur son passage.

La grande étendue de Paris qui se trouvait sous ma fenêtre s'éclairait ce soir-là de mille et mille lumières. De place en place les monuments publics resplendissaient et augmentaient encore la clarté. Plus près de moi, l'église Notre-Dame-des-Champs était tout enguirlandée de lampions de couleur, tandis que la gare Montparnasse s'entourait d'une rampe de gaz qui lui faisait comme une ceinture de ruban blanc. Et là-bas, très loin au-dessus de la ville, une lueur rouge descendait lentement et paraissait glisser du ciel comme un large rideau de soie.

Le 14 juillet commençait sa fête de nuit.

Ma vieille voisine frappa du bout des doigts à ma porte comme elle le faisait chaque samedi ou chaque veille de fête, et sa voix grêle demanda :

« Êtes-vous là, Marie-Claire ? »

Je voulus allumer la lampe, mais elle m'en empêcha. Elle heurta la table qui était au milieu de la pièce, et en tâtonnant elle prit la chaise que je lui avançais. À peine assise, elle dit :

« Voilà ! j'ai fini. Ma dernière cliente vient de partir à la mer. »

Il y avait un grand contentement dans son accent.

Mais tout de suite après, elle eut un ton craintif pour dire qu'elle allait rester deux mois sans rien gagner.

Et comme si elle apercevait d'un seul coup toutes les privations du chômage, elle fit très bas :

« Ah ! mon Dieu ! »

Mlle Herminie avait plus de soixante-dix ans et son corps était si menu qu'on pouvait le comparer à celui d'une fillette de treize ans.

Elle gagnait sa vie à faire des raccommodages, mais la plupart du temps, elle était forcée de rester chez elle tant elle souffrait de l'estomac. Pendant les vacances d'été, elle manquait souvent du nécessaire et c'était un miracle qu'elle pût continuer à vivre.

Maintenant elle tenait une main appuyée sur le rebord de la fenêtre, et son autre main faisait une petite place claire sur sa robe noire.

À mon tour, je parlai du départ des Dalignac et du long chômage qui m'attendait. Et elle fit encore très bas :

« Ah ! mon Dieu ! »

Des bruits pleins de gaîté montaient des rues voisines et du boulevard. On eût dit que tous ces bruits se reconnaissaient en se rencontrant et qu'ils se mêlaient joyeusement pour éclater avec plus de force.

De tout côté des fusées s'élançaient et s'épanouissaient sous les étoiles pendant que des feux de bengale s'allumaient et fumaient dans les coins sombres.

Puis la musique d'un bal en plein vent se fit entendre. Les sons se heurtaient aux maisons et nous arrivaient à moitié cassés. Et de temps en temps, un drapeau qu'on ne voyait pas claquait brusquement.

Nous nous taisions. L'air frais qui venait du couchant nous touchait au visage et nous apportait comme un apaisement. Et longtemps, très longtemps dans la nuit de fête, ma vieille voisine resta près de moi à écouter le bruit que faisait la joie des autres.

La première semaine de vacances nous parut douce. C'était comme si chaque jour eût encore été un dimanche. Mlle Herminie trouvait que nous n'avions pas trop de temps pour ne rien faire, et elle ne se plaignait plus de son estomac.

Elle voulut m'emmener promener, mais elle n'avait pas plus que moi l'habitude de la promenade.

Nous nous hâtions comme pour nous rendre à notre travail, et nous rentrions lasses et ennuyées de l'encombrement des rues. Aussi, après quelques jours, lorsque l'une demandait : « Sortons-nous aujourd'hui ? » l'autre répondait :

« On est bien ici. »

Et nos journées se passaient en nettoyage et raccommodages.

Mlle Herminie avait un esprit vif et enjoué, mais elle ne convenait jamais de ses torts.

Le jour où je lui fis remarquer qu'elle trouvait toujours le mot juste pour sa défense, elle me répondit :

« Quand on est faible de corps, il faut avoir la langue solide. »

Ses boutades me faisaient rire, et je ne tenais aucun compte des airs bourrus qu'elle prenait parfois.

Elle craignait la mort plus que tout, et aucune misère ni aucune souffrance ne pouvait la lui faire désirer. En temps ordinaire elle se rebiffait contre la maladie, mais dès qu'elle se sentait plus mal, elle prenait peur et disait :

« Ça m'est égal de souffrir, pourvu que je vive. »

Je me trouvais très à l'aise auprès d'elle, nous étions presque toujours d'accord, nos âges si différents se confondaient, et nous nous sentions jeunes ou vieilles selon qu'il y avait entre nous des rires ou de la tristesse.

Pour diminuer nos dépenses, il nous vint à l'idée de prendre nos repas en commun. La cuisine n'était pas difficile à faire : nous mangions surtout des pommes de terre et des haricots. Un jour sur deux, Mlle Herminie mangeait une côtelette étroite et plate que je faisais griller sur la braise du petit fourneau. Il arrivait souvent que la côtelette lui servait aux deux repas. Elle en détachait le milieu et repoussait le reste sur son assiette en disant :

« Je garde l'os pour ce soir. »

Elle mettait un temps infini à manger les bouchées qu'elle découpait menues comme pour un tout petit enfant. Sa mâchoire n'avait plus que deux dents, longues et inutiles qui sortaient d'en bas, à chaque coin de la bouche, et qui me faisaient penser à la barrière d'un champ où il ne serait resté que deux piquets vermoulus et mal d'aplomb.

Les grandes chaleurs vinrent avec le mois d'août. Nous tenions ouvertes la porte et la fenêtre ; malgré cela il y avait des heures où la chaleur était si lourde que nous allions nous asseoir sur les marches de l'escalier dans l'espoir d'un courant d'air.

Mlle Herminie souffrait surtout la nuit. Elle étouffait dans sa chambre toute en longueur. Sa fenêtre s'enfonçait si profondément entre deux pans de mur, qu'elle semblait elle-même vouloir fuir cette chambre étroite.

La vieille femme avait une véritable haine pour ces deux pans de mur qui s'abaissaient jusqu'au milieu de la pièce. Elle leur parlait comme à des êtres vivants et malfaisants, et lorsque je riais de ses colères, elle disait avec des yeux tout courroucés :

« C'est eux qui empêchent l'air d'entrer ici. »

Elle habitait là depuis plus de trente ans, et jamais rien n'y avait été changé. Son bois de lit démonté et cassé le jour de l'emménagement restait dans une encoignure en attendant sa réparation. Son sommier posé à même le parquet et creusé par le milieu retenait le matelas qui s'enfonçait dans le trou. Elle en riait et disait :

« Comme cela il n'y a pas de danger que je tombe du lit. »

Il y avait aussi une vieille armoire à glace qui se cachait derrière la porte. Il avait fallu lui couper les pieds pour qu'elle pût entrer.

Cela lui donnait un air misérable et ridicule, et il me semblait toujours que cette armoire restait à genoux pour ne pas se cogner la tête au plafond.

Mlle Herminie habitait autant chez moi que chez elle. Si ma chambre n'était guère plus grande que la sienne, elle était beaucoup moins encombrée, et rien n'empêchait d'approcher de la fenêtre.

Le soir, nous entendions les voisins descendre pour aller prendre le frais sur le boulevard.

Nous avions essayé de faire comme eux, mais la poussière que soulevaient les voitures et les piétons rendait l'air plus épais et plus désagréable qu'en haut. C'était encore chez nous que nous étions le mieux.

La porte ouverte laissait passer la lumière du gaz de l'escalier, et lorsque nos voisins remontaient, l'ombre de leur tête entrait toujours dans la chambre comme si elle venait regarder ce qui s'y passait.

Quand nous n'avions rien à dire et que nous étions lasses du silence, ma vieille voisine m'obligeait à lui chanter l'une des plus jolies romances de Bergeounette :

Un beau navire à la riche carène…

Je la chantais très bas, pour nous deux seulement. Mlle Herminie reprenait avec moi au refrain :

Si tu le vois, dis-lui que je l'adore.

Sa voix fine et tremblante ne dépassait pas la fenêtre.

Parfois les soirées s'allongeaient. C'était lorsque chacune de nous parlait de son pays.

Mlle Herminie parlait du sien comme d'une chose bien à elle et qu'elle aurait dû posséder toute sa vie.

Sa voix prenait de la force pour nommer les bourgs et les villages tout entourés de vignes et qu'on découvrait à perte de vue du haut de la côte Saint-Jacques. Elle n'avait pas oublié le bruit des pressoirs ni l'odeur du vin nouveau qui se répandait dans toute la ville à l'époque des vendanges. Elle gardait aussi un souvenir gai des bruyantes disputes des vendangeurs :

« Oh ! disait-elle. Chez nous les garçons se battent d'abord, ensuite ils s'expliquent, et tout s'arrange. »

Elle n'était pas retournée dans son pays depuis qu'elle l'avait quitté. Mais son plus grand désir était de le revoir. Souvent elle me disait :

« Voyez-vous, Marie-Claire, ceux qui n'ont pas vu la Bourgogne ne savent pas ce que c'est qu'un beau pays. »

Et comme si elle y était transportée tout à coup, elle retrouvait des coins nouveaux qu'elle me décrivait avec soin. Je l'écoutais, et il me semblait qu'aucun des chemins qu'elle m'indiquait ne m'était inconnu. Je montais avec elle la côte Saint-Jacques qui donnait un vin si merveilleux que les enfants n'en buvaient qu'aux grands jours de fête. Je marchais à travers les vignes qui devenaient si jaunes à l'automne que le pays avait l'air d'être tout en or, et j'entrais dans les immenses caves où les tonneaux s'alignaient et s'étageaient par centaines.

Mlle Herminie avait un peu de mépris pour ses clientes qui allaient à la mer au lieu d'aller en Bourgogne, et elle me prenait en pitié à l'idée que ma Sologne ne produisait que des sapins et du blé noir.

J'en ressentais pour moi-même comme une plus grande pauvreté, et devant les richesses qu'elle venait d'étaler, et qui m'entouraient de toutes parts, je n'osais plus parler des bruyères fleuries ni de la fraîcheur des chemins pleins d'ombre de mon pays.

Dès la deuxième semaine de vacances, il nous avait fallu réduire nos dépenses.

Nous avions supprimé le petit déjeuner du matin et la tasse de café de midi. Puis la soupe du soir fut supprimée à son tour et remplacée par du pain sec.

Mlle Herminie recommençait à se plaindre de son estomac, et parfois elle avouait au matin :

« Cette nuit, j'ai bu un grand verre d'eau pour tromper ma faim. »

Le dimanche, la cage de l'escalier s'emplissait d'odeurs de cuisine ; cela sentait la viande chaude, la pâte dorée et les vins forts en alcool.

Nous en étions réjouies comme si nous avions pris part au festin. Et ma vieille voisine disait toute satisfaite :

« Heureusement, il y en a qui mangent. »

Une après-midi, Clément se montra dans la porte ouverte. Il n'avait pas son costume de soldat et il me fallut un instant pour le reconnaître. Il entra sans gêne en me tendant la main, et il eut un geste vague quand je m'informai du motif de sa visite.

Je ressentis un peu d'ennui de le voir là, et je retirai ma main qu'il gardait encore trop longtemps.

Mlle Herminie s'était levée aussitôt pour rentrer chez elle, et comme Clément semblait vouloir prendre sa place, je m'éloignai de la chaise et me tins debout devant la fenêtre.

Il s'en approcha pour s'accouder sur la barre d'appui, et il commença plusieurs phrases sans les achever, puis ses doigts remuèrent avec impatience, et tout à coup il saisit l'épaulette de mon tablier en disant :

« Voilà ! je vous trouve très jolie, moi. »

J'étais si étonnée que je levai vivement les yeux sur lui.

Il ne baissa pas les siens, mais son regard marqua de l'inquiétude. Ses paupières remontèrent et découvrirent beaucoup de blanc au-dessus de la prunelle.

Il reprit en tirant plus fort sur l'épaulette de mon tablier :

« Oui, moi, je vous trouve très jolie. »

Sa façon d'appuyer sur les mots disait clairement que lui seul pouvait penser ainsi, mais que l'opinion des autres lui importait peu.

Il ne fit qu'une toute petite pause et sa voix recommença de se faire entendre. Il parlait comme les gens qui ont hâte d'être approuvés. Il réunissait en un seul nos deux avenirs comme pour mieux les tenir dans sa main et les diriger à sa guise. Mais tandis qu'il m'exposait ce que serait notre vie à tous deux lorsque je serais devenue sa femme, j'oubliai sa présence, et je n'entendis même plus le son de sa voix.

Les maisons et les rues s'effacèrent aussi, des bruyères et des sapins s'élevèrent à leur place. Et là, devant moi, au milieu d'un buisson de houx et de noisetiers sauvages, un homme se tenait immobile et me regardait. Je reconnaissais ses yeux larges et doux dont la prunelle ne se séparait pas des paupières, et qui semblaient deux oiseaux peureux venant se poser sur moi avec confiance. Puis les yeux et les bruyères se changèrent en pierres précieuses et s'éparpillèrent sur les toits revenus, pendant que Clément disait en haussant le ton :

« Je vois bien que vous ne m'aimez pas. Mais qu'est-ce que cela fait ? Vous m'aimerez quand nous serons mariés. »

Je voulus lui répondre, mais il tenait son visage si près du mien, qu'il me sembla qu'il n'y aurait pas assez de place pour mes paroles. Son souffle me donnait chaud aux joues, et sa main était très lourde à mon épaule.

Je me retrouvai avec lui près de l'escalier, sans savoir comment nous y étions venus. Il s'appuya un instant contre la rampe avant de dire :

« Je ne suis pas méchant. »

Il hésita un peu pour ajouter :

« Et vous n'êtes pas heureuse, cela se voit. »

Quand il eut descendu une dizaine de marches, il se retourna et me sourit comme si nous étions d'accord en tout et pour tout. Et tandis qu'il s'éloignait, je vis que son cou était solide et bien posé entre ses épaules.

Mlle Herminie ne me fit pas de question. Elle dit seulement avec un sourire :

« J'avais oublié que vous étiez en âge d'être mariée. »

Les prunelles fixes de Clément reparurent devant moi, et je répondis aussitôt :

« Je n'aime personne. »

Mlle Herminie rentra son sourire. Elle leva vers moi son menton mal arrondi, et d'une voix que je ne lui connaissais pas, elle dit :

« Les enfants apportent un si grand bonheur que les souvenirs douloureux s'effacent vite. »

Je remuais la tête en signe de doute. Alors elle écarta les bras en essayant de redresser son buste plus raide que du bois, et, comme si elle s'exposait aux regards du monde entier, elle dit avec un rire plein d'ironie :

« Regardez-moi donc... Le souvenir de mon amour perdu m'a semblé plus précieux que tout. »

Son visage exprimait un immense regret, et, pour la première fois, je vis que ses lèvres étaient encore pleines et très fraîches.

Elle laissa retomber ses bras maigres en ajoutant sourdement :

« On est comme une chose morte... et les autres s'éloignent de vous. »

La soirée s'acheva dans le silence et je me couchai harassée, comme si j'eusse marché pendant des heures sur une mauvaise route.

Mon sommeil ne fut pas bon non plus.

Je rêvais qu'un ouragan m'emportait dans les airs. Je rassemblais toutes mes forces pour résister à la furie des vents ; mais leurs tourbillons m'arrachaient mes vêtements un à un et de larges gouttes de pluie glaçaient mon corps dévêtu.

Ma tranquillité s'en alla. Ma porte ouverte me donnait une inquiétude constante, et pour ne pas me laisser prendre par l'ennui, je décidai de chercher du travail en attendant le retour de Mme Dalignac.

Chaque matin j'allais aux endroits où je savais trouver des affiches. Je rencontrais là des jeunes filles qui avaient comme moi des joues creuses et des vêtements usagés. Il y venait aussi des jeunes femmes avec des enfants sur leurs bras. Les petits griffaient les papiers sales et en mettaient des morceaux dans leur bouche.

Parfois un gamin de treize à quatorze ans s'arrêtait en passant. Il souriait aux jeunes mères et regardait les jeunes filles avec audace, puis, il se haussait pour écrire au crayon bleu sur la partie blanche des affiches, et il repartait les mains dans ses poches en sifflant et traînant les pieds sur le trottoir. Et derrière lui on pouvait lire :

On demande

Une bonne ouvrière pour le costume d'Adam.

Les jeunes mamans riaient à grand bruit et s'en allaient en faisant sauter leurs poupons au bout de leurs bras.

Aux affiches de la porte Saint-Denis, je retrouvai la jolie femme de chambre avec son bonnet et son tablier blanc. Elle guettait les ouvrières et leur parlait comme si elle avait des places à leur offrir. Quelques-unes la regardaient avec méfiance et s'éloignaient sans vouloir l'entendre, tandis que d'autres paraissaient enchantées de ce qu'elle leur proposait.

Je la vis venir à moi avec un peu de crainte.

Je pensais aux regards de celles qui ne s'étaient pas laissé approcher, et j'eus envie de me mettre à courir pour lui échapper.

Elle me dit d'un ton aimable :

« Ma patronne a de l'ouvrage pour toutes les jeunes filles. Elle n'est pas exigeante et paye très bien. »

Je me sentis rassurée, mais je me souvins des mains rugueuses de Bouledogue, et je demandai :

« Est-ce que c'est un travail qui abîme les doigts ? »

Le rire qu'elle fit entendre me choqua et j'expliquai tout intimidée.

« Je suis couturière et je ne veux pas entrer dans une fabrique.

– Cela tombe bien, dit-elle, ma patronne a justement besoin d'une ouvrière couturière. »

Les fossettes de ses joues se creusaient comme si elle retenait une nouvelle envie de rire. Cependant elle redevint sérieuse en tirant de sa poche une carte de visite. Mais avant de me la remettre elle demanda précipitamment, comme si elle avait oublié de poser plus tôt la question :

« Vous n'êtes pas mariée, au moins ? »

Le regard aigu qu'elle attachait sur moi ramena toutes mes craintes et je répondis :

« Si… »

Elle insista :

« Mariée pour de vrai ?

– Oui. »

J'avais répondu si vite que j'en restais étonnée ; mais en même temps j'en éprouvais un contentement comme lorsqu'il m'arrivait de faire un saut de côté pour ne pas être renversée par un fiacre.

Le regard de la jolie femme de chambre fouilla tout mon visage, puis il descendit sur le mince cercle d'or que je portais à la main gauche, et, quand il se releva, il était chargé d'un profond mépris pour toute ma personne. Elle remit la carte dans la poche de son tablier, et elle se dirigea vers une autre jeune fille.

Tandis que je revenais lentement par les rues, l'image de Clément semblait marcher devant moi. C'était à lui que j'avais pensé en répondant que j'étais mariée, et maintenant ses épaules solides m'apparaissaient comme une chose contre laquelle je pouvais m'appuyer en toute sécurité. Ses dernières paroles me revinrent à la mémoire : « Je ne suis pas méchant, et vous n'êtes pas heureuse non plus. »

Puis ce fut sa voix forte du dîner de fête qui vint chanter à mon oreille.

Le commencement d'un couplet surtout m'obsédait :

Je voulus panser sa blessure,
J'ouvris son uniforme blanc.

Non, il ne devait pas être méchant, et il avait grandi auprès de Mme Dalignac.

En remontant mon escalier les paroles de Mlle Herminie tournèrent aussi autour de ma tête : « On est comme une chose morte, et les autres s'éloignent de vous. »

Elle m'attendait comme chaque jour. Son sourire si affectueux et son regard si pur me firent oublier le rire grossier et les yeux perçants de la jolie femme de chambre, et je ne parvins pas à expliquer mes craintes à son sujet.

Mlle Herminie ne comprit rien non plus à ma méfiance, et le reste du jour se passa pour nous deux à regretter cette patronne qui n'était pas exigeante et qui payait très bien.

Le lendemain je trouvai du travail chez une entrepreneuse de confections pour enfants. Elle confiait les petites robes à des ouvrières ayant chez elles une machine à coudre, mais elle exigeait pour cela un certificat de domicile signé du commissaire.

Je revins toute joyeuse, quoique je n'eusse pas plus de certificat que de machine à coudre. Je savais que Mme Dalignac ne refuserait pas de me prêter celle de l'atelier. Et pour fêter la bonne nouvelle, je préparai une bonne soupe au lait pour notre dîner.

AU LIEU DE LA RÉPONSE que j'attendais de Mme Dalignac, ce fut elle-même qui arriva. Son visage avait toujours son air de grande bonté mais son front semblait lourd et plein de pensées sombres.

Elle comptait laisser son mari dans les Pyrénées jusqu'à sa guérison, mais pour cela il fallait de l'argent, et elle revenait pour en gagner.

On eût dit que c'était elle qui venait emprunter la machine à coudre. Elle joignait les pieds et rentrait les coudes comme si elle craignait de prendre trop de place, et il y eut une grande timidité dans sa voix lorsqu'elle me dit :

« Vous pourrez vous installer dans l'atelier, et si vous le voulez bien, je travaillerai avec vous en attendant les commandes de mes clientes. »

Dès le lendemain nous étions à l'ouvrage. Mme Dalignac n'avait aucune idée du travail de confection à bon marché, et son étonnement fut grand de me voir coudre une petite robe entièrement à la machine sans bâtis ni préparation d'aucune sorte, mais son étonnement devint presque de l'épouvante quand elle vit que le gain de mes journées ne dépassait pas 2 francs.

Ce n'était pas une surprise pour moi. À mon arrivée à Paris, il m'avait fallu gagner ma vie coûte que coûte et j'avais dû accepter pour cela tous les travaux de couture qui se présentaient. C'était en confectionnant des vêtements pour les grands magasins, que j'étais devenue adroite à la machine, mais, que les vêtements fussent d'hommes, de femmes ou d'enfants, mon gain avait toujours été le même.

J'expliquai ces choses à Mme Dalignac. Je lui appris comment certaines patronnes gagnaient gros en faisant faire hors de chez elles des centaines et des centaines de vêtements. Je lui indiquai les maisons de la rue du Sentier où l'on portait des modèles, et d'où l'on rapportait les étoffes à pleines voitures lorsque le modèle avait du succès.

Elle m'écouta attentivement et ce nouveau travail lui apparut bientôt comme un métier où son mari pourrait s'employer sans grande fatigue. Elle réfléchissait après chaque détail qu'elle me faisait préciser, et quand elle sut que les maisons de gros payaient à date fixe et qu'elle ne serait plus obligée de présenter indéfiniment ses factures, elle décida de faire quelques jolis modèles qu'elle porta aussitôt rue du Sentier.

Elle revint un peu attristée des prix qu'on lui avait offerts. Cependant, elle rapportait douze commandes de la maison Quibu, qu'elle coupa immédiatement. Et, au bout de la journée, nous savions que notre gain allait s'augmenter du double.

Il nous vint un grand courage et une grande gaîté. Mme Dalignac riait de son rire frais et il me semblait entendre le patron quand il disait : « Elle rit joli, ma femme. »

La maison Quibu était une des plus importantes du *Sentier.* Aussi sa deuxième commande fut si grosse qu'il fallut rappeler les anciennes ouvrières et en demander de nouvelles.

Bouledogue ne fut pas contente de ce changement. Elle craignait pour la finesse de ses mains, mais quand elle eut compris que le travail aux pièces lui permettrait de gagner davantage lorsqu'elle peinerait davantage, elle cessa de grogner et ne parla plus d'aller chez une autre couturière.

Bergeounette, qui connaissait tous les genres de couture, donna des conseils. Selon elle les ouvrières du dehors causaient souvent des ennuis tandis que le travail de l'atelier était régulier et facile à surveiller. Seulement, il fallait des machines. Elle connaissait justement un marchand juif qui en vendait à crédit et elle offrit de l'amener.

Ce marchand était un homme jeune qui ressemblait à un vieux. Il regarda Mme Dalignac, puis il s'assit, et la pria de demander clairement ce qu'elle désirait.

Et pendant que chacune de nous se taisait, on entendit :

« Je voudrais trois machines à coudre.

– Oui, madame.

– Toutes neuves.

– Oui, madame.

– Il me faudra du temps pour les payer.

– Oui, madame. »

Le ton du marchand était plein de déférence et il fermait les yeux en inclinant le buste à chaque réponse.

Mme Dalignac ne s'informa ni du prix des machines ni des conditions de paiement. Elle dit seulement tandis que le juif se levait pour partir :

« Je ne payerai peut-être pas régulièrement, mais je payerai sûrement. »

Le marchand leva les deux mains en souriant pour montrer son entière confiance, et avant de sortir il salua si bas qu'une mèche de ses cheveux s'échappa, et se balança comme un pompon.

Les machines furent livrées le jour même et il y eut bientôt une quinzaine d'ouvrières à l'atelier.

Mme Dalignac ne pouvait plus suffire à la coupe. Je l'aidais et nous restions souvent très tard à préparer l'ouvrage du lendemain. Il nous fallut aussi établir les prix à payer pour chaque modèle. Ce fut une grosse difficulté. Je ne savais pas compter non plus, et nous arrivions à si bien embrouiller nos chiffres que le fou rire nous prenait devant notre maladresse. Mme Dalignac se décourageait parfois et disait : « Ah ! si mon mari était là. » Enfin, après un nombre considérable de recommencements, les prix furent fixés, et le livre de références devint net et facile à consulter.

Mme Doublé arriva comme d'habitude vers la fin de septembre. Elle était rouge en entrant et ses yeux noirs étaient tout brillants de colère.

Elle venait de rencontrer Duretour en bas qui lui avait appris sans politesse que nous ne ferions plus de robes à façon.

En la voyant, Mme Dalignac eut une petite barre au-dessus des sourcils. Cependant elle lui fit bon accueil et lui parla avec sa douceur ordinaire.

Mme Doublé avait un tremblement dans la voix et ses yeux se déplaçaient comme s'ils étaient à la poursuite d'une chose qui fuyait pour leur échapper.

Elle fit brusquement un pas qui la lança beaucoup trop près de sa belle-sœur, et sa voix tremblante demanda :

« Eh bé ! et moi ? »

Mme Dalignac recula un peu. Son visage prit l'air de souffrance qu'il avait toujours lorsqu'elle cédait aux autres, et elle répondit :

« Je tâcherai de vous faire des modèles. »

Et lorsque Mme Doublé fut partie, elle resta longtemps appuyée sur la table pendant que sa main traçait machinalement des lignes et des carrés avec la craie savonneuse.

Le patron ne savait rien de la transformation de l'atelier. Sa femme comptait l'en avertir plus tard pour ne pas troubler son repos ; mais, peu de jours après la visite de Mme Doublé, il arriva sans avoir prévenu de son retour.

Il était sans forces et pouvait à peine se tenir debout. Et, comme Mme Dalignac s'inquiétait tout affolée, il lui montra une lettre de sa sœur.

Sa confiance ne fut pas longue à revenir.

Il comprit vite la nouvelle organisation et il remisa lui-même sa machine à broder tout au fond de l'atelier.

Le travail allait bon train, mais l'intimité d'autrefois n'existait plus. C'était à chaque instant des disputes ou des rires bruyants que le patron ne savait pas faire cesser. Et la plupart des nouvelles laissaient entendre qu'elles ne reviendraient pas le lendemain si on les ennuyait avec des remontrances. Quelques-unes ne se gênaient pas pour se moquer de l'accent du patron. Comme il prononçait « crante » au lieu de quarante, on confondait souvent avec trente, et cela causait des erreurs dans les mesures. Aussi, on entendait tout à coup une voix hardie :

« Patron, combien faut-il de centimètres à l'encolure du vêtement bleu ?

– Crante... » répondait le patron.

Et la voix hardie reprenait :

« Ça prend-il un 3 ou un 4, votre chiffre ? »

Il n'osait pas se fâcher, mais il disait à sa femme :

« Elles sont un peu trop libres. »

Aux heures de livraisons, un affolement gagnait tout le monde. Le patron vérifiait en hâte les étiquettes et passait les vêtements à Duretour qui les disposait en paquets.

Il arrivait qu'une étiquette de la *Samaritaine* était cousue à un manteau du *Printemps*. C'était alors des récriminations et des protestations assourdissantes. Personne ne se reconnaissait coupable, et Duretour, qui aimait de moins en moins enfiler une aiguille, était bien obligée de réparer l'erreur.

Il arrivait aussi qu'un bouton se détachait rien qu'en secouant le vêtement. Le patron essayait alors de dominer le bruit en criant à moitié fâché :

« Au moins, mesdames, cousez-les pour qu'ils tiennent d'ici au magazing… »

Ces heures d'activité bruyante lui plaisaient. Au milieu de l'agitation générale il semblait retrouver ses forces. Mais, dès que Duretour s'éloignait dans son fiacre tout débordant de paquets, il retombait sur sa chaise longue et n'en bougeait plus.

Mme Dalignac s'inquiétait pour lui de la poussière des lainages. Elle aurait voulu le voir retourner dans les Pyrénées, mais il ne voulait rien entendre.

« Je ne veux plus me séparer de toi », disait-il.

À M. Bon qui lui donnait le même conseil, il répondait avec un air d'entêtement :

« Eh non ! je vous dis. »

Et il continuait à suivre des yeux sa femme dont les énormes ciseaux grinçaient et mordaient sans relâche dans l'épaisseur des tissus.

Parmi les nouvelles ouvrières, il y avait Gabielle. Elle prononçait ainsi son nom, et personne ne songeait à l'appeler Gabrielle. C'était une grande et belle fille qui riait de tout et qui menait sa machine tambour battant. Elle avait la peau épaisse et un gros nez, mais ses dents étaient si blanches et ses lèvres si fraîches qu'on oubliait vite le reste du visage. Elle gardait les bras nus jusqu'aux coudes et son corsage s'ouvrait toujours à la poitrine.

Elle arrivait des Ardennes, et n'avait pas beaucoup plus de dix-huit ans.

Elle venait de quitter ses parents à la suite d'une scène qui la faisait rire aux larmes chaque fois qu'elle en parlait.

Ils avaient voulu la marier à un voisin qu'elle n'aimait pas et chacun d'eux en la prenant à part espérait la décider. Mais voilà qu'un dimanche son père et sa mère s'étaient mis à lui parler tous deux ensemble ; sa mère vantait les qualités du fiancé et prédisait un bonheur tout pareil à celui qu'elle possédait elle-même depuis son mariage. Et comme Gabielle s'entêtait à répondre qu'elle n'aimait pas le voisin, son père lui avait dit en l'embrassant : « Cela ne fait rien, ma petite fille. Tiens ! vois-tu, moi j'ai épousé ta mère parce qu'elle était sage et qu'elle avait un peu d'argent, mais je ne l'aimais pas. » Aussitôt Gabielle avait vu sa mère se dresser contre son père en criant : « Ha ! Tu ne m'aimais pas ? »

Et elle l'avait vu se retourner d'un seul coup pour prendre le manche à balai. « Ha ! tu ne m'aimais pas… Méchant homme. » Et au souvenir de son père prenant la fuite, Gabielle riait, en ouvrant la bouche si grande qu'on apercevait le fond de sa gorge toute semblable à une fleur rose.

Elle aussi avait l'amour de la danse. En entendant parler d'un bal où Bouledogue se promettait de danser tout une après-midi, elle devint remuante au point de ne pouvoir tenir en place. Dans son pays elle allait au bal chaque dimanche et jamais ses parents n'y avaient trouvé à redire. Sa mère l'y accompagnait même de temps en temps, rien que pour le plaisir de la voir sauter. Bouledogue n'y voyait pas de mal non plus, et elle ne fit aucune difficulté pour l'emmener au bal Bullier le dimanche suivant.

À l'encontre de Bouledogue qui ne manquait jamais l'atelier, même lorsqu'elle avait dansé toute une nuit, Gabielle ne vint pas travailler le lendemain. Elle s'embrouilla un peu pour en donner la raison, et le regard que Bouledogue attacha sur elle la fit rougir et lancer sa machine à toute volée.

On sut qu'à ce bal tout avait bien marché au début. Tandis que les deux cousines tournaient avec entrain, Gabielle rieuse et tout à la joie passait sans crainte d'un danseur à l'autre. Mais à l'heure du départ, elle avait nettement refusé de suivre Bouledogue disant qu'elle saurait bien rentrer seule.

Ma vieille voisine était devenue aussi ma compagne d'atelier. Sa vieillesse et sa faiblesse avaient si fort apitoyé Mme Dalignac, qu'elle s'était engagée à l'employer d'un bout de l'année à l'autre, sans souci du travail qu'elle pourrait fournir, ni des heures qu'elle donnerait en moins. Son arrivée avait apporté du mécontentement aux autres, et il nous fallut l'installer dans la pièce de coupe où elle vint encore augmenter l'encombrement.

Pas plus que les ouvrières, le patron ne regardait la pauvre vieille d'un air aimable. Et Duretour, que personne ne gênait à l'ordinaire, m'avait dit avec une grimace :

« En voilà une idée d'amener ici une femme de l'ancien temps. »

Cependant, Mlle Herminie ne fut pas longue à gagner les sympathies. Sa franchise brusque et le ton d'égalité qu'elle prit avec chacun plut vite au patron et attira l'attention des autres qui la rappelèrent dans l'atelier comme une jeune camarade. Ses comparaisons inattendues et ses récits pleins d'exagération étonnaient et amusaient.

Sa voix m'était si familière que, la plupart du temps, je n'en retenais que le son. Mais lorsque je voyais le patron s'approcher pour écouter, je prêtais l'oreille aussi.

Un jour, j'entendis :

« Arrivés dans la vigne, les garçons offrirent la main aux filles pour les aider à descendre de la charrette, mais moi qui ne faisais jamais rien comme les autres, je refuse la main du garçon, et… frrrout… je me lance, comme une hirondelle. Ma robe rose s'accroche au marchepied, et pan… je tombe sur la face, et je reste morte. On me releva la figure fendue de l'œil au menton, et deux soldats qui passaient par là me rapportèrent chez mes parents. »

Le patron riait et cherchait à voir la cicatrice du visage, mais elle n'existait que dans l'imagination de Mlle Herminie.

Le dimanche, nous nous réunissions dans ma chambre comme aux jours passés des vacances.

L'escalier s'emplissait toujours d'odeurs de cuisine, mais l'odeur de nos propres repas s'y mêlait et nous ne cherchions plus à deviner le nom des mets ni la qualité du vin que buvaient les autres. Mlle Herminie mangeait maintenant sa côtelette tout entière et, lorsqu'elle avait bu par petites gorgées son café bien chaud, elle ne s'inquiétait plus de l'avenir.

En même temps que Gabielle, il nous était venu Mme Félicité Damoure. Ses deux noms semblèrent si drôles au patron qu'il ne voulut pas les séparer.

C'était une petite femme sèche et noire, et quoiqu'elle fût encore très jeune, sa voix ressemblait à celle d'une vieille femme.

Lorsqu'il y avait une dispute, elle criait plus fort que tout le monde et disait toujours des choses ridicules.

Le jour de son arrivée, le patron nous avait dit :

« Elle est du Midi, mais pas du mien. »

Ses tournures de phrases faisaient rire. Elle disait :

« Je me suis perdu le dé. Pourtang, je l'avais mis à la poche. »

Mais ce qui lui attirait surtout les moqueries des autres, c'était sa confiance immodérée dans les tisanes. Elle faisait une consommation extraordinaire de plantes qu'elle appelait ses petites herbes. À l'en croire, depuis ses trois ans de mariage, elle avait sauvé son mari de la mort plus de vingt fois en l'obligeant à boire de la tisane à tous ses repas.

« Est-ce qu'il est souvent malade ? » demanda Mme Dalignac.

Et à notre étonnement, Félicité Damoure répondit avec un nasillement tranquille :

« Non pas ! c'est un homme fort qui attend encore sa première maladie. »

Son entrée du matin ne passait jamais inaperçue. Au lieu du bonjour ordinaire et discret de chacune, elle laissait traîner sa voix fanée :

« Eh ! adieu, mesdames ! »

Parfois Bergeounette l'imitait en reprenant sur un ton aigu et désolé :

« Eh ! adieu, mesdames ! »

Gabielle éclatait de rire, et le patron, que cela amusait, disait en levant une épaule :

« Seigneur ! que cette Bergeounette est bête. »

En décembre la morte-saison revint, mais la répétition des modèles donna suffisamment d'ouvrage pour occuper les anciennes. De plus, chaque fois que le froid augmentait, il nous arrivait des commandes pressées. Duretour alors partait en hâte chercher les nouvelles, et les machines neuves reprenaient leur tapage.

Quelques jours avant la Noël, une forte gelée nous valut une série de manteaux qu'il fallait absolument livrer de suite. Mais Duretour eut beau courir, elle ne ramena que Gabielle et Félicité Damoure. Les autres étaient occupées ailleurs ou ne voulurent pas se déranger. Une grande inquiétude nous vint à toutes. Les manteaux étaient vendus d'avance. Les étiquettes que Duretour avait apportées en faisaient foi. Et si la maison Quibu ne pouvait pas les livrer à temps, il y aurait du désagrément pour elle et pour nous.

Bouledogue elle-même le comprit, et tout le monde décida de veiller pour terminer au plus vite.

Les deux premiers soirs tout alla bien, mais le troisième, après la journée finie, chacune manifesta son mécontentement d'être obligée de revenir passer la nuit du réveillon à l'atelier. Le patron promit des oranges et du vin chaud, mais sa femme ne cachait pas ses craintes pour cette dernière veillée.

Cependant vers 9 heures les ouvrières remontèrent les unes après les autres. Duretour ne parvenait pas à renfrogner son joli visage, malgré son ennui de ne pas réveillonner dans la famille de son fiancé.

Roberte et Félicité Damoure arrivèrent ensemble toutes recroquevillées par le froid. Puis ce fut Gabielle, les mains dans les poches de sa jaquette, et rejetant son souffle comme si elle avait trop chaud. Bouledogue entra, le nez tout plissé et les dents à l'air. Et, comme toujours la dernière de toutes, Bergeounette se précipita avec sa turbulence et son air évaporé.

Lorsque Mme Dalignac eut avancé ou reculé les lampes pour que chacune fût satisfaite, le travail reprit en silence.

Un roulement de voitures montait de l'avenue et les tramways faisaient grincer les rails.

Des bandes de jeunes gens descendaient de Montrouge en chantant à pleine gorge. Et dans les minutes d'accalmie, on entendait démarrer un fiacre dont l'une des roues râpait le bord du trottoir, tandis que les rires des femmes se mêlaient aux claquements fêlés des fers du cheval.

À mesure que la soirée s'avançait, nous apportions plus d'attention aux bruits du dehors. De temps en temps l'une de nous laissait échapper un gros soupir, et on ne savait pas si ce soupir s'en allait plein de regrets vers la fête ou s'il était causé par la fatigue de la veillée.

Un peu avant minuit, Bergeounette fit entendre une sorte de chant très lent et triste comme une plainte. Aussitôt Duretour se moqua :

« Voilà un air gai pour le réveillon.

– C'est un vieux noël que ma mère me chantait quand j'étais petite », répondit Bergeounette.

Elle ajouta en remuant tout son corps comme d'habitude :

« C'est l'histoire de Joseph et Marie à Bethléem. »

Et tout de suite elle commença :

Allons, chère Marie,
Devers cet horloger.
C'est une hôtellerie,
Nous y pourrons loger.

Et la voix de Bergeounette se fit soudain très douce, comme devait l'être celle de Marie, en répondant :

La maison est bien grande,
Et semble ouverte à tous.
Néanmoins j'appréhende
Qu'elle ne le soit pour nous.

Gabielle s'aperçut qu'elle perdait du temps à écouter le noël. Elle fit ronfler sa machine, et les paroles de Joseph, demandant asile pour sa femme, furent presque étouffées par le bruit. Cependant, on put entendre une voix irritée qui disait :

Les gens de votre sorte,
Ne logent point céans.
Frappez à l'autre porte,
C'est pour les pauvres gens.

À travers le bruit de la machine, on suivait Joseph et Marie allant de porte en porte, et recevant sans cesse des refus et souvent des injures.

Le maître du Grand Dauphin n'avait « ni lit ni couverture » et M. La Rose-Rouge offrait à Marie un coin sur la paille avec les valets. Une femme s'apitoyait enfin sur le sort de Marie, elle disait avec surprise :

Vous paraissez enceinte
Et prête d'accoucher.

Et Marie, lasse et résignée, répondait :

Je n'attends plus que l'heure,
Non plus que le moment.
Et ainsi je demeure
À la merci des gens.

Mais du fond d'un couloir un homme rappelait « la bavarde » qui s'attardait sur la porte, et la femme rentrait à regret dans sa maison en disant :

C'est mon mari qui crie,
Il faut nous séparer.

La machine à coudre s'était arrêtée. Toutes les ouvrières se taisaient et, pendant un long moment, on n'entendit plus que le bruit des dés contre les aiguilles, et le froissement doux et chaud des fourrures contre les étoffes.

Le visage brun de Bergeounette avait un peu perdu de sa fermeté, lorsqu'elle dit dans le silence :

« Maintenant, Joseph et Marie s'en vont vers l'étable. »

La machine à coudre se remit à ronfler.

Le battement de sa pédale faisait penser à un chien qui aboie furieusement après de pauvres gens qui passent trop près d'une maison bien gardée. L'aboiement se ralentissait pour reprendre l'instant d'après, et Bergeounette regardait constamment vers la fenêtre, comme si elle espérait voir passer Joseph et Marie.

Au-dehors, le roulement des voitures s'espaçait. C'était maintenant, sur l'avenue, le piétinement des groupes qui revenaient de la messe de minuit. Et tout à coup, deux voix discordantes s'élevèrent pour chanter :

Il est né, le divin enfant.

Gabielle se mit à rire. Tous les visages prirent un air de contentement comme à l'annonce d'une grande joie et bientôt l'atelier s'emplit de bavardages et de chant.

Presque toutes gardaient un noël au fond de leur mémoire. La grande voix de Bouledogue fit entendre un air enfantin qu'elle avait appris à l'école, et personne ne se moqua de celui que Roberte entonna d'une façon tout à fait ridicule.

La douce voix de Mme Dalignac s'éleva aussi, et je me souvins moi-même d'un noël où l'on voyait les bergers solognots quitter leur troupeau pour aller porter des présents à l'enfant divin.

Sylvain lui porte un agnelet,
Son petit-fils, un pot de lait
Et deux moineaux dans une cage.
Robin lui porte du gâteau,
Pierrot lui porte du fromage
Et le gros Jean, un petit veau.

La nuit était très avancée lorsque les vêtements furent terminés, mais personne n'en fit la remarque. Les tabourets furent rangés avec bonne humeur, et la descente de l'escalier fut pleine de rires.

Un froid vif nous surprit en bas. La lune haute et brillante éclairait l'avenue, comme si quelqu'un l'eût allumée exprès pour cette nuit de fête. Et pour finir le réveillon, Duretour nous entraîna dans une joyeuse ronde en chantant de sa voix fausse les derniers mots de mon noël :

Et nos troupeaux, laissons-les là.
Et nos troupeaux, laissons-les là.

Depuis le jour où Clément était entré dans ma petite chambre, ma vieille voisine semblait avoir oublié les vignes de son pays pour ne plus se souvenir que de son amour malheureux. Elle en parlait comme d'une histoire récente, et quand il m'arrivait de la regarder par hasard, j'étais toujours étonnée de la trouver vieille.

Elle ne se rappelait absolument rien de son enfance. Toutes ses peines et toutes ses joies dataient de ses dix-huit ans, comme si la vie n'eut vraiment commencé pour elle qu'à cet âge.

C'était à ce moment-là que l'amour était entré dans son cœur. Il y était entré si profondément que rien n'avait pu l'en chasser et que je l'apercevais comme un feu mystérieux qui la réchauffait sans cesse et empêchait ses lèvres de se flétrir.

Tout au début de ses confidences, elle avait mis un peu d'amertume dans son accent, pour dire : « Il nous voyait si coquettement vêtues, ma sœur et moi, qu'il s'imagina que nous étions riches ; mais quand il sut que nos parents ne nous donneraient pas même une livre d'or en mariage, il se détourna de moi pour en épouser une autre. »

Son état d'exaltation augmenta avec l'idée que je pourrais devenir un jour la femme de Clément. À l'atelier, elle était à l'affût de tout ce que pouvait dire Mme Dalignac sur son neveu. Et le soir elle n'attendait pas toujours que nous fussions chez nous pour me répéter qu'elle désirait ce mariage de tout son cœur. Elle faisait des projets à ce sujet, et s'il m'arrivait d'en rire, elle se fâchait. Puis, elle parut oublier qu'il s'agissait de mon avenir et non du sien, et bientôt elle parla de ce mariage comme d'un bonheur qui lui était dû.

En ce jour de Noël, notre maison ressemblait à une cage ouverte. Les enfants s'en échappaient avec des cris joyeux et les appels des parents se perdaient dans la dégringolade continuelle de l'escalier.

Pour tout le monde c'était un beau jour de fête, mais pour Mlle Herminie, c'était surtout un jour de beaux souvenirs.

Il était tout pareil à celui-ci, le Noël qui avait vu son fiancé dans la maison de ses parents, et, tout comme aujourd'hui, les enfants battaient joyeusement du tambour et soufflaient à grands coups dans des trompettes de fer-blanc. Notre repas préparé avec soin la laissa presque indifférente, tant elle avait de choses à dire.

Je l'écoutais parler. Une sorte de jeunesse lui mettait du rouge aux joues et ses rides paraissaient moins creuses.

Cependant, lorsqu'elle eut dit tout au long la joie de ce jour lointain, elle ramena ma pensée vers Clément.

Nous savions par Mme Dalignac qu'il viendrait en permission pendant les fêtes et qu'il profiterait de ce temps pour parler d'une chose très sérieuse qui engagerait toute sa vie.

Le patron s'était moqué au reçu de la lettre de Clément :

« Té ! c'est clair, il va t'annoncer qu'il est amoureux d'une belle jeune fille et qu'il veut se marier. »

Mme Dalignac n'avait rien répondu, mais son regard était devenu fixe comme si elle cherchait à voir au loin la belle jeune fille que son neveu avait choisie.

Était-ce moi ? comme il me l'avait assuré lors de sa visite, et comme le désirait si ardemment Mlle Herminie. Un doute me venait. Je n'avais pas revu Clément quoiqu'il fût venu plusieurs fois en permission depuis ce jour-là. Et si, dans ses lettres à Mme Dalignac, il parlait des ouvrières, mon nom n'était pas cité plus souvent que celui de Duretour ou de Bergeounette. Je n'en ressentais ni ennui ni joie. Rien ne m'éloignait de Clément, mais rien non plus ne m'attirait vers lui, et s'il n'avait pas été le neveu de Mme Dalignac, j'aurais eu vite fait de l'oublier.

Maintenant que nous avions approché nos chaises très près du poêle, Mlle Herminie parlait encore de son amour. Ses souvenirs s'échappaient un à un et me faisaient penser à de jolis oiseaux s'envolant par la chambre. Elle-même prenait par instants une forme merveilleuse dans ma pensée, tant elle mettait de nuances dans le son de sa voix et tant elle m'apparaissait loin du présent. Elle ne s'apercevait pas que le froid entrait en sifflant sous la porte et qu'il cherchait à nous mordre aux jambes. Elle n'entendait pas grandir la colère du vent qui charriait une neige dure et la poussait par rafales dans les vitres. Et elle ne vit pas davantage l'obscurité se lever de tous les coins pour venir lentement s'étendre sur nous. Elle ne regardait que le petit poêle rond qui rougissait par en haut. Et lorsque le couvercle fut devenu semblable à une boule de feu, et qu'on ne vit plus que lui et la lueur qu'il mettait au plafond, Mlle Herminie cessa de parler et s'endormit.

Je me levai sans bruit pour aller jusqu'à la fenêtre. Sur le boulevard bien éclairé, des groupes de gens se hâtaient en riant et parlant haut. Leurs ombres se mêlaient en se traînant à leurs pieds et leurs parapluies recouverts de neige semblaient d'énormes fleurs qu'un grand vent aurait balancées. Au-dessus des toits la nuit n'était pas encore complète, mais le ciel était si bas que j'imaginais pouvoir le toucher rien qu'en étendant un peu la main. Et là-bas, très loin, par-dessus les maisons, une cheminée d'usine lançait une épaisse fumée que le vent rabattait et qui s'allongeait vers moi, lourde et noire comme une menace.

Un appel de Mlle Herminie me fit revenir vers le poêle :

« Ne laissez pas éteindre le feu », disait-elle.

J'allumai d'abord la lampe et j'aperçus la vieille femme toute diminuée, et comme ratatinée sur sa chaise. Le rouge de ses joues s'en était allé et ses rides se creusaient profondément à chaque coin de sa bouche.

Elle fit silence un bon moment, puis, quand elle eut resserré ses jupes autour de ses jambes, elle parla de nouveau. Mais la mémoire aux jolis souvenirs s'était fermée et celle qui s'ouvrait maintenant ne contenait que des plaintes et des regrets.

J'activai le feu, mais le poêle eut beau faire rougir encore une fois le couvercle, Mlle Herminie resta grave et pleine de mélancolie.

Nos vacances ne devaient durer qu'une semaine ; aussi, malgré le mauvais temps, j'entraînais chaque jour ma vieille voisine à la promenade.

Elle n'apportait pas beaucoup d'attention aux choses de la rue. Elle s'appuyait à mon bras en continuant à parler de sa jeunesse, et quand elle ne trouvait plus rien à dire sur elle-même, elle contait les joies et les douleurs des autres. Dans notre quartier il n'y avait que le boulevard Saint-Michel qui la rendait attentive. Elle aimait ses trottoirs bruyants et encombrés où l'on rencontrait des couples jeunes qui s'embrassaient tout en marchant.

En dehors de ce boulevard, c'était surtout au Luxembourg que je la conduisais.

Par ces jours d'hiver le jardin semblait être devenu notre propriété. Des passants le traversaient dans un sens ou dans l'autre, mais personne ne s'y arrêtait. Il ne fallait pas songer non plus à nous y arrêter. Le vent qui soufflait sur la terrasse faisait baisser la tête à Mlle Herminie et coupait par le milieu ses plus belles histoires. Nous marchions à l'aventure, et le plus souvent, nous ne dépassions pas la pépinière dont les allées étaient les mieux abritées. Tout à côté, c'était le grand bois, un bois où les arbres gardaient tous la même distance et où l'herbe n'avait jamais poussé entre les cailloux. Tout y était de couleur sombre, les bancs se mêlaient à la terre et aux branches, et la baraque de guignol avait l'air d'une hutte abandonnée. Au loin dans les allées pleines de brouillard, des formes grises passaient, se croisaient et disparaissaient.

Dans la pépinière les arbres n'étaient pas moins noirs, et il ne restait aux pelouses qu'un semblant de verdure, mais les buis et les fusains conservaient toute l'épaisseur de leur feuillage d'été.

Dès notre entrée les moineaux nous reconnaissaient. Ils arrivaient par groupes au-devant de nous et volaient jusque sur nous pour prendre le pain que nous apportions. Les merles restaient à l'écart et se sauvaient tout peureux à notre approche, mais les pigeons réclamaient leur part avec insistance, et nous suivaient comme des mendiants. Tout comme les bancs du jardin, les oiseaux se confondaient avec la terre. Leurs belles teintes brillantes, leurs beaux plumages lisses avaient disparu. Les pigeons, surtout, semblaient être vêtus de laine usagée. Ils avaient perdu leur vivacité aussi, et sautillaient frileusement autour de nous. À notre départ, ils s'envolaient lourdement pour s'abriter dans l'encoignure des branches. Quelques-uns se perchaient au plus haut des arbres et, dans le soir tombant, ils ressemblaient à de vieux nids que le vent d'hiver n'avait pu jeter bas.

Seules les chaises de fer qu'on rencontrait de-ci de-là ne se mêlaient à rien. Toutes se ressemblaient par la rouille et l'usure ; mais chacune d'elles restait distincte comme un être vivant.

Quelques-unes tombées en travers du chemin semblaient accroupies comme des chiens de garde, tandis que d'autres bien étendues sur le dos paraissaient disposées à dormir longtemps.

Au milieu d'un groupe rangé en cercle, l'une d'elles juchée en équilibre sur sa sœur et balancée par le vent laissait échapper des cris aigus que les autres semblaient écouter en silence.

Deux couchées face à face à l'abri d'un massif avaient l'air de se parler tout bas, tandis qu'une troisième, à moitié cachée par un banc, se penchait sur elles comme pour surprendre leur secret.

Il y en avait dont la pose était si pénible à voir, que nous ne pouvions nous empêcher de les redresser.

Beaucoup étaient solitaires et nous surprenaient au passage comme des êtres mystérieux. Bien dissimulées contre un arbre, elles semblaient s'y appuyer seulement de l'épaule et levaient un pied.

Le jour de l'an était notre dernier jour de fête ; mais le froid devint si dur et le ciel si chargé de nuages que Mlle Herminie refusa de sortir. Elle ramena de chez elle un vieux fauteuil délabré qu'elle eut bien du mal à mettre d'aplomb. Puis, quand elle se fut enfoncée dedans au point de ne plus pouvoir en sortir sans aide, elle dit d'un ton très net :

« À présent, j'attends mes étrennes. »

Ses étrennes !

Le rire qui nous gagna brusquement se prolongea, car, pas plus que moi, elle n'en pouvait attendre de personne.

Pour conjurer la mauvaise chance de l'année nouvelle, j'avais acheté dès le matin un petit bouquet de violettes, que nous avions partagé avec le soin le plus méticuleux. Une violette échappée du bouquet et tombée à terre pendant le partage avait même été le sujet d'une longue discussion. J'avais voulu la joindre à la part de Mlle Herminie en lui assurant qu'elle représentait pour elle une année de plus à vivre, mais elle l'avait refusée, prétendant que la fleur tombée était la part du destin. Et, sans perdre une minute, elle lui avait confectionné un minuscule vase en papier et l'avait posé au plus bel endroit de la cheminée.

Malgré le froid, notre maison n'était pas moins bruyante qu'au jour de Noël. Les lapins-tambours, les moutons bêlants et les carabines à répétition menaient le même vacarme dans l'escalier. Aussi, lorsque j'entendis frapper à ma porte, je ne bougeai pas, croyant qu'un enfant la heurtait par mégarde, mais les coups furent répétés avec plus de force et je me levai pour ouvrir.

C'était Mme Dalignac, un peu essoufflée d'avoir monté trop rapidement les étages.

Avant même d'entrer elle me demanda très vite :

« Est-ce vrai que vous voulez bien épouser Clément ? »

Je restais interdite et je me sentis rougir violemment.

Elle attendit à peine et reprit en abaissant vers moi son front qui dépassait de beaucoup le mien.

« Dites. Est-ce bien vrai ? »

Toute sa tendresse, tout son désir de bonheur pour son neveu éclatait si fort dans le tremblement de sa voix que je fis oui de la tête sans détacher mon regard du sien.

Elle laissa partir son joli rire vers le patron qui arrivait à son tour, et lui dit :

« Tu vois ! Clément n'a pas menti. »

Le premier sourire du patron avait été pour sa femme, mais dans celui qu'il m'adressa ensuite il y avait un réel contentement.

Clément entra aussi avec un visage content.

Il se dandinait un peu dans son bel habit militaire, mais ses gestes étaient bien mesurés, et son regard se posa sur moi avec un grand calme.

Mme Dalignac expliqua tout en faisant asseoir son mari :

« C'est ce matin que Clément nous a parlé de vous. »

Elle ajouta comme si elle s'excusait d'être venue :

« C'était trop grave, je ne pouvais pas attendre jusqu'à demain votre réponse. »

Clément ne resta pas longtemps sans rien dire. Il fut même presque le seul à se faire entendre pendant le temps qui suivit. Il exposa lentement et nettement ses projets d'installation et de travail, et, à la façon dont il parla de notre futur ménage, je compris qu'il y avait longuement réfléchi.

Je suivais ses paroles sans en laisser perdre une seule. De temps en temps mon regard rencontrait le sien, mais la confiance en soi-même que j'y retrouvais chaque fois, m'obligeait à rechercher celui de Mme Dalignac qui restait un peu suppliant et plein d'espoir.

Le jour baissa tout à coup et la neige se mit à tomber. Elle tourbillonnait molle et légère comme du duvet fin et Mlle Herminie nous la montrait du doigt en disant selon son habitude :

« Les anges secouent leurs ailes. »

Clément ne s'attarda guère à regarder la neige. La boutique de tapissier, bien décorée et bien achalandée où il se voyait déjà le maître, absorbait toute son attention. Il me prévint que notre mariage aurait lieu dès son retour du régiment et ses yeux s'adoucirent tout à fait, lorsqu'il me dit en se levant :

« Vous me serez très utile dans mon métier, et je suis sûr que vous ne regretterez rien. »

Il allait commencer une autre phrase ; mais le patron l'en empêcha en se moquant :

« Eh ! on ne sait jamais… Ne chante pas si vite… donque. »

Clément rit avec nous et Mme Dalignac, qui s'était levée en même temps que lui, étendit la main pour me dire :

« Croyez-moi, c'est un bon garçon… »

Elle riait doucement. Et toute la joie qui était en elle semblait se répandre autour d'elle.

Avant de partir, Clément jeta un rapide coup d'œil sur la plupart des objets comme s'il en faisait le compte. Puis il déplaça les deux bouquets du matin qu'il trouvait trop rapprochés l'un de l'autre, et après avoir flairé la petite violette solitaire, il la prit et la mit sans façon à la boutonnière de sa tunique. Il sortit derrière le patron et sa femme, et comme au jour où il était venu seul, je demeurai longtemps penchée sur la rampe de l'escalier.

Je retrouvai Mlle Herminie le front collé à la vitre. Elle gardait les yeux fermés, et ses mains se joignaient sous son menton.

Je restais silencieuse à côté d'elle. Devant nous les toits commençaient à retenir la neige. Les poteries déteintes des cheminées s'alignaient et semblaient se presser les unes contre les autres pour se garantir du froid. Parmi elles les longues cheminées de tôle se dressaient sous le capuchon de leurs girouettes, et tournaient obstinément vers nous l'entrée de leur gouffre noir.

Mlle Herminie revint à son fauteuil, et moi au petit banc qui me rapprochait d'elle ; cependant le reste de la soirée nous trouva souvent en désaccord. Et à l'heure du coucher, la pauvre vieille me dit tout attristée :

« Mes étrennes sont belles, mais je ne sais s'il faut m'en réjouir ou pleurer. »

Cette nuit-là, je rêvai que Clément m'avait fait monter sur le siège d'une toute petite charrette, où il n'y avait de place que pour un seul. J'étais si serrée entre lui et la ridelle que j'en perdais le souffle. Clément ne se doutait de rien. Il tenait les guides à pleines mains et lançait hardiment le cheval sur un chemin tout encombré de bois coupé. La voiture restait d'aplomb et la bête bien tenue ne trébuchait pas, mais voilà qu'au tournant d'un petit pont, le chemin se fermait brusquement en cul-de-sac, et avant que Clément ait pu arrêter son cheval, il s'abattait lourdement et la charrette culbutait. Deux fois de suite je fis ce rêve et, la deuxième fois, je sentis mes membres toucher si rudement la terre que j'eus peur de me rendormir. Je me mis sur mon séant pour échapper au sommeil, et je cherchai à reconnaître les bruits du dehors. Ils avaient changé de son. La voix des passants attardés m'arrivait sans le choc de leurs pas, et je devinais le passage des fiacres sans en entendre le roulement. Puis l'église Notre-Dame-des-Champs sonna un coup qui me sembla très proche et très loin tout à la fois, comme si la cloche eût été enveloppée d'étoffes. Alors, pour faire cesser l'angoisse qui commençait à m'oppresser, je sautai à bas du lit et courus à la fenêtre.

C'était la neige qui étouffait les sons. On ne la voyait pas tomber ; mais elle s'étalait épaisse et blanche sous les lumières. Et là tout près, sur le trottoir d'en face, un bec de gaz faisait reluire les flocons qui tournaient autour de lui comme de gros papillons blancs.

Je retournai à mon lit. Et longtemps, dans le silence de la nuit, je suivis par la pensée le vol des anges qui secouaient leurs ailes sur Paris.

Au matin, lorsque Mlle Herminie m'éveilla, un vent glacé soufflait sur la ville. Le temps s'était éclairci et des milliers de petits nuages blancs fuyaient dans le ciel en volant très haut.

En bas, des hommes rangés en ligne attaquaient la neige à grands coups de balai et tous ensemble la poussaient à l'égout, comme une chose malpropre.

L'HIVER ÉTAIT PARTI, et le soleil entrait de nouveau dans l'atelier. Mais si le printemps faisait l'air plus doux et chargeait de fleurs les marronniers de l'avenue, il semblait emporter jour par jour toute la fraîcheur et toute la gaîté de Gabielle. Elle-même ne comprenait rien à l'état de langueur qui lui rendait le travail pénible et lui ôtait toute envie de rire. Ses lèvres si roses étaient maintenant sans couleur et l'ombre qui entourait ses yeux faisait paraître ses joues encore plus pâles.

Chacune de ses compagnes croyait connaître le remède qui pouvait conjurer son dépérissement et les conseils ne lui manquaient pas :

« Buvez sur la sauge et la petite centaurée », lui criait Félicité Damoure.

Et elle énumérait ensuite une si grande quantité de plantes à joindre à celles-ci, que le patron s'amusait à les lui faire répéter à la file, sous prétexte d'en retenir les noms. Bergeounette conseillait surtout le bruit et le mouvement. Et Duretour, qui n'aimait pas les tisanes, assurait que seul un fiancé pouvait ramener la belle santé que Gabielle avait perdue.

« Paris n'est pas bon pour vous », lui disait de son côté Mme Dalignac.

Et elle l'engageait vivement à retourner dans son pays. Le patron bougonnait :

« Si elle s'en va, tu perdras ta meilleure mécanicienne. »

Gabielle reconnaissait que Paris n'était pas bon pour elle. De plus, elle avouait qu'il lui faisait peur, mais elle était bien décidée à y rester une année encore. Elle comptait y travailler dur, afin d'amasser un petit pécule qui prouverait à ses parents qu'elle était capable de vivre sans leur secours et assez raisonnable pour se marier à son goût. Cependant, comme son état ne s'améliorait pas, Mme Dalignac s'inquiéta de ses traits tirés et l'obligea de consulter M. Bon, le jour où il vint faire sa visite au patron. Tandis qu'elle quittait sa machine pour venir à lui, M. Bon la regarda des pieds à la tête. Il ne lui fit pas de questions, mais il défit adroitement les boutons qui fermaient mal le corsage et il toucha l'un après l'autre les seins qu'on devinait très pleins et qui restaient très hauts, sous la chemise.

Il eut un sourire en refermant le corsage, puis il regarda Gabielle bien en face pour lui dire :

« Le mal n'est pas grand, quand une belle fille comme vous met un enfant au monde. »

Il s'informa seulement de son âge et la renvoya d'un ton amical :

« Allez ! belle jeunesse. »

Et comme Mme Dalignac attendait avec ses ciseaux en l'air, il ajouta un peu plus bas en se tournant vers nous :

« Elle est grosse de cinq à six mois. »

Gabielle s'était remise tout de suite au travail. Mais dès que M. Bon fut parti, elle se leva pour demander à Mme Dalignac :

« Qu'est-ce qu'il a dit que j'avais ? »

Toutes les machines s'arrêtèrent comme si elles attendaient aussi la réponse.

Mme Dalignac eut une hésitation, puis elle rougit en répondant :

« Il a dit que vous auriez bientôt votre enfant. »

Gabielle plissa le front et tendit l'oreille comme les gens qui croient avoir mal entendu ; cependant elle dit entre haut et bas :

« Mon enfant. Quel enfant ?

– Mais, celui que vous portez… Vous devez bien savoir que vous êtes enceinte. »

Non, Gabielle ne le savait pas, et tout le monde le comprit à l'expression d'épouvante qui se répandit sur ses traits déjà si décolorés. Elle passa à plusieurs reprises ses mains autour de sa taille et elle se rassit brusquement. Puis son visage se colora et elle se mit debout en disant avec un peu de colère :

« Il n'y a que les filles malhonnêtes qui deviennent enceintes, et je n'en suis pas une. »

Bergeounette se rebiffa comme si elle recevait l'injure :

« Laisse donc l'honnêteté tranquille ! Ta grossesse prouve seulement que tu as un amoureux. »

Le regard de Gabielle s'arrêta un instant sur elle, puis ses lèvres s'ouvrirent comme si elle allait parler, mais ce fut son rire qui sortit le premier. Il partit plein d'éclats comme nous l'avions toujours connu, et presque aussitôt des mots le suivirent. C'étaient des mots tout chargés de rire et de défi :

Non, elle n'avait pas d'amoureux. Elle n'était pas si bête. Elle savait trop bien qu'une fille qui a un amoureux peut avoir un enfant, et qu'une fille qui a un enfant est une créature malhonnête que tout le monde rejette.

Son amoureux, elle le choisirait à son goût pour se marier comme sa mère et avoir un ou deux enfants, pas plus, parce qu'il faut d'abord leur faire une bonne santé, et ensuite leur donner le temps d'apprendre un bon métier, pour qu'ils puissent à leur tour continuer de vivre honnêtement.

Son grand rire reparut en s'élargissant, et les mots repartirent tout traversés de ricanements :

Les amoureux pouvaient tourner autour d'elle ; ils perdaient leur temps. Elle n'avait pas envie de ressembler à Marie Minard qui habitait une mauvaise cabane au bout du pays et dont l'enfant était devenu infirme faute de soins. Celle-là aussi était couturière autrefois, mais à l'annonce de sa grossesse, sa patronne l'avait chassée de l'atelier, et depuis ce temps, c'était par pure charité que les gens du pays l'employaient aux travaux les plus durs.

Le rire de Gabielle s'échappa encore avec une grande puissance, tandis qu'elle tournait sur ses talons pour montrer la finesse de sa taille.

Elle paraissait si sûre d'elle-même et son corps gardait une forme si parfaite que tout le monde fut bien forcé de croire que M. Bon s'était trompé. Et pendant que les machines se remettaient au travail, Bergeounette chantonna d'un ton ironique la chanson du *Paradis terrestre* :

Dans ce jardin tout plein de fleurs
Et de douceur,
Le serpent rencontra la belle,
Et lui parla.

Des jours passèrent, et comme Gabielle ne se plaignait plus, ses compagnes ne s'occupèrent plus d'elle.

Mais il n'en était pas de même du patron, il la suivait des yeux avec insistance, et un soir, au moment où elle sortait, il l'arrêta :

« Eh ! dites-moi. Votre ceinture ne tardera pas à craquer. »

Il ajouta malicieusement avant que Gabielle eût trouvé un seul mot à répondre :

« Cela se voit maintenant. »

C'était vrai. La taille de Gabielle était devenue si épaisse qu'elle faisait tirailler sa jupe et obligeait l'étoffe à revenir par-devant.

Bergeounette, qui tenait la porte pour sortir aussi, revint vivement sur ses pas. Elle avait son air de bataille et semblait prête à défendre quelqu'un, mais au premier regard sur Gabielle, elle dit seulement à notre adresse :

« Elle ne doit compte d'elle-même à personne. »

Gabielle s'était accotée à la table de coupe en cachant sa figure dans son bras, comme une gamine qui craint les coups.

« N'aie pas honte, va ! Toutes les filles ont des amoureux », lui dit Bergeounette.

Et tout doucement elle lui découvrit le visage.

Alors Gabielle parla d'un ton navré :

« Je le vois bien, que je vais avoir un enfant, mais je ne sais pas comment cela peut se faire, puisque je n'ai pas d'amoureux.

– Est-ce qu'il vous a abandonnée ? demanda Mme Dalignac.

– Non.

– Est-ce qu'il est mort ? demanda à son tour Bergeounette.

– Non », répondit encore Gabielle.

Devant notre silence, elle reprit :

« Personne ne me croira, et pourtant je dis la vérité. Je n'ai jamais eu d'amoureux. »

Bergeounette prit le parti de rire.

« Comment ! tu étais toute seule pour faire cette merveille ?

– Je ne sais pas », dit Gabielle.

Et elle nous regardait comme si elle attendait de nous des éclaircissements sur son état.

À travers des questions très précises, Bergeounette continuait ses plaisanteries. Et toujours Gabielle répondait avec un air de chien perdu :

« Je ne sais pas. »

Puis, comme le patron commençait de blaguer aussi, elle se mit à pleurer.

Le doux visage de Mme Dalignac devint plein de pitié :

« Cessez de la tourmenter, dit-elle. Vous voyez bien qu'elle ne sait rien. »

Elle ajouta en posant une main sur le front lisse de Gabielle :

« La vérité se fera jour d'elle-même. »

La vérité se fit jour dès le lendemain. Gabielle, qui avait pris le temps d'élargir la ceinture de sa jupe, arriva en retard contre son habitude et il lui fallut déranger deux de ses compagnes pour gagner sa place. Ses paupières gonflées et sa façon de passer entre les machines avec la crainte de s'y heurter apprirent vite à chacune que M. Bon ne s'était pas trompé. Il y eut des exclamations et des rires parmi les nouvelles, et dans le coin des anciennes, Bouledogue écoutait attentivement ce que lui chuchotait Bergeounette.

À la fin de la journée, Bouledogue s'attarda pour rappeler à Gabielle son absence de tout un jour à la suite du dimanche de bal.

Gabielle ne semblait pas l'avoir oubliée ; car aux premiers mots elle devint très rouge et dit :

« Oui, je suis sûre que mon malheur vient de là. »

Et elle nous apprit ce qu'elle n'avait pas osé dire encore, tant elle avait craint les moqueries.

Elle ne savait pas du tout comment elle avait quitté le bal. Elle se souvenait seulement d'avoir eu très chaud, et d'avoir bu avec son dernier danseur. Puis, le jour suivant, elle s'était réveillée bien après midi dans une chambre qui n'était pas la sienne. Longtemps elle avait cherché à comprendre, et n'y parvenant pas, elle avait appelé, mais personne n'était venu. Alors une peur affreuse l'avait fait se vêtir en hâte et fuir la maison sans regarder derrière soi. Où était cette maison ? Comment s'appelait la rue ? Gabielle ne le savait pas, et elle comprenait bien qu'elle ne retrouverait jamais ni l'une ni l'autre.

La voix de Bouledogue gronda :

« Vous n'aviez guère la tenue d'une fille honnête à ce bal, et je peux bien dire que c'était une honte de vous voir pendue au cou de vos danseurs.

– J'avais tant de plaisir », dit Gabielle.

Son air innocent était si naturel qu'un léger rire échappa au patron.

Par contre, Bouledogue railla durement et ses sarcasmes apportèrent tant de confusion à la pauvre Gabielle, que Bergeounette prit sa défense et rembarra Bouledogue :

« Toi qui as la langue si sûre, à force d'aller au bal il t'arrivera bien un jour la pareille.

– Non », fit sèchement Bouledogue.

Et elle souffla violemment par le nez avant d'ajouter :

« Moi, je ne vais au bal que pour danser. »

Le travail continua de battre son plein et Gabielle ne fit pas moins ronfler sa machine que par le passé. Il lui arriva seulement de l'arrêter un peu brusquement pour poser deux questions à Bergeounette :

« Alors ! il me faudra aussi accoucher ?

– Bien sûr !

– Comme une femme mariée ?

– Dame oui ! tout pareil », répondit Bergeounette en se moquant un peu.

La machine repartit d'un train qui mit longtemps à reprendre son aplomb.

Quand elle en fut à son huitième mois, Gabielle se montra pleine de révolte. Toute sa colère qu'elle ne savait à qui adresser retombait sur l'enfant à naître.

« Voyez un peu comme il m'arrange », disait-elle.

Et elle rejetait ses bras en arrière pour accentuer sa difformité.

Il devint bientôt impossible d'imaginer qu'elle avait pu être aimable et rieuse.

C'était maintenant une femme au visage dur et à l'air désenchanté qui portait sa grossesse comme un mal affreux et insupportable. Pendant le jour, dans le bruit assourdissant de l'atelier, elle semblait parfois oublier son état, mais le soir après le départ des autres, elle laissait échapper toute sa rancune contre l'enfant.

« Je n'en veux pas. Il n'est pas à moi », répétait-elle avec force.

Et elle se répandait en imprécations et menaces si violentes contre l'innocent que le patron s'en offusqua et parla de la faire taire.

Sa femme l'en empêcha :

« Laisse-la dire ! Tout son ressentiment va s'en aller en paroles, et quand son enfant sera là, elle l'aimera. »

Dans l'espoir de l'apaiser, Bergeounette essaya de détourner sa pensée en lui parlant de ses parents. Mais ce fut pis encore, car les regrets s'en mêlèrent et vinrent augmenter la colère de Gabielle.

Depuis son aventure du bal, alors qu'elle n'en prévoyait pas les suites, elle avait pensé chaque jour à son retour dans les Ardennes. Que de fois elle s'était vue arrivant chez ses parents, vêtue d'une jolie robe gagnée et cousue de ses mains et comme alors elle avait senti son courage se doubler en pensant à toute la tendresse qui l'attendait dans sa maison. Maintenant, elle savait qu'elle ne retournerait plus au pays. Elle ne gardait même plus l'espoir de revoir un jour ses parents, car elle était certaine que sa mère la renierait :

« Jusqu'à ce bel amoureux que j'ai refusé ! disait-elle, et qui ramasserait des pierres à pleines mains pour me les jeter. »

Et à l'idée de tant de mépris sur elle, Gabielle s'emportait jusqu'à la fureur ou pleurait sans fin.

Un autre tourment vint l'affliger encore.

Dans la rue elle ne pouvait supporter le regard des passants quoique Mme Dalignac lui eût fait un manteau qui la couvrait jusqu'aux pieds. Il en fut bientôt de même à l'atelier où elle s'attira les rebuffades de ses compagnes.

Mme Dalignac exhortait tout le monde à la patience, et affirmait sans cesse qu'une grossesse n'avait jamais enlaidi personne. Parfois même, avec des gestes très doux, elle passait ses mains sur l'énorme ballon que Gabielle avançait, et avec un joli sourire elle disait :

« Quant à moi, je ne connais rien de plus beau qu'une femme enceinte. »

Le patron ne manquait pas de dire comme sa femme, et pour faire cesser le rire en sourdine de Duretour, il l'interpellait à haute voix :

« N'est-ce pas que c'est vrai ? »

Et Duretour, le nez sur ses paquets, clamait comme un gamin à l'école :

« Oui, m'sieu. »

JACQUES REVENAIT COMME AUTREFOIS dans la pièce de coupe. L'ancienne voisine de Sandrine nous en avait raconté long sur les tourments du pauvre garçon.

Son divorce d'abord, que sa femme avait facilement obtenu contre lui, et dans le même temps, la grande maladie qui avait fait mourir sa mère. Puis, lorsque tout lui avait manqué à Paris, il s'en était allé au pays de Sandrine vers ses deux petits et leur grand-mère dont il ne savait plus rien depuis des mois. Mais là encore tout lui avait manqué. La mère de Sandrine n'avait pas pu supporter son dur chagrin, et il avait fallu aussi la conduire au cimetière. Et pour que le malheur fût complet, comme les enfants ne portaient pas le nom de leur père et qu'il ne leur restait aucun parent, on les avait mis à l'Assistance publique comme de petits abandonnés. Maintenant Jacques s'enfermait chaque soir avec sa peine dans la petite chambre de Sandrine où il s'était installé à demeure. Sa voisine, qui le prenait en grande pitié, nous appelait à son secours :

« Si personne ne lui tend la main, il mourra aussi. »

Et elle avait ajouté avec un air de crainte :

« Il y a des nuits où il pleure comme un fou. »

La première visite de Jacques n'avait guère duré qu'un quart d'heure, et il était reparti plus défait qu'à son arrivée. Cependant il était revenu au bout d'une semaine, et maintenant ses visites se faisaient plus régulières. Quelquefois encore, il passait sur le trottoir d'en face sans oser monter, mais le patron qui l'aimait le guettait et lui faisait des signes. Cela l'amusait, et il riait pour nous dire : « Je fais comme Bergeounette avec son manchot. »

Jacques ne se faisait pas répéter les signes et peu après son grand corps apparaissait dans la porte. À mesure que les jours se déroulaient, il devenait plus expansif, et bientôt il put parler du passé sans que sa voix s'effaçât trop brusquement.

Mme Dalignac imaginait mille moyens qui lui permettraient de reprendre ses enfants, mais aucun n'était possible. Il eût fallu avant tout une femme à Jacques.

« Bien sûr, disait-elle. Il ne manque pas d'hommes veufs qui se tirent d'affaire avec deux enfants. Mais Jacques… »

Et son bras levé très haut restait comme en suspens.

Elle en vint tout naturellement à penser à Gabielle qui était honnête et courageuse.

Elle croyait qu'un mariage entre elle et Jacques était une chose raisonnable qui pouvait rendre à tous deux la tranquillité et leur apporter un peu de bonheur dans l'avenir.

Elle dit à Jacques :

« Vous aurez trois enfants dès votre entrée en ménage. Voilà tout. »

Jacques se fit tout de suite à l'idée d'épouser Gabielle. Il la trouvait plus à plaindre que lui encore, et tout ce que disait Mme Dalignac lui semblait juste.

Il ne fut pas aussi facile de parler à Gabielle, tant elle apportait d'indifférence à la personne de Jacques. Il ne comptait pas plus pour elle qu'une machine à coudre ou que la table de coupe contre laquelle elle s'appuyait dans ses moments de désespoir, et jamais elle ne s'était inquiétée de sa présence, lorsqu'elle étalait ses colères ou laissait couler ses larmes.

Jacques avoua modestement :

« Je crois bien qu'elle ne m'a jamais regardé. »

Pour attirer l'attention de Gabielle il lui offrit plusieurs fois son bras dans la rue. Elle acceptait, tout heureuse d'avoir l'air d'une femme mariée aux yeux des passants ; mais arrivée à sa porte elle retirait son bras en disant : « Merci » d'un air distrait, comme si quelqu'un lui eût simplement prêté une canne pour l'aider à franchir un pas difficile.

Il fallut pourtant se décider à lui parler de ce mariage. Elle ne répondit ni oui ni non. Elle laissa seulement voir un étonnement excessif. Mais à partir de ce jour-là, elle regarda souvent Jacques et refusa son bras pour marcher dans la rue.

Le mois de juin arrivait avec ses fleurs et sa chaleur. Les marronniers de l'avenue haussaient leurs branches jusqu'à l'atelier et du matin au soir le soleil entrait par les fenêtres ouvertes. Malgré cela, les forces du patron déclinaient et sa maigreur augmentait.

« Il lui manque l'air des Pyrénées », disait à chaque visite M. Bon.

Mme Dalignac pensait de même. Mais rien ni personne ne pouvait décider le malade à quitter Paris. Couché de travers sur sa chaise longue, attentif à tous les mouvements de sa femme, il restait à la regarder sans jamais se lasser.

« Au moins, supplia M. Bon, ne restez pas dans cette poussière de tissus, allez respirer dehors. »

Et il indiqua les avenues voisines, et le jardin du Luxembourg où l'on pouvait se promener ou se reposer à l'aise.

« Oui, oui, répondait le patron, je sortirai demain. »

Et le lendemain il restait comme la veille à suivre des yeux sa femme qui, sans jamais se lasser non plus, soulevait à pleins bras les lourdes pièces d'étoffes, pour les dérouler sur la table et couper plusieurs vêtements à la fois.

Avec le beau temps, l'envie du balcon d'en face le reprenait. Il bougonnait contre ceux qui avaient la chance de le posséder et qui n'en jouissaient pas. En effet, jamais personne n'y venait à ce balcon, ainsi que l'avait prédit Bouledogue. Il ne servait qu'à battre des tapis, et déjà de larges taches grises apparaissaient sur ses barreaux tournés et sur la blancheur de ses pierres.

Pour décider le patron à sortir, Mme Dalignac prit le parti de m'envoyer chaque jour au Luxembourg avec lui. Il était de mauvaise humeur tout le long du chemin, et nous n'étions pas encore arrivés au jardin qu'il me rappelait déjà l'heure du retour. Il ne croyait pas à sa guérison et il me blâmait d'obéir à sa femme. Aussi, après avoir placé sa chaise tout près de la sortie, il affectait d'oublier ma présence, et dépliait vite son journal qu'il mettait entre nous deux. Cependant il ne le lisait guère, il regardait surtout les belles promeneuses, et quand l'une d'elles offrait quelque ressemblance avec Mme Dalignac, il redevenait aimable avec moi en attirant mon attention :

« Dites, petite Marie-Claire, regardez un peu celle-ci. Elle lui ressemble, hein ? Mais tout de même, elle n'est pas aussi bien faite. »

C'était vrai, presque toujours, car il était difficile d'être aussi bien faite que Mme Dalignac.

Après une semaine de grognements et de révoltes, il prit goût au jardin.

La terrasse toute brûlante de chaleur l'attirait plus que l'ombre et la fraîcheur des arbres, et lorsqu'il rencontrait un banc de pierre placé en plein soleil, il s'y asseyait largement et le touchait aussi des mains comme pour en prendre toute la tiédeur.

La pépinière et le bois avaient bien changé depuis la Noël. Les pigeons tout habillés de neuf s'y promenaient maintenant deux par deux, et les moineaux tout occupés de leur nid oubliaient de se disputer pour voler vers tous les brins de duvet qui passaient dans l'air.

Gabielle qui ne pouvait plus faire sa journée complète venait parfois nous rejoindre. Elle tournait le dos aux passants et se tenait raide sur le banc, comme si elle voulait dissimuler sa grossesse aux merles qui couraient tout inquiets à travers la pelouse.

Jacques aussi venait nous rejoindre. À l'encontre de Gabielle, il se tenait sur le banc comme un bossu, et n'essayait même pas de réprimer le tremblement nerveux qui lui écartait brusquement les coudes du corps et le secouait profondément.

À droite et à gauche de nous, des jeunes mères, au visage paisible, surveillaient d'un coup d'œil leurs bambins déjà grands ou balançaient d'une main la petite voiture qui servait de berceau à leur nouveau-né.

Jacques évitait de regarder les enfants et les mères, et Gabielle, les épaules droites et les yeux fermés, pleurait et se lamentait tout bas.

Il m'avait fallu moins d'une semaine, à moi, pour prendre goût au jardin du Luxembourg. J'y vivais dans une sorte d'enchantement qui me faisait oublier le patron et ses bouderies.

J'imaginais que le jardin voguait dans l'espace, et que ses grilles aux lances dorées n'étaient là que pour en maintenir les bords.

Très hautes parmi les arbres, les reines, toutes blanches sur leur piédestal, me faisaient penser à des anges prêts à s'envoler. Et dans le lointain les tours de Saint-Sulpice, dont on n'apercevait que le faîte, semblaient placées dans le ciel comme des reposoirs.

Les bruits de la ville n'arrivaient pas jusqu'à nous, et le vent qui passait dans les feuilles était doux à entendre comme un froissement de soie.

À tout instant dans ma mémoire la voix de Bergeounette chantait la chanson du *Paradis terrestre :*

Dans un jardin délicieux,
Tout près des ceux…

Par-delà les allées, lorsqu'un groupe d'enfants vêtus de couleurs claires passaient en courant, je croyais voir des touffes de fleurs échappées aux plates-bandes et s'enfuyant vers les sous-bois.

Sur les bancs et sur les chaises, des couples restaient inactifs et silencieux, comme écrasés de bonheur.

D'autres couples, très jeunes, très graves et le regard fixé en avant, s'en allaient à pas pressés vers la pépinière.

Puis le soir tombait, et brusquement une sonnerie de clairon nous avertissait qu'on allait fermer les portes. Et de nouveau je pensais à la chanson de Bergeounette :

Adam, Adam, entends ma voix.
Sors de ce bois.

Le patron se levait, et comme s'il eût pensé aussi à la chanson, il me disait avec ennui :

« Allons, petite, on nous chasse. »

Malgré sa faiblesse, le patron était toujours présent le matin à l'arrivée des ouvrières, et il trouvait encore des choses drôles à dire aux retardataires :

« C'est la faute à l'édredon, je parie. »

À Duretour, dont le chignon n'était pas plus lisse que la veille, il disait :

« L'oreiller vous tirait par les cheveux, hein ? »

Le repos qu'il prenait ne ramenait guère de couleur à son visage, et il supportait difficilement le bruit des machines. Il devint peureux, et bientôt les bruits inconnus le troublèrent plus que de raison. Il lui arrivait de poser la main sur nos ciseaux pour nous dire :

« Écoutez donc, qu'est-ce qui fait ça ? »

Nous écoutions et Mme Dalignac se moquait doucement, à voix basse :

« Ça, c'est un lion qui entre par le trou de la serrure. »

Il riait avec nous, et un peu de rouge venait à ses joues.

Un matin qu'il avait vu sortir une petite souris de la caisse à chiffons, il eut presque une colère en exigeant que Duretour allât tout de suite chercher le chat du voisin.

C'était un gros chat né dans l'appartement d'à côté et qui n'avait jamais vu de souris. On le rencontrait souvent sur le palier où il recherchait les caresses des ouvrières. Aussitôt entré, il sauta sur les machines, et il fit le tour de l'atelier en flairant dans tous les coins, puis, quand il eut tout vu, il se fourra dans un casier vide pour y dormir à son aise.

La petite souris se doutait du danger. Elle montra plusieurs fois son fin museau entre le mur et le dessus de la cheminée, mais elle n'osa pas aller plus loin. Puis comme le gros chat dormait toujours, elle s'enhardit et traversa l'atelier pour gagner la cuisine.

Elle recommença les jours suivants. Elle passait toute menue et vive avec sa jolie robe grise, et Bergeounette, qui la guettait, riait de la voir si adroite.

Pourtant le chat l'aperçut, il sauta lourdement de sa planche et s'en alla derrière elle dans la cuisine. Il revint peu après, mais son allure était changée. Il avançait avec précaution et tout son corps s'allongeait, ses yeux étaient plus jaunes aussi, et il étirait longuement ses griffes. Il fit encore le tour de l'atelier, mais au lieu de retourner à son casier, il se plaça sous un tabouret tout près de la cheminée. Il avait l'air de dormir le nez sur ses pattes, mais l'une ou l'autre de ses oreilles restait constamment dressée, et l'on voyait une raie claire entre ses paupières.

La petite souris ne se pressait pas de revenir, et personne ne pensait plus à elle ni au chat, lorsqu'on entendit un cri si fin et si long que toutes les machines s'arrêtèrent et que tout le monde regarda vers le tabouret. Le chat y était encore, mais il se tenait couché sur le côté, et, sous l'une de ses pattes, allongée, la queue de la souris dépassait et traînait comme un bout de cordon noir. Presque aussitôt le cordon noir s'agita, et la souris s'échappa. Elle n'alla pas loin, le chat lui barra la route et la retourna d'un coup de patte. Elle resta un instant comme morte, puis elle essaya de filer vers la cuisine ; le chat se trouva encore devant elle.

Alors elle s'affola ; elle voulait fuir n'importe où et n'importe comment, elle tournait ou se lançait dans toutes les directions, et toujours, d'un coup de griffes, le chat la ramenait dans l'atelier. Il y eut un moment où l'on crut qu'elle allait se résigner à mourir, tant elle était tremblante et affaissée. Mais soudain, elle fit face à son bourreau. Elle s'était dressée si vite que son élan avait failli la renverser en arrière ; elle resta debout toute frémissante en agitant ses pattes de devant, tandis que sa petite gueule saignante laissait échapper des cris variés et suivis. Et chacune de nous comprit bien qu'elle accablait d'injures l'énorme monstre qui la regardait tranquillement assis en penchant la tête. Puis, comme si elle eut mesuré d'un coup toute sa faiblesse, et compris que rien ne pourrait la sauver, elle vacilla et retomba en poussant une plainte aiguë. Et cela fut si pitoyable que Bouledogue saisit le chat par le milieu du dos et le jeta sur la table. Il redescendit très vite, mais la souris n'était plus là.

Le patron retourna à sa chaise longue, et on ne sut pas s'il était fâché ou content lorsqu'il dit :

« La voilà échappée. »

Mme Dalignac respira fort, et ses deux poings qu'elle tenait serrés contre sa poitrine s'ouvrirent brusquement comme si elle-même n'avait plus rien à craindre.

Le lendemain de ce jour on s'aperçut que Gabielle souffrait. Elle arrêtait sa machine et se courbait en deux pendant une minute, puis elle reprenait son travail sans rien dire.

Bergeounette la plaisanta :

« Est-ce que c'est pour aujourd'hui ? »

Et elle s'offrit à l'accompagner sans retard à la maternité.

Gabielle avait peur de l'hôpital. On avait beau lui dire que la maternité n'était pas un hôpital, elle n'en croyait rien. Et, à l'idée d'y aller ainsi, tout de suite, sans pouvoir y réfléchir encore, sa répugnance augmentait, et elle affirma ne souffrir que d'un malaise passager.

Félicité Damoure, qui venait d'avoir un enfant, lui donna raison contre les autres :

« Pardi ! elle a le temps, la pôvre. Quand le moment sera venu, vous lui verrez faire une autre grimace. »

Mais comme Gabielle continuait à se plier en deux, Bergeounette lui mit de force son manteau et l'obligea à quitter l'atelier.

Ce fut parmi nous comme un grand événement et la plupart des ouvrières se mirent à la fenêtre pour voir Gabielle traverser l'avenue. Mme Dalignac et le patron firent de même, et je m'approchai pour regarder comme eux.

Un lourd camion attelé de trois chevaux qui montait lentement l'avenue empêcha les deux femmes de traverser immédiatement, et Bergeounette en profita pour se retourner vers nous et nous faire des signes d'adieu. On vit bien que Gabielle voulait en faire autant, mais en se retournant ses deux pieds échappèrent à la bordure du trottoir, et elle tomba à la renverse devant l'attelage.

Il y eut des cris. Le cheval de flèche recula, se cabra et monta sur le trottoir. Puis on vit Bergeounette saisir la bride des chevaux pendant que le conducteur debout sur son siège tirait à pleines mains sur les guides.

Des gens accouraient, mais déjà Gabielle se relevait sans aide et se secouait.

Mme Dalignac n'avait pas attendu la fin pour courir en bas. Elle soutint Bergeounette autant que Gabielle, et toutes trois remontèrent lentement.

Les yeux vifs de Bergeounette s'écarquillaient, et son visage brun avait pris une teinte terreuse :

« Jamais je n'ai eu si peur », avoua-t-elle.

Et comme elle ne perdait jamais l'occasion de se moquer d'elle-même autant que des autres, elle exagéra sa faiblesse avec des mots et des grimaces qui ramenèrent bruyamment la gaîté.

Gabielle riait. Elle n'avait pas voulu s'étendre sur la chaise longue du patron, et elle refusait le cordial que Mme Dalignac lui offrait. Elle riait sans bruit et son rire avait quelque chose de surnaturel. La pâleur de son visage avait aussi quelque chose de surnaturel, et n'était pas plus agréable à voir que son rire, mais toute la dureté de ses traits était partie et son regard redevenait doux et confiant. Elle reprit sa machine et il ne fut plus question d'accouchement ce jour-là.

Il n'en fut pas davantage question le lendemain ni les jours suivants. Et si Gabielle se pliait encore en deux de temps à autre, elle ne se plaignait pas, et sa machine ne faisait pas moins de bruit que celle des autres.

Huit jours étaient déjà passés lorsque M. Bon vint faire sa visite au patron. Parce qu'il s'était intéressé à Gabielle, le patron lui raconta sa chute comme une histoire drôle, mais M. Bon ne trouva pas l'histoire si drôle et il avança un peu la tête dans l'atelier pour regarder Gabielle. À peine l'eut-il regardée que ce fut comme un nouvel accident qui arrivait. Il se pencha sur elle, la saisit à l'épaule et avant qu'elle ait pu résister, il l'entraîna vers la porte.

Les fenêtres s'ouvrirent comme la fois d'avant, et l'on vit Gabielle moitié tirée, moitié portée par M. Bon jusqu'à une voiture qui s'éloigna aussitôt.

Tout le monde crut à un accouchement précipité. Gabielle elle-même avait dû y croire ; car à son passage dans la pièce de coupe, elle avait tourné vers nous un visage désolé. À cet instant seulement j'avais remarqué ses paupières violacées et ses lèvres d'une couleur si sombre qu'elles en paraissaient noires.

M. Bon ne tarda pas à revenir chercher son chapeau qu'il avait oublié. Il eut un haussement d'épaules plein de mépris pour notre ignorance, quand il dit un peu rudement :

« Elle porte son enfant mort depuis le jour de sa chute. »

Après une semaine on sut que Gabielle échapperait à la mort, et qu'elle avait supporté ses souffrances avec le plus grand courage.

Le dimanche suivant, à l'heure de la visite aux malades, je retrouvai Bergeounette à la maternité. Il ne fallait pas penser à faire parler Gabielle, mais Bergeounette se rattrapait en posant mille questions à l'infirmière, qui nous retenait à l'écart du lit de la malade.

La dernière question fut celle qui nous intéressait le plus :

« Était-ce une fille ou un garçon ? »

L'infirmière n'avait pas songé à s'en informer, et ses deux mains ensemble firent un geste d'indifférence quand elle répondit :

« Ce n'était qu'un peu de chair en décomposition. »

À peine dehors, Bergeounette me prit le bras pour dire :

« Quelle chance pour elle que cette chute ! »

Elle ajouta avec le ton grave qu'elle avait parfois :

« L'enfant s'en est allé comme le père était venu, sans que Gabielle ait vu la forme de son corps ni la couleur de son visage. »

MAINTENANT LE PATRON restait au lit avec la fièvre. Son état s'était aggravé à la suite d'une grosse pluie d'orage que nous n'avions pas su éviter, et qui nous avait retenus trop longtemps sous un arbre du Luxembourg.

M. Bon s'alarmait de cette fièvre qui ne diminuait pas malgré les soins et les médicaments. Par contre Mme Dalignac n'en prenait aucun souci et continuait à croire à la guérison très prochaine de son mari. Aux ouvrières qui la questionnaient et à Bergeounette qui n'osait plus chanter, elle disait :

« Je l'ai vu bien plus malade que cela. »

Églantine, qui était allée chez M. Bon en secret, redoutait tout de ce refroidissement. Elle s'épouvantait aussi de voir Mme Dalignac si tranquille. Rapidement, entre deux portes, elle m'avait dit :

« Ma tante n'entend rien aux maladies. Elle n'a jamais eu un rhume ni une heure de fièvre ; et, si mon oncle vient à mourir, elle en sera frappée comme d'un malheur inattendu. »

Je voyais bien qu'Églantine avait raison, mais pas plus qu'elle je ne pouvais faire comprendre à Mme Dalignac que son mari était en danger.

Tout le lui indiquait cependant, l'air soucieux et comme en colère de M. Bon, l'égarement des yeux du patron ainsi que le rouge de son visage autrefois si pâle. Mais tout cela ne semblait exister que pour nous. Lorsque Mme Dalignac touchait le front moite et les mains chaudes du malade, elle ne pensait pas à la fièvre et n'en accusait que la chaleur de juillet. Elle en arrivait même à me faire partager sa confiance malgré les avertissements d'Églantine.

L'exemple de Sandrine semblait lui donner raison. « Elle aurait pu guérir avec du repos et des soins », avait dit M. Bon. Le repos et les soins n'avaient pas manqué au patron, sa femme n'avait marchandé ni sa peine ni son courage pour les lui assurer, et maintenant que la machine à broder était reléguée dans un coin et les clientes difficiles éloignées pour toujours, Mme Dalignac croyait fermement que rien ne pouvait menacer la vie de son mari. Et à l'inverse d'Églantine, elle gardait sa douce gaîté et faisait entendre son joli rire.

On était en pleine morte-saison. Les modèles à créer et les courses au magasin occupaient toutes les heures de Mme Dalignac, mais il m'était facile à moi de rester auprès du patron pour prévenir ses moindres désirs. Les autres ne me laissaient pas dans l'embarras.

Bouledogue, qui savait faire le ménage vite et bien, se chargeait de mettre de l'ordre et de la propreté dans la chambre, et Duretour, qui surveillait les fioles à médicaments, courait chez le pharmacien dès que cela était nécessaire.

Le patron se montrait heureux de nous voir si attentionnées. Il se fâcha pourtant, lorsqu'il vit Bergeounette grimper sur l'appui de la fenêtre pour nettoyer plus facilement les vitres :

« Eh ! n'allez pas vous casser les pattes, espèce de grande sauterelle. »

Et il ajouta en la forçant à descendre :

« Pour ce qui me reste de temps à les voir, vos vitres. »

Il aimait le bruit de l'atelier, et pour n'en rien perdre, il m'obligeait à laisser toutes les portes ouvertes.

Quelques ouvrières seulement étaient là. Et seule la machine de Bouledogue faisait entendre le claquement de sa pédale. Dès qu'elle s'arrêtait, le patron s'inquiétait, mais lorsque Bergeounette chantait, il s'asseyait sur le lit et se retenait de tousser. Un autre bruit, qui revenait par intervalle, retenait toute son attention. C'était un bruit dur, tenace et appuyé :

Crrran, crrran, crrran. On eût dit une forte mâchoire en train de broyer de la chair et des os. Ce n'était que les grands ciseaux de Mme Dalignac qui accomplissaient régulièrement leur besogne.

De longues journées chaudes passèrent sans apporter le soulagement que M. Bon en attendait.

Le patron se moquait de lui par-derrière :

« Il ne voit donc pas que je suis au bout de mon rouleau. »

Je le laissais dire et riais avec lui. Tandis que je cousais près de son lit, il me parlait de sa femme. Tout ce qu'il avait à dire sur elle était à sa louange, et si la souffrance venait à lui couper la parole en lui rappelant que la mort était proche, il ne s'en effrayait pas, et me répétait ce qu'il m'avait déjà dit cent fois :

« Avec elle, j'ai eu ma part de bonheur. »

À la suite d'une permission de Clément il oublia un peu sa femme pour me parler de mon futur mariage. Il m'en parlait avec des phrases espacées qui n'exigeaient pas de réponse :

« À vivre seul on vit sans joie. »

Il laissait passer du silence et reprenait :

« On ne peut pas vivre sans joie. »

Mais un jour que sa fièvre était plus forte, il dit soudain :

« Il n'a que de l'orgueil. »

J'attendis, ne sachant pas s'il parlait toujours de Clément. Et comme je levai la tête, il dit encore :

« Vous ne pourrez pas être heureuse avec lui. »

Tout son corps affaissé semblait céder au sommeil, pourtant il reprit de la même voix sourde et affaiblie :

« Son cœur est comme un chemin brûlé où on ne rencontre ni source ni ombrage. »

Dans le bruit et l'éloignement, Mme Dalignac n'avait certainement pas pu entendre, et je ne compris pas pourquoi elle entra si vite dans la chambre, et pourquoi elle resta si longtemps à nous regarder l'un après l'autre.

Elle toucha les mains de son mari, l'embrassa au front, et repartit silencieuse comme elle était venue.

Le patron écouta un instant les ciseaux qui recommençaient à mordre, et ses yeux qui s'étaient fermés au départ de sa femme, se rouvrirent tout grands lorsqu'il me dit :

« À vivre près d'elle vous gagnerez sa douceur et son courage. »

Je n'osai pas lui demander compte des autres paroles et il ne me parla plus de Clément.

Églantine vint bientôt passer les nuits auprès de son oncle comme j'y passais moi-même les jours. Lorsqu'elle arrivait un peu avant le coucher du soleil, le patron la recevait avec un beau sourire de gratitude, puis il s'endormait lourdement pour une heure ou deux. C'étaient là ses seules heures de vrai repos, car tout le reste de la nuit il étouffait ou s'agitait inutilement.

Pour nous aussi c'étaient les seules heures de vrai repos. Après notre dîner nous nous réunissions toutes les trois dans l'atelier, et, quoique nous n'ayons pas de secrets à dire, nous parlions bas et n'allumions pas la lampe.

Ici encore, j'entendais parler de Clément. Mme Dalignac vantait ses qualités de cœur et exaltait certains traits de son caractère :

« Il est actif et intelligent, et jamais les siens ne connaîtront la misère. »

Églantine ne la contredisait pas, au contraire. Elle ajoutait à l'éloge de Clément la tendresse reconnaissante qu'il avait vouée au patron et elle prédisait une bien autre tendresse pour la femme et les enfants qui partageraient sa vie. Mme Dalignac n'oubliait pas non plus que c'était à lui qu'elle devait le bonheur de son ménage. Et comme si la connaissance de son passé eût été un lien qui devait m'unir plus fortement à son neveu, elle conta un soir comment s'était fait son mariage.

Lorsqu'elle avait dû remplacer sa sœur auprès des trois orphelins, les deux fillettes ne lui avaient donné que peu de peine, mais il n'en avait pas été de même de leur frère. Ce gamin de dix ans s'était montré dur, insolent et volontaire. Il ne répondait aux caresses que par des moqueries, et aux reproches que par des accès de fureur qui épouvantaient sa tante et ses sœurs.

Cependant, cet enfant si difficile à manier travaillait bien à l'école, et passait pour un élève docile et respectueux. Sa docilité et son respect n'étaient pas moindre envers Dalignac, le brodeur qui venait presque chaque jour prendre ou rapporter du travail à l'atelier. Et ainsi la jeune mère adoptive avait compris que pour élever un garçon, l'autorité d'un homme était nécessaire.

D'autre part, le brodeur qu'on avait toujours connu effacé et timide avait pris de l'audace en devenant le grand camarade de l'enfant. Il rejoignait la petite famille dans ses promenades du soir, et il ne manquait jamais de courir avec Clément autour des arbres et des bancs.

Les deux fillettes avaient tout de suite fait des suppositions. « C'est moi qu'il veut pour femme », disait Rose, déjà belle comme une fille à marier.

« Si c'est moi qu'il aime, disait à son tour Églantine, il faudra bien qu'il attende que j'aie quinze ans. »

Tout en riant avec les deux sœurs, leur tante pensait comme Rose et faisait pour elle et son jeune frère de beaux projets d'avenir.

Cela avait duré jusqu'au soir où Dalignac s'était brusquement séparé des enfants pour marcher à côté de leur tante. L'air mystérieux du brodeur avait retenu les trois enfants à l'écart pendant tout le temps de la promenade, mais, après son départ, les deux jeunes filles avaient demandé avec ensemble :

« Est-ce moi qu'il aime ?

– Ni l'une ni l'autre », avait répondu la tante.

Et en riant de leur déconvenue, elle leur avait appris que c'était elle-même que le brodeur venait de demander en mariage.

Ce souvenir, qui apportait aujourd'hui une grande gaîté aux deux femmes, ne fit cependant pas élever la voix à Églantine pour dire :

« Oui, et ton rire alors sonna si clair que j'ai vu pour la première fois tes beaux cheveux à reflets et ta taille bien mieux tournée que les nôtres. »

Un peu de silence revint.

Dans la faible clarté qui venait du dehors, je voyais les doigts d'Églantine jouer avec une mèche de cheveux échappée au peigne de Mme Dalignac. Elle l'allongeait doucement, et, lorsqu'elle la laissait aller, la mèche remontait d'un seul coup en s'enroulant.

« Ce que tu n'as jamais su, reprit tout à coup Églantine, c'est le tracas que nous nous sommes donné ce soir-là pour savoir ton âge. Rose ajoutait je ne sais combien de dizaines à ses quinze ans, et moi je faisais des calculs dont je ne sortais pas. »

Elle rit tout bas en reprenant :

« À la fin nous avons pensé à ton image de première communion qui était accrochée au mur de notre chambre. Nous n'osions pas décrocher le cadre, dans la crainte d'être surprises par toi, et nous sommes montées toutes deux sur la même chaise avec la lampe. On ne distinguait plus l'écriture, elle s'était comme fondue dans le parchemin et il ne restait que le nom du mois de mai imprimé en grosses lettres noires. Rose passa même un linge mouillé sur le verre du cadre, mais la date de ta naissance n'apparut pas davantage. »

Les rires d'Églantine et de Mme Dalignac se joignirent encore, mais quoiqu'ils fussent presque silencieux, je les reconnaissais comme je reconnaissais leurs mains unies malgré l'obscurité. Et tandis qu'elles échangeaient des caresses et des mots affectueux, je pensais à l'image de première communion qui se trouvait à présent dans la chambre du patron. J'en revoyais l'écriture effacée et la date perdue, et j'imaginais les communiants et les communiantes se relevant de la sainte table et se rejoignant par couples comme dans les mariages, lorsque les époux sortent de l'église.

Un autre soir, ce fut toute son enfance que Mme Dalignac nous raconta. Une enfance triste dont elle gardait un souvenir craintif et plein d'amertume.

Sa mère n'avait jamais pu lui pardonner d'être venue au monde alors qu'elle se croyait de par son âge à l'abri de toute maternité. « Tu me fais honte », lui disait-elle.

Et jamais elle ne lui permettait de rire ni de jouer avec les autres petites filles.

Jusqu'à l'âge de six ans, l'enfant avait connu les caresses de son père, mais à la mort du brave homme, elle n'avait plus trouvé autour d'elle que la haine menaçante de sa mère. Au moment de l'apprentissage elle avait dû faire chaque jour un long détour par une rue sale et peu fréquentée pour se rendre chez la couturière qui l'occupait. Son départ comme son arrivée étaient attentivement surveillés, et lorsqu'un jour, entraînée par les camarades, elle avait osé revenir par la plus belle rue de la ville, sa mère l'avait frappée avec un tel acharnement qu'elle avait pensé en perdre la vie.

Et toujours elle entendait ces mots qu'elle n'arrivait pas à comprendre :

« Tu me fais honte. »

Elle grandit pourtant, et avec ses dix-huit ans, la force qui poussait en elle éloignait la crainte que lui inspirait sa mère, et il lui arrivait de rapporter à la maison des airs appris à l'atelier.

Elle cessait vite sous les sarcasmes :

« Tu chantes pour attirer les amoureux.

– Non, je chante parce que je suis gaie. »

Gaie ! comment osait-elle être gaie avec la honte qu'elle traînait après elle.

Mais, voilà qu'un dimanche, en regardant s'épanouir le printemps, la jeune fille avait oublié la honte dont parlait sa mère, et brusquement elle s'était mise à rire. Tout d'abord elle ne sut pas pourquoi elle riait, puis en entendant résonner ce son clair, elle ne le reconnut pas comme son propre bien. Elle crut qu'il venait du dehors comme les hirondelles qui entraient par une fenêtre et ressortaient par l'autre, mais l'instant d'après, elle comprit que le rire était surtout entré pour faire du bruit, car il se haussa, s'étendit et résonna aux quatre coins de la maison.

Il n'alla pas plus loin. Un choc, rapide comme la foudre, s'abattit sur lui et le tua.

« Ce fut ma dernière étape de souffrance », nous dit Mme Dalignac en relevant un peu plus son doux visage.

Elle fit une pause comme si elle prenait le temps de fermer une porte qui n'aurait pas dû être ouverte et elle ajouta :

« La couturière qui m'employait eut pitié de ma bouche enflée, et le lendemain je quittai secrètement le pays pour suivre une famille anglaise. »

Nos soirées passaient ainsi, une à une, et chacune d'elles nous rapprochait un peu plus. Parfois une quinte de toux du patron nous mettait debout au milieu d'une phrase, et nous nous séparions pour jusqu'au lendemain.

Mme Doublé, qui venait assez souvent voir son frère, ne lui apportait pas précisément des paroles de tendresse. Sous prétexte de lui faire oublier son mal, elle le houspillait et lui reprochait aigrement son immobilité. Elle l'obligeait même à se lever et à marcher dans la chambre lorsque Mme Dalignac n'était pas là. Il en résultait pour le patron une fatigue et un mécontentement qui augmentaient sa fièvre et allongeaient ses crises d'étouffement.

« Elle met du feu sur mes brûlures », disait-il.

Il devinait son arrivée quoiqu'elle ne vînt jamais aux mêmes heures, et avant qu'elle n'eût frappé à la porte il l'annonçait :

« Voilà madame j'ordonne. »

Elle ordonnait en effet, et de plus elle critiquait tous les conseils du médecin.

Elle prit peur cependant, le matin où je lui fis signe de se taire. Le patron avait eu une longue syncope dans la nuit et M. Bon avait prévenu Églantine qu'il allait vers sa fin.

Elle était là justement, la gentille Églantine.

Elle ne pouvait se décider à quitter son malade, et sur son visage contracté on voyait l'effort qu'elle faisait pour trouver un moyen de préparer Mme Dalignac à son malheur.

Dès sa sortie Mme Doublé avait dû aller aussi en secret chez M. Bon, car le soir même, elle nous rejoignit sans bruit dans l'atelier. Elle n'avait pas son air arrogant, mais sa voix manquait quand même de douceur, lorsqu'elle dit à Mme Dalignac :

« Le savez-vous, que mon frère est très malade ? »

Mme Dalignac eut un haut-le-corps comme si on lui annonçait une nouvelle maladie de son mari. Et Mme Doublé reprit d'une voix moins dure :

« Le pôvre, il sera peut-être mort demain. »

Et comme Mme Dalignac la regardait avec méfiance, elle eut un geste du pouce, en disant :

« Demandez plutôt à ces jeunes filles. »

Églantine fit un pas vif qui la rapprocha de moi, et sa main s'accrocha solidement à la mienne.

Mme Dalignac nous vit ainsi, elle ne nous demanda rien, mais ses traits se déformèrent et elle s'assit brusquement sur la table.

Comme s'il n'avait attendu que cet avertissement pour mourir, le patron nous appela :

« Eh ! venez ici. »

Son regard hésita sur nos quatre visages penchés, mais quand il eut reconnu celui de sa femme il n'en détourna plus les yeux. Pendant un instant il sembla prêter l'oreille à un bruit familier, et il dit, comme déçu :

« Ah ! oui, la journée est finie. »

Et aussitôt sa respiration diminua.

Il mourut sans agonie, presque debout, et son dernier soupir, long, rude et saccadé, me fit penser au bruit de sa machine à broder.

Comme pour les veillées de couture, deux lampes furent allumées pour la veillée de mort.

Mme Doublé emplissait l'atelier de cris et de lamentations et Mme Dalignac, qui rôdait silencieuse et sans larmes, heurtait la table de coupe chaque fois qu'elle la trouvait sur son passage.

À chacun de ces heurts une chose tombait de la table. Les craies savonneuses partirent les premières, et le mètre en toile cirée les suivit en sifflant et se tortillant comme une mauvaise bête qu'on éveille. Puis, une pièce de soie à moitié déroulée tomba à son tour, et il nous fallut bien la ramasser pour ne pas la voir se gonfler et glisser en bruissant jusqu'à nos pieds.

Les grands ciseaux eux-mêmes finirent par sauter de la table. Ils se fichèrent à cheval sur une lame du parquet et restèrent d'aplomb et inquiétants comme une barrière close.

La chaleur de minuit n'était pas moins lourde que celle de midi. Pas un souffle d'air ne venait d'en haut. Les étoiles brillaient à peine dans le ciel noir, et sur l'avenue les marronniers étaient aussi immobiles que s'ils s'étaient endormis pour ne plus jamais se réveiller.

Un peu après minuit la douleur criarde de Mme Doublé se calma, et les jambes trop lasses de Mme Dalignac l'obligèrent à s'asseoir. Elle prit place selon son habitude entre Églantine et moi. Et le silence qui planait au-dehors entra aussitôt dans la maison.

DEPUIS QUE MLLE HERMINIE pouvait disposer de quelques francs par semaine en plus de ses dépenses ordinaires, les boulevards et les jardins de Paris ne lui suffisaient plus. Il lui fallait suivre la foule des Parisiens qui s'en allaient chaque dimanche à la campagne, et pour cela elle se levait tôt et prenait goût à sa toilette. Moi-même j'étais heureuse d'échapper une journée entière à la ville, et toutes deux nous partions joyeuses et affairées comme pour une contrée lointaine et merveilleuse. Le plus souvent un tramway nous conduisait seulement dans la banlieue, mais d'autres fois le chemin de fer nous emportait bien audelà, et c'était alors que Mlle Herminie croyait retrouver un peu du pays qu'elle avait quitté et qu'elle regrettait si amèrement. Le trajet était déjà pour nous comme une fête. Dès la sortie de Paris, c'était de chaque côté de la voie les immenses jardins maraîchers avec leurs cloches de verres s'alignant par centaines, et brillant sous le soleil comme des bassins d'eau claire. Puis venaient les vergers. Le printemps les avait fleuris de blanc et rose. Et lorsque le mois de juin fit rougir les premiers fruits, il couvrit en même temps de coquelicots les larges talus du chemin de fer. Tout cela se brouillait au passage du train, et on ne savait plus si les fleurs étaient des cerises ou si les cerises étaient des coquelicots.

La vallée de Chevreuse avait nos préférences.

Lozère surtout ravissait Mlle Herminie. Les coteaux manquaient un peu de vignes à son gré, mais les pentes couvertes de fraisiers et de pêchers grêles lui plaisaient plus que la plaine avec ses champs d'avoine ou de blé.

Après une matinée de marche sur les routes, ou le long de sentiers perdus, nous nous arrêtions dans une petite auberge, sous une sorte de hangar ouvert à tous les vents, et construit spécialement pour les Parisiens du dimanche. Un moineau y avait fait son nid au croisement d'une poutre et d'un pilier qui soutenaient le toit. Les petits avançaient la tête sans crainte au-dessus du nid, et les parents venaient jusque sur les tables prendre les miettes de pain. Il y avait un tel silence dans la vallée que personne n'osait parler haut sous le hangar. Les plats se faisaient attendre, mais personne ne s'impatientait et chacun faisait bonne figure à la servante qui riait sans se presser. Puis nous repartions, mais que nous fussions en marche sur une route en plein soleil ou assises à l'ombre fraîche d'un bois, Mlle Herminie rappelait toujours un souvenir qui allégeait nos pas ou prolongeait notre repos. Les maisons étroites et hautes rencontrées sur le chemin lui faisaient vanter la largeur et la profondeur de celle où elle était née, et le jardin minuscule d'une belle villa, où des cailloux choisis remplaçaient la verdure, lui fit dire :

« Mon jardin à moi était plein de fleurs et de feuilles, et lorsque le soleil y entrait après la pluie, les feuilles prenaient des couleurs si rares et se paraient de gouttes d'eau si étincelantes qu'elles devenaient alors plus belles que les fleurs. »

Comme je m'étonnais qu'elle ait pu quitter de son plein gré un endroit qui lui était si cher, elle repartit vivement :

« Le jardin m'a retenue trois ans après la mort de mes parents, mais la maison vide m'effrayait, le silence des nuits m'empêchait de dormir et ma santé déclinait. »

Elle fit une longue pause pour reprendre ensuite :

« Et puis, le travail vint à manquer, les femmes ne m'apportaient plus leurs robes à faire. »

Elle ajouta comme en colère :

« C'était ma faute aussi… Je portais mon chagrin comme une infirmité. »

Il y avait de la rancune dans le son de sa voix, et j'osais alors lui demander :

« Qu'avez-vous fait le jour du mariage de votre fiancé ? »

À ma grande surprise elle répondit simplement :

« Je suis allée à l'église, et j'ai longtemps prié pour son bonheur. »

Et ainsi, nos dimanches se suivaient, tout remplis de grand air et de douces paroles. Et tandis que j'écoutais parler Mlle Herminie, il me semblait recevoir d'elle le précieux cadeau d'une très longue vie, toute faite d'amour et de courage, de misère et de regrets.

Le beau temps ne nous favorisait pas toujours. Les routes se transformaient parfois en bourbiers et les chemins fleuris en fondrières, mais nous ne faisions qu'en rire, tant notre joie était grande d'être dehors. Souvent, même après la nuit tombée, nous nous attardions à écouter le chant si pur des crapauds dans les fossés. La fraîcheur de la terre nous pénétrait, et la lune nous glaçait comme un linge mouillé. Par les chaudes soirées de juillet nous laissions passer les trains de retour sans pouvoir nous décider à rentrer. Il nous fallait bien pourtant prendre le dernier, un train bondé et bruyant, lancé vers la ville dont l'éclairage à l'arrivée nous surprenait et nous éblouissait.

Quant à la Bourgogne, nous nous contentions de faire des projets pour y aller. Ce n'était pas faute d'en parler à l'atelier cependant. Tout en racontant par le menu nos sorties du dimanche, la vieille femme ne cessait de déplorer que son pays ne fût pas aux environs de Paris.

Mme Dalignac, qui compatissait à tous les ennuis des autres malgré son propre chagrin, finit par me dire :

« Emmenez-la. »

Et comme nous étions à la veille du 15 août, elle décida de nous accorder trois jours pour ce voyage.

Trois jours à passer dans son pays ! Mlle Herminie ne pouvait pas le croire. Elle devint nerveuse au point de nous effrayer pour sa santé, et elle se mit à pleurer :

« Ce sont de bonnes larmes », disait-elle pour nous rassurer.

Mais une crainte soudaine lui vint :

« Si j'allais mourir après un si grand bonheur. »

Et Mme Dalignac, qui ne connaissait pas sa peur de la mort, lui répondit :

« Cela ne fait rien, vous mourrez contente au moins. »

Le matin du départ, il pleuvait à verse. Toute la nuit l'orage avait tonné sur Paris, et maintenant le vent poussait la pluie qui tapait contre les vitres et faisait déborder les gouttières du toit. J'hésitais avant d'éveiller Mlle Herminie ; mais, au premier coup frappé doucement à sa porte, elle sortit tout habillée :

« Oh ! me dit-elle, pour m'empêcher de partir, il faudrait une autre pluie que celle-là. »

Et dans la rue, son parapluie d'une main et ses jupes ramassées dans l'autre, elle avançait si rapidement que j'avais peine à la suivre.

Le voyage s'accomplit sans un mot. Elle tenait les yeux baissés ou regardait distraitement les autres voyageurs, et les stations passaient sans qu'elle y apportât la moindre attention. Elle aurait laissé passer de même celle de son pays si je ne l'avais avertie que le train entrait en gare. Alors, elle fut la première à la portière, l'ouvrit d'une main sûre et sauta sur le quai, frrrout ! comme une hirondelle, ainsi qu'elle avait sauté de la charrette à vendanges dans sa jeunesse. Seulement, si sa robe noire ne s'accrocha pas au marchepied, elle se retroussa fortement à l'ourlet, et laissa voir toute la broderie de son jupon blanc.

Pendant tout le jour ce fut l'émerveillement.

Selon Mlle Herminie, rien n'était comparable à la rivière qui coupait la ville en deux, ni à la rue principale qui descendait rapide comme un torrent, et dont les pavés raboteux nous empêchaient de poser les pieds d'aplomb.

Jusqu'au soir ce ne fut que promenades à travers les rues et causeries avec de vieilles gens reconnues au passage. Cependant, au moment de se mettre au lit, elle croisa les mains comme pour une prière et dit :

« Où est celui qui m'a tant fait pleurer ? »

Le lendemain ce fut aux vignes qu'elle me conduisit. Presque toutes étaient chétives, et plusieurs d'entre elles avaient l'air bien malades. Mlle Herminie ne les reconnaissait pas. À cette époque de l'année où les ceps auraient dû disparaître sous le feuillage et les grappes, on n'apercevait que bois noir et feuillage brûlé.

« Où sont donc les vignerons ? » disait la vieille femme en se tournant de tous côtés.

Et les chemins se déroulaient sans travailleurs ni charrettes. Et ces vignes que je m'attendais à voir splendides et bruyantes n'offraient dans leur étendue que maladie et abandon.

Devant nous la côte Saint-Jacques s'étalait haute et large avec les mêmes vignes maigres et flétries, mais sur le sommet, juste par le milieu, un grand espace nu brillait sous le soleil et retenait le regard. À mesure que nous avancions, le carré se détachait plus brillant et plus net, et Mlle Herminie s'arrêta brusquement pour me demander :

« Qu'est-ce que c'est que ça ?

– C'est un chaume », répondis-je aussitôt, car en approchant je venais de reconnaître la paille jaune et luisante du blé.

Mlle Herminie en resta suffoquée. Elle leva les mains comme à l'annonce d'un malheur irréparable, et elle s'exclama :

« Du blé dans nos vignes ! »

Puis elle se signa lentement en disant plus bas :

« Seigneur ! ayez pitié de nous ! »

Et au lieu d'avancer, elle fit retour pour aller s'asseoir sur un tas d'échalas qui pourrissait au bord de la route.

Un très vieux vigneron qui montait péniblement un sentier de traverse vint s'asseoir auprès de nous en reconnaissant Mlle Herminie, mais au lieu de parler de leur jeunesse comme je m'y attendais, ils ne parlèrent que de la vigne.

Le vieux aussi l'aimait. Toute sa vie s'était passée à la cultiver et à l'embellir. Seule la vieillesse, en lui prenant ses forces, l'avait obligé au repos. Mais il ne pouvait s'en séparer. Depuis qu'elle était malade, il la visitait chaque jour avec une grande pitié. Au début il lui arrachait par-ci par-là une mauvaise feuille sans trop croire à la gravité de son mal, mais aujourd'hui, il voyait bien qu'elle allait mourir :

« Tant, et tant de bon vin qu'elle a donné », dit-il.

Et sa bouche resta ouverte comme pour laisser passer un long regret.

Il tourna la tête vers le chaume d'en haut, et lorsqu'il ramena son regard sur la vigne, il dit d'un ton résigné :

« C'est peut-être qu'elle est trop vieille, elle aussi. »

Il nous quitta pour redescendre le sentier. Il était si courbé que son front touchait les sarments aux passages. Et derrière lui un jeune gars aux bras solides monta le même sentier avec une brouette chargée de ceps morts qu'il balança et déversa d'un seul coup au creux du fossé.

Mlle Herminie ne parlait plus, elle tenait les yeux fixés sur trois gros ormes mal tournés qu'on voyait au loin et qui faisaient penser à trois vieillards rapprochant leurs têtes pour se confier un secret.

« Autrefois, dit-elle tout à coup, on les appelait les trois petites demoiselles. »

Elle se leva en reprenant :

« Eux aussi ont vu la vigne plus belle. Alors elle était fraîche et saine avec des feuilles couleur de miel. »

Elle eut un geste de dégoût :

« Maintenant, elle est comme du pain gâté. »

Elle n'avait plus de joie, et son bras pesa lourd au mien tandis que nous redescendions la côte. Pourtant les chemins herbus qui se croisaient ou se rejoignaient étaient pleins de sauterelles et de papillons. Chacun de nos pas les faisait lever par douzaines. À terre ils se confondaient avec la poussière et les herbes ; mais quand ils s'envolaient, leurs ailes ouvertes laissaient voir toutes les couleurs des fleurs.

La route qu'elle me fit prendre en bas était bordée de peupliers qui bruissaient sans fin dans l'air chaud. Tout à côté la rivière coulait pleine et claire, et son chuchotement montait vers les arbres et en augmentait le bruit joyeux.

Mlle Herminie chercha une place pour s'asseoir de nouveau, et n'en trouvant pas, elle s'adossa à l'un des peupliers. Son regard erra d'un endroit à l'autre et elle dit lentement :

« Comme tout est triste ici ! »

Je protestai malgré moi :

« Triste ! cette belle route et cette jolie rivière qui voyagent de compagnie et semblent rire ensemble tout le long du chemin. »

Je cessai de parler devant l'air étonné de Mlle Herminie et je n'osai pas lui dire que c'était sa propre tristesse qu'elle répandait sur les choses. Elle venait d'en faire une si grande provision qu'elle ne pouvait plus la porter et qu'il lui fallait bien en laisser échapper une partie. L'endroit la lui rendait plus amère encore. C'était à cette même place qu'après plusieurs années le hasard l'avait remise en présence de l'homme qu'elle aimait. Aussi, dans la chanson du feuillage et de l'eau, sa voix me parut aigre pendant qu'elle disait :

« C'était au printemps, je me promenais avec ma sœur qui portait avec orgueil son bel enfant dans ses bras. Lui, s'arrêta net en nous voyant, et la femme qui l'accompagnait en fit autant. Celle-là portait aussi un bel enfant dans ses bras, et elle me dévisageait sans rien dire. Alors, je me mis à parler, je ne savais pas bien ce que je disais, mais je parlais pour ne plus entendre le silence. »

Mlle Herminie se tut un moment. Puis, tout son visage se plissa de souffrance et ses vieilles mains remontèrent d'un seul coup à ses oreilles quand elle reprit sourdement :

« Oh ! ce silence, il devint si terrible que je pris peur et que je m'enfuis vers la maison en courant de toutes mes forces. »

À présent nous y arrivions à tout petits pas, à cette maison. Elle était un peu en retrait de la route et précédée d'un jardin tout rempli de rosiers roses.

Deux jeunes filles blondes y cousaient à l'ombre d'une treille formant berceau. Elles levèrent la tête à notre approche et leurs mains cessèrent de coudre.

Mlle Herminie toucha le loquet de la barrière comme si elle voulait entrer dans le jardin, mais elle n'en fit rien, elle dit seulement de sa voix ordinaire :

« Rien n'est changé. »

Elle baissa un peu le ton pour ajouter :

« La plus blonde, vous voyez ? celle qui est plus mince, c'est moi. »

Oui, c'était bien ainsi qu'avait dû être Mlle Herminie. Pendant une seconde je crus la voir à vingt ans et je ne pus m'empêcher de sourire à la jeune fille qui nous regarda partir en souriant aussi.

Nous revenions vers la ville, et déjà la rivière s'assombrissait sous le pont qui reliait ses deux rives, lorsque Mlle Herminie tourna brusquement dans une venelle, afin de revenir par un détour derrière la maison aux rosiers roses.

De ce côté la maison paraissait beaucoup moins grande. Une treille la couvrait sur toute sa largeur et ne laissait de libre qu'une porte noire et deux fenêtres arrondies par le haut. Les rayons du couchant n'en éclairaient plus que le toit et faisaient paraître roses les cheminées blanches.

Le potager s'étendait jusqu'à nous. C'était un immense jardin tout en longueur où les treilles encadraient les légumes et où les rosiers trouvaient aussi leur place. Les arbres fruitiers poussés au hasard étaient pour la plupart des pêchers. L'un d'eux trop chargé de fruits appuyait ses branches sur des piquets en fourches, et autour de lui, les abeilles et les guêpes faisaient un grand concert de bourdonnements. Sur la branche la plus élevée, un rouge-gorge gazouillait : « Tzille-tzille, terrruis-tzille, tzille-tzille. » Il se trémoussait et se dépêchait comme s'il lui fallait absolument finir sa chanson avant la nuit. Il était de la même couleur que les pêches et il semblait lui-même un fruit que le soleil avait rougi par places.

À peu de distance du potager s'élevait une cabane faite de briques dégradées et de planches déclouées. Tout autour de la cabane, ce n'était que détritus et pierrailles, mais du milieu de ce fouillis sortait un figuier si touffu qu'il ne permettait pas aux gens de la maison de voir ce qui se passait derrière lui.

Ce fut le coin que Mlle Herminie choisit pour s'asseoir. Elle le connaissait bien ce figuier poussé là sans qu'on sût comment, et dont les branches noueuses et douces avaient l'air de membres cassés et mal remis. Elle connaissait bien aussi la vieille cabane à peine plus dégradée que de son temps. Elle s'y était abritée par les jours de pluie dans son enfance, et elle s'y était réfugiée plus tard pour y pleurer à l'aise son amour perdu. Le figuier et la cabane semblaient difficiles à séparer, ils étaient comme soudés l'un à l'autre, et si le mur et les planches se bombaient comme un appui, le figuier posait ses branches sur le toit, comme pour y maintenir les tuiles brisées qui menaçaient de s'échapper.

Les bruits du soir sonnaient clair dans l'éloignement. Des fumées transparentes et minces commençaient à monter au-dessus des maisons, et les quelques points blancs qu'on voyait bouger dans la vigne se répandirent par les routes et les sentiers.

Le jeune gars que nous avions vu sur la côte repassa devant nous ; il avait laissé là-haut sa brouette et il rentrait au logis les mains libres et une fleur à la bouche. Il ôta sa fleur en nous apercevant, et il nous regarda comme surpris de nous retrouver là, puis il reprit son air insouciant et s'éloigna en chantant d'une voix forte :

Je l'ai menée à la claire fontaine.
Je l'ai menée à la claire fontaine.
Quand elle fut là elle ne voulut point boire,
Dondaine,
Don.
C'est l'amour qui nous mène,
Don-don.

Mlle Herminie le suivit des yeux jusqu'au tournant du chemin.

Les trois ormes plus rapprochés de nous paraissaient plus vieux et plus difformes encore. Ils étaient les seuls grands arbres du voisinage, et les oiseaux venaient de toute part se nicher dans leurs branches. On les entendait pépier tous à la fois comme si chacun d'eux rendait compte de ce qu'il avait fait dans la journée. On entendit aussi des cris furieux et toute une troupe s'envola. Quelques-uns seulement revinrent aux branches, et aussitôt le calme se fit.

Le soleil s'en était allé en emportant sa lumière, mais avant que l'obscurité ne fût venue, une autre clarté se leva en face du couchant. Une clarté mystérieuse et voilée qui grandissait timidement comme une chose défendue. Et soudain la lune apparut au faîte du coteau. Elle était énorme et jaune et sa face toute barbouillée de noir avait l'air de se pencher prudemment pour s'assurer que rien ne viendrait gêner son passage au cours de la nuit. Le vent frais qui l'accompagnait semblait courir devant elle ; il bousculait le maigre feuillage des vignes en même temps qu'il balayait les nuages légers qui s'attardaient au ciel. Il buta contre nous avant d'entrer dans le potager où il alla secouer avec la même rudesse les choux et les rosiers, et il pénétra dans le figuier où il resta un long moment à retourner les larges feuilles et à siffler par les trous de la cabane.

Mlle Herminie parlait d'une voix chantante et fine et, malgré le vent qui lui soufflait sur la bouche, j'entendis :

« Le jour où il partit, son baiser ne fut pas moins tendre que celui de la veille, ni ses mains moins caressantes. Et quand il eut refermé sur lui la barrière du jardin, il se retourna tout comme les autres fois pour regarder le seuil de la maison qui me retenait encore. »

Elle se tut brusquement. Une des fenêtres de la maison venait de s'éclairer et deux ombres remuaient devant la lumière ; elles remuèrent longtemps et se réunirent souvent ; puis la fenêtre s'ouvrit toute grande et la lumière s'éteignit.

« Nous aussi nous aurions laissé la fenêtre ouverte sur le jardin », me dit tout bas Mlle Herminie.

Et une fois de plus elle laissa partir ses regrets, qui s'envolèrent légers et discrets comme les oiseaux de nuit qui nous frôlaient sans que rien ne nous annonçât leur venue.

Un temps très long passa. Le vent nous avait quittées pour courir plus loin, et la brise qui le remplaçait était si douce que les feuilles ne bougeaient même pas à son approche.

Autour de nous une vapeur blanche couvrait la terre comme un fin tapis, tandis que là-haut, en face de nous, la lune maintenant rayonnante et pure surpassait en éclat tout ce qui brillait au firmament.

Tout était au repos. Les chiens avaient cessé d'aboyer dans le lointain. Les vignes proches apparaissaient comme des étangs endormis, et les trois ormes tout blanchis de lumière à la cime semblaient avoir mis un bonnet pour la nuit.

Une sorte de hurlement s'éleva soudain près de moi. On eût dit la plainte d'un jeune chien, et il me fallut un moment pour comprendre que c'était Mlle Herminie qui pleurait. Assise sur des pierres éboulées, les mains à l'abandon et la tête renversée sous la lune, elle poussait un cri monotone et long comme si elle lançait dans l'espace un appel convenu afin que sa douleur soit recueillie et que rien n'en fût perdu.

Une feuille du figuier tomba derrière nous, elle tomba lourdement comme un fruit trop mûr et son bruit fit cesser la plainte. Un instant encore Mlle Herminie resta immobile, puis elle se leva pour s'accrocher à mon bras :

« Allons-nous-en, allons-nous-en », me dit-elle.

Et au lieu de remonter vers la ville qu'elle avait tant désiré revoir, elle lui tourna le dos et m'entraîna vers la gare.

L'ATELIER S'AGRANDIT ENCORE. Les portes qui faisaient communiquer les pièces de l'appartement furent enlevées, et les meubles se tassèrent les uns contre les autres pour faire place à de nouvelles machines. Malgré cela, lorsque novembre ramena la pluie et le froid, les commandes devinrent si nombreuses que les ouvrières de l'atelier ne suffirent plus et qu'il fallut en prendre une dizaine au-dehors.

Les ménagères du quartier savaient que chez Mme Dalignac le travail était mieux payé qu'autre part, aussi à toute heure du jour il s'en présentait pour emporter de l'ouvrage. Beaucoup d'ailleurs s'en retournaient désappointées en voyant l'élégance des façons. « Ah ! vous faites le beau ? » disaient-elles. Et sans cesser de regarder le modèle elles ajoutaient :

« Moi, je ne sais faire que le commun. »

Et leur enveloppe noire, pliée et repliée, elles s'en allaient lentement.

Il nous resta Bonne-Mère. C'était une veuve encore très jeune avec cinq enfants ; ses deux aînés, Marinette et Charlet, lui venaient déjà en aide. Marinette, qui n'avait pas encore douze ans, cousait presque aussi bien que sa mère, et Charlet, qui venait d'avoir dix ans, gagnait quelques sous à vendre des fleurs après ses heures de classe. Le gamin montait rarement à l'atelier, il restait en bas pour surveiller ses petits frères tout en vendant ses fleurs. On entendait seulement sa voix grêle : « Fleurissez-vous, mesdames. »

Quelquefois c'étaient des citrons qu'il avait dans son panier. Il lui arrivait de l'oublier et d'inviter tout de même les dames à se fleurir.

Alors Bonne-Mère souriait et nous disait :

« Écoutez le fou. »

Il en vint une autre que Bergeounette dénomma tout de suite Mme Berdandan.

Pour la première fois depuis la mort du patron, Mme Dalignac rit de bon cœur, tant le sobriquet allait bien à la nouvelle venue. Elle était si haute, si large et si lourde que le parquet tremblait à son passage, et elle avait un tel balancement dans la marche qu'on craignait un peu de la voir tomber sur soi.

Mais son caractère ainsi que sa voix n'avaient aucune lourdeur. Elle chantait en parlant et sa bouche ne s'ouvrait que pour dire des choses gaies ou apporter de bonnes nouvelles. « Une vraie cloche de bonheur », disait Bergeounette.

Et lorsque Mme Berdandan repartait avec son paquet entre les bras, Bergeounette ne manquait jamais d'imiter le son lent et sourd d'une énorme cloche qui se met en branle.

Bien différente était Mlle Grance malgré ses cinquante ans passés. Son petit corps bien fait s'accordait parfaitement avec son air naïf et sa voix enfantine, mais ses corsages manquaient toujours de longueur à la taille, tandis que ses jupes balayaient les bouts de fil et les épingles qui traînaient sur le parquet.

Pendant que Mme Dalignac vérifiait son travail et lui en préparait d'autre, elle se balançait sur la pointe des pieds et marmottait avec vivacité en regardant fixement le plafond. Duretour s'approchait d'elle sournoisement pour tâcher de comprendre ce qu'elle disait, mais elle n'y parvenait pas. Et chaque fois elle lui demandait :

« Vous faites votre prière, mademoiselle ? »

Chaque fois aussi Mlle Grance abaissait brusquement son regard, comme étonnée de se trouver là. Elle souriait sans répondre, reprenait son marmottage et son balancement. Puis, les coins de son enveloppe noués comme des bouffettes de ruban, elle emportait son paquet et gardait son secret.

Duretour, maintenant, n'avait pas une minute à perdre. C'était par pleines voitures qu'elle apportait les étoffes et reportait les vêtements. Les cochers de fiacre la connaissaient bien, sa jolie tournure et sa bonne humeur déridaient les plus grognons, et tous étaient heureux de la conduire malgré ses paquets encombrants.

À l'atelier, elle n'avait plus le temps de raconter les parties fines du dimanche ni d'énumérer des quantités de mets inconnus de nous. Et lorsque, le lundi, Bergeounette lui demandait comme autrefois :

« Qu'avez-vous mangé de bon hier ? »

Elle répondait toujours comme pour aller plus vite :

« Une poularde en cocotte. »

Mais si elle ne prenait plus le temps de causer, elle se rattrapait sur les refrains de café-concert. Et tout en cousant les étiquettes au col des vêtements elle chantait en trémolo.

Paris, Paris,
Paradis de la femme.

Mme Dalignac n'allait à la maison Quibu que pour présenter ses modèles et en fixer le prix. Elle m'emmenait pour avoir plus d'aplomb, mais ma présence n'empêchait pas le marchand de diminuer les prix d'un quart, quand ce n'était pas de moitié, et Mme Dalignac, incapable de défendre ses intérêts plus de cinq minutes, se soumettait, prête à pleurer d'impuissance. Elle enviait les autres entrepreneuses qui bataillaient, criaient et s'en allaient ayant presque toujours obtenu ce qu'elles désiraient. L'une d'elles, surtout, discutait âprement avec des mots à côté du sujet. Et rouge, hors d'haleine, finissait toujours par dire au marchand :

« Vous n'avez que la peine de vendre, ici. »

Pendant les heures d'attente les entrepreneuses causaient entre elles. Les plus hardies dénigraient la maison Quibu et donnaient le conseil de lui tenir tête, tandis que les timides parlaient seulement d'être fermes avec les ouvrières.

Une petite à l'air doux, qui faisait des modèles en séries et dont les prix ne variaient guère, dit à son tour :

« Autrefois, je me contentais de prélever 50 centimes par vêtement sur mes ouvrières, mais depuis que j'ai un enfant je prélève le double, et mon travail se fait tout de même. »

Et comme Mme Dalignac lui demandait si ses ouvrières gagnaient leur vie, elle répondit :

« Bien sûr que non ; mais, moi, il faut que je gagne la mienne. »

Toutes ne pensaient pas ainsi ; mais toutes s'étonnaient que Mme Dalignac ne fût pas une grande couturière au lieu d'une entrepreneuse pour beaux modèles.

Clément, aussi, s'étonnait de voir sa tante continuer ce métier. Aussitôt rentré du service militaire, il s'était intéressé aux affaires de l'atelier, et Mme Dalignac avait espéré lui voir prendre la place du patron ; mais, au premier mot à ce sujet, Clément avait secoué la tête :

« Non, je veux être le maître dans ma maison. »

Et quelques jours après il était entré comme ouvrier chez un tapissier des grands boulevards. Le dimanche matin, tandis que nous faisions propre l'atelier, il mettait de l'ordre dans les livres. Il le faisait vite et bien mieux que nous, et quand il eut mis au net les comptes très embrouillés de la maison Quibu, il demanda à sa tante :

« Où est ton bénéfice ?

– Il viendra, répondit Mme Dalignac.

– Et ton loyer qui est en retard ?

– Je le payerai prochainement.

– Et les machines de ce juif sur lesquelles tu n'as donné que des acomptes ?

– N'aie pas peur, je ne lui ferai rien perdre. »

Elle fit toutes ces réponses d'un ton tranquille, comme si c'était là des choses insignifiantes et d'un arrangement facile. Cependant le propriétaire apparaissait de plus en plus souvent pour réclamer son dû, et le juif venait chaque samedi avant la paye des ouvrières pour être sûr d'emporter une petite somme.

Mme Dalignac ne semblait pas se soucier de leurs exigences, elle ne parlait que de créer des modèles, afin d'employer beaucoup d'ouvrières. Rien ne la contrariait plus que de voir repartir une ouvrière avec son enveloppe vide. À celles de l'atelier elle disait :

« Si vous êtes embarrassées pour quoi que ce soit, ne craignez pas de vous adresser à moi. »

Et elle démontrait et expliquait avec une inlassable patience.

Sa douceur et sa bonté ne la mettaient pas à l'abri des insultes. Une ouvrière à l'air malade qui se présenta un matin la prit de haut sans raison. Elle semblait être entrée avec l'injure à la bouche et dès les premiers mots elle cria :

« C'est parce que vous vivez trop bien que, moi, je crève. »

Ses yeux étaient effrayants dans sa face maigre, et elle fut prise de défaillance avant d'être au bout de sa colère.

Mme Dalignac restait comme clouée à sa place. Cependant elle leva un doigt, et me dit :

« Donnez-lui un verre d'eau sucrée. »

La malade but lentement, avec des hoquets de suffocation, puis elle cracha la dernière gorgée aux pieds de Mme Dalignac en disant d'un ton haineux :

« Tenez, mauvaise femme, le voilà votre verre d'eau sucrée. »

Et comme elle se retournait trop brusquement pour partir, Mme Dalignac allongea vivement le bras pour la préserver du coin de la table.

Mme Doublé ne s'étonnait pas moins que Clément de voir sa belle-sœur rester confectionneuse. Depuis longtemps déjà, elle offrait à Mme Dalignac une association qui, selon elle, assurerait à toutes deux une grosse clientèle et une vie très confortable.

Mme Dalignac serait là pour créer les modèles et faire les essayages, et Mme Doublé tiendrait les comptes et s'occuperait des ouvrières.

Tout de suite après la mort du patron, elle était devenue notre voisine, Mme Doublé, et sur sa porte qui s'ouvrait tout à côté de la nôtre on pouvait lire en lettres d'or ces deux noms accouplés : Doublé-Dalignac. Ce voisinage lui permettait des visites répétées.

Comme toujours, elle en profitait pour critiquer ce qui se faisait chez nous, et quand elle ne trouvait rien à dire sur le travail, elle s'en prenait directement à Mme Dalignac. Elle la rendait responsable de la perte de ses clientes qui s'éloignaient une à une, faute de trouver chez elle les modèles variés d'autrefois. Et un jour qu'elle était plus hargneuse encore que de coutume, elle reprocha à Mme Dalignac son manque de coquetterie et lui fit honte de ses sarrauts usés.

« J'en achèterai d'autres », dit tranquillement Mme Dalignac.

Hors d'elle-même, Mme Doublé cria :

« Avec quoi ? grand Dieu ! avec quoi ? »

Et Mme Dalignac, l'air absent, répondit :

« Mais, avec de l'argent. »

Mme Doublé sortit comme une folle en laissant la porte ouverte derrière elle.

Gabielle restait quand même la plus habile. Elle avait une manière de faire que les autres imitaient sans parvenir à l'égaler.

Elle était revenue à sa machine à peine convalescente ; mais depuis longtemps déjà elle avait repris ses belles joues rondes et sa gaîté. On remarquait seulement que son corsage restait solidement agrafé et que sa taille était fortement serrée dans une ceinture de cuir.

Jacques espérait toujours la voir devenir sa femme, mais, si elle ne s'éloignait plus de lui comme autrefois, elle ne paraissait pas davantage décidée à l'épouser.

Elle ne pensait qu'à travailler dur pour gagner de quoi acheter les meubles qui lui permettraient de ne plus demeurer à l'hôtel.

Il était souvent auprès de nous, le malheureux Jacques, ainsi que l'appelait Mme Dalignac, et il continuait à pleurer l'éloignement de ses enfants sans rien faire pour s'en rapprocher.

À le retrouver si souvent à la maison, Clément avait fini par le prendre en amitié et il lui rapportait de-ci de-là un renseignement utile à la recherche des petits. Jacques le remerciait affectueusement, puis il regardait du côté de Gabielle et disait :

« Si elle était ma femme, elle saurait bien s'occuper de ces choses. »

Clément pensait aussi qu'un mariage serait bon entre Gabielle et Jacques. Il m'en parlait ainsi :

« Elle commanderait, il obéirait, et tout irait bien. »

Cependant, comme ce mariage semblait de moins en moins possible, Mme Dalignac conseillait surtout à Jacques de faire les démarches qui lui rendraient au plus tôt ses enfants :

« Du courage ! allons ! » lui dit-elle un jour.

Jacques eut un mouvement de tout son corps pour repousser on ne savait quoi, et ses deux bras lancés en avant me firent penser à la petite souris levant ses deux pattes vers le monstre qui s'apprêtait à la dévorer.

« Du courage ! » fit-il en se rasseyant lourdement.

Et il se mit à pleurer.

Clément riait d'une façon méprisante et cruelle, mais Mme Dalignac disait des mots de douceur et d'espoir.

Bouledogue ne savait pas comme Gabielle trouver les bonnes idées, mais ses doigts délicats poussaient adroitement les tissus sous l'aiguille de la machine et jamais ses coutures ne déviaient d'un fil. Elle ne grognait plus comme au temps des clientes. Elle prenait seulement beaucoup de place autour d'elle, sans s'inquiéter s'il en restait pour ses voisines. Et lorsque sa machine se détraquait, elle l'injuriait et la cognait durement.

Bergeounette avait quitté son mari. Elle était sortie si meurtrie de leur dernière bataille que ses plaies avaient mis plus d'un mois à guérir. À se sentir libre une joie exubérante la soulevait. Elle remuait ses coudes comme des ailes et levait les pieds sans raison.

Son mari, tout repentant, la guettait à la sortie de l'atelier, dans l'espoir de la ramener au logis. Mais elle ne se laissait pas fléchir. Aux heures où il aurait dû être à son travail on le voyait assis sur un banc de l'avenue, en face de nos fenêtres.

Gabielle, qui n'aimait pas voir les hommes à ne rien faire, disait :

« Qu'est-ce qu'il fait là à tuer le temps ?

– Le temps le tuera aussi », répondait en riant Bergeounette.

Et à l'idée de voir son mari porté en terre elle chantait gaiement :

On sonnera les cloches
Avec des pots cassés.

Roberte qui ne perdait pas l'habitude des mots de travers disait de Bergeounette :

« Elle est gaie comme un pinson dans l'eau. »

Les mots stupides de Roberte faisaient toujours rire les autres à ses dépens, mais elle ne s'en fâchait pas. Elle prenait une pose prétentieuse pour placer une nouvelle phrase saugrenue, et tout était dit.

Par contre Félicité Damoure supportait mal l'imitation de son accent, et ses remarques désagréables entretenaient la chicane dans son entourage. Elle ne supportait pas mieux l'idée d'un atelier où personne ne gouvernait et où chaque ouvrière avait une façon différente de mener à bien son travail. Dans la bousculade des moments de livraison, elle restait comme ahurie, et c'était toujours dans le calme revenu qu'elle lançait d'une voix rageuse :

« Là où il n'y a pas de commendemengue, il n'y a que du désordre. »

Elle regrettait le patron qui savait commander et mettre chacun à sa place et il lui arrivait de vouloir l'imiter ; mais les répliques ne se faisaient pas attendre. Bergeounette ne lui épargnait pas les railleries :

« Un seul ordre de vous, belle Damoure, et la discorde arrive au galop. »

Et comme Félicité Damoure ne savait pas répondre à Bergeounette, elle prenait le parti de rire avec les autres, et disait :

« Ici c'est toujours la même chose. Quand on croit faire une fille, on ne fait qu'un garçon. »

Parmi ces femmes trop près les unes des autres les disputes ne manquaient pas ; elles éclataient sans que l'on sût comment, et l'ouvrière qui criait le plus fort n'en avait pas toujours le droit.

Mme Dalignac faisait cesser le tapage rien qu'en apparaissant dans l'encadrement de la porte.

Appuyée des deux mains au chambranle, elle était si grande, si calme et si grave, que les cris se changeaient immédiatement en murmures.

Quand tout était apaisé, elle disait lentement :

« Essayez donc de vous aimer un peu entre vous. »

Le soir, dans ma chambre, je retrouvais Mlle Herminie. Sa santé ne lui permettait plus de venir à l'atelier, et le travail qu'elle emportait n'était jamais terminé à temps. La journée finie, elle venait au-devant de moi, et nous remontions tout doucement l'avenue.

Oh ! qu'elle était vieille maintenant, Mlle Herminie. Ses yeux bleus si frais encore quelques mois auparavant semblaient tout déteints, et, à la place de ses lèvres, on croyait voir deux minces feuilles de roses roulées et séchées. Son caractère changeait aussi. Elle se mettait en colère pour un rien. De petites colères ridicules où sa voix sans force ne parlait que de tuer.

Jusqu'à un pauvre chat efflanqué qui longeait timidement la gouttière pour venir mendier à notre fenêtre, et qui lui faisait dire :

« Oh ! ce chat, je le tuerai trois fois. »

Son dos se courbait encore et elle perdait conscience d'elle-même pendant des jours entiers. Ces jours-là, elle restait au lit sans colères ni soucis ; mais dès que la raison lui revenait elle s'éloignait de son lit dans la crainte de la mort :

« Pourquoi mourir ? » disait-elle.

Et à l'entendre, on eût pu croire qu'il était facile d'éviter ce malheur.

Elle ne parlait plus de son passé. Une fois seulement, dans un moment de détresse, elle avait fait allusion à notre voyage, en disant :

« J'ai tout détruit, et je ne sais plus où me reposer. »

Elle, si curieuse autrefois, ne s'intéressait plus à rien. Dehors elle marchait la tête baissée, et dans la maison elle somnolait appuyée au dossier de sa chaise, ou enfoncée dans son vieux fauteuil. Mon futur mariage même la laissait indifférente, et c'est à peine si elle regardait Clément. Seul un jeune nègre, qui suivait en sens inverse le même chemin que nous, la faisait sortir de sa torpeur. Mlle Herminie n'aimait pas les nègres et à chaque rencontre elle faisait des remarques désobligeantes sur celui-ci. Pourtant la face noire du jeune homme avait comme un reflet de bonne humeur, et on eût dit qu'il tenait son sourire tout prêt pour nous le montrer au passage. La haine de Mlle Herminie s'augmentait de ce sourire et, un soir qu'un embarras de voitures nous immobilisait auprès du nègre, elle lui dit effrontément :

« Vous ne vous êtes pas débarbouillé, ce matin. »

Il sourit plus largement encore en répondant :

« Non, il faisait trop froid. »

Sa voix était harmonieuse, et il n'avait aucun accent étranger. Je le fis remarquer à Mlle Herminie qui ne voulut pas en convenir et me répliqua avec aigreur :

« On dirait que vous le préférez à Clément. »

Elle s'excusa de sa brusquerie, mais dans le même instant je compris que le visage du nègre m'était aussi agréable à voir que n'importe quel visage aimable.

Les grands froids supprimèrent les sorties de Mlle Herminie ; mais c'était toujours avec le même plaisir que je la retrouvais. Les soins à lui donner me faisaient oublier tout ce qui m'avait troublée dans la journée, et je ne désirais plus rien que son contentement.

Il n'en était pas de même pour la pauvre vieille. Son visage s'éclairait à peine lorsque j'arrivais, et je m'aperçus bientôt que les longues heures de solitude altéraient peu à peu ses facultés.

Un soir, elle me dit comme en confidence :

« Aujourd'hui, j'ai cinquante-treize ans. »

Elle appuyait sur moi un regard tout changé qui m'effraya. Pendant toute une semaine elle répéta :

« Aujourd'hui, j'ai cinquante-treize ans. »

Puis elle oublia ma présence. Tandis que je lui parlais, elle sortait sur le palier pour guetter mes pas dans l'escalier, ou bien elle ouvrait la fenêtre pour tâcher de m'apercevoir au loin, et souvent, le regard vague et l'oreille aux écoutes, elle chantonnait une ronde enfantine :

Reviens, reviens, c'est l'heure
Où le loup sort du bois.

Bientôt elle refusa de manger et elle sortit dans la rue à peine vêtue.

Il fallut bien la conduire dans un asile.

Clément s'inquiétait de plus en plus des dettes de Mme Dalignac. Il étalait devant elle des papiers couverts de chiffres et disait :

« Tu ne gagnes pas plus que tes ouvrières.

– Cela me suffit », répondait Mme Dalignac.

Il me semblait que Clément la regardait avec un peu de mépris dans ces moments-là.

Un dimanche, tandis que nous étions seuls pour un moment, il s'emporta :

« Ses dettes montent… montent… Elle dirige mal son affaire et n'y veut rien changer. »

Il frappa les papiers, puis il eut un haussement d'épaules, pour me dire :

« Voyez-vous, Marie-Claire, ma tante ne s'aime pas, et quand les gens ne s'aiment pas eux-mêmes ils n'arrivent à rien. »

J'osai la défendre :

« Elle arrive à faire vivre une trentaine d'ouvrières. »

Il s'impatienta :

« Personne ne l'y oblige. Qu'elle se fasse vivre d'abord. »

Et il menaça de ne plus s'occuper des comptes de l'atelier.

Il vint cependant avec nous chez Quibu, le lendemain. Sa présence donna de l'audace à Mme Dalignac et elle maintint ses prix comme je ne le lui avais jamais vu faire.

Le marchand lui répondit d'abord poliment, avec l'air de condescendance des autres fois, puis il devint plus ferme, et comme elle ne cédait pas, il se fit dur et lui dit avec insolence :

« Est-ce vous qui avez la peine de vendre vos modèles ? »

Mme Dalignac ne serait pas devenue plus rouge, si on l'eut accusée de vol. Elle eut cet affaissement des épaules que je connaissais bien, et ce fut fini. À peine dehors, Clément donna raison au marchand :

« Il ne laisse pas sa part aux autres, lui. Et c'est ainsi que je ferai lorsque je serai patron. »

Et comme nous marchions vite, il nous obligea de ralentir le pas, en ajoutant :

« Il faut toujours tirer la couverture à soi. »

Je cherchai le regard de Mme Dalignac, mais je ne le rencontrai pas. Il se posait bienveillant et gai sur son neveu :

« Tu deviendras riche, toi », lui dit-elle.

Et son joli rire fit retourner les passants.

À chacune de ses visites, le propriétaire, qui ne recevait que de faibles acomptes, disait à Mme Dalignac :

« Vous finirez par lasser ma patience. »

Elle en restait toute confuse quoiqu'elle lui eût donné jusqu'à son dernier sou. Ce qui la mettait dans un grand embarras en attendant la paye de la maison Quibu.

Le propriétaire ne paraissait pas méchant. C'était un homme d'une cinquantaine d'années dont les cheveux trop noirs reluisaient autant que ses souliers, et dont la moustache était beaucoup trop reluisante aussi.

Duretour se moquait de sa jaquette collante et Bergeounette, qui l'avait dénommé M. Pritout, disait qu'il avait l'air d'un vieux meuble sur lequel on aurait laissé choir un pot de vernis.

En les écoutant Mme Dalignac riait et reprenait son calme. Elle était persuadée que l'abondance du travail lui procurerait le moyen de se libérer rapidement de toutes ses dettes. Et à la voir si tranquille, je me persuadais moi-même que rien de grave ne pouvait la menacer.

La patience de M. Pritout se lassa vite, et les feuilles de papier timbré commencèrent d'arriver.

Mme Dalignac les lisait à peine. Elle les accrochait à un clou avec d'autres papiers sans importance et les oubliait aussitôt.

Clément, qui les lisait attentivement, s'en épouvantait et demandait conseil à Mme Doublé. Mais Mme Doublé ne donnait pas de conseils ; elle se contentait de faire des reproches à sa belle-sœur et de renouveler ses offres.

Un dimanche matin elle entra chez nous, la face hardie et la voix résolue, en disant :

« Il faut pourtant nous entendre pour cette association. »

Et tout de suite elle montra un carré de carton blanc où elle avait écrit en lettres noires : Doublé-Dalignac sœurs.

L'expression de lassitude qui s'étendit sur le visage de Mme Dalignac fut si vive que Mme Doublé perdit un peu de son arrogance et dit d'une voix moins rude :

« Je payerai vos dettes et nous rendrons les machines à ce juif. »

Mme Dalignac resta silencieuse. Ainsi que cela lui arrivait toujours dans les grandes émotions, elle semblait avoir perdu l'usage de la parole.

« C'est dans votre intérêt », reprit Mme Doublé.

Et sans perdre une minute elle exposa son projet de diviser les pièces du logis :

« La coupe restera ici, mais l'atelier deviendra un salon d'essayage, où je placerai une porte qui fera communiquer mon appartement avec le vôtre. »

Elle se leva pour mieux indiquer l'endroit choisi. Et, avec une craie rouge, elle traça sur le mur la forme d'une grande ouverture.

Clément avait écouté sans rien dire, mais, quand il vit Mme Dalignac effacer soigneusement la marque rouge, il prit la parole à son tour.

Il dit à sa tante comment ses jolis modèles tenaient le premier rang aux vitrines des grands magasins ; il en avait noté les prix élevés et il trouvait injuste que tant de savoir et de peine ne profitât qu'aux autres. Tandis que, dans l'association Doublé-Dalignac sœurs, il prévoyait des bénéfices sûrs et rapides. Il ajouta en se penchant affectueusement sur Mme Dalignac :

« Tu sais travailler... Mme Doublé sait vendre... À vous deux vous pouvez réaliser une fortune. »

Pour la première fois, je vis faire un mouvement de révolte à Mme Dalignac :

« N'insiste pas, Clément. C'est inutile. »

Clément n'insista pas, mais il eut un geste qui brisa en trois morceaux la craie savonneuse.

Mme Dalignac ramassa les trois morceaux qu'elle fit sauter machinalement dans sa main, en disant :

« Doublé-Dalignac sœurs. »

Elle rit un peu, puis elle jeta les débris, et dit fermement :

« Non, je ne veux pas. »

Ce fut au tour de Mme Doublé de rester sans voix.

Elle se leva d'un mouvement violent et rentra chez elle.

Mme Dalignac respira plus librement et soudain, toute sa tranquillité revenue, elle embrassa son neveu :

« Aie confiance, Clément. J'ai un grand courage. »

En m'accompagnant sur l'avenue, Clément me dit :

« J'avais compté sur elle pour notre installation, mais je vois bien qu'il me faut y renoncer. »

Et il me prit le bras aussi familièrement que si nous étions déjà mariés.

Il m'accompagna souvent par la suite. Nos conversations ne différaient guère. Il n'était question que d'une boutique à louer et du travail que nous ferions. Il disait :

« Parmi les clients de mon patron, je choisis ceux qui deviendront les miens. »

Et il s'arrêtait pour écrire un nom sur son calepin. Sur une autre feuille de son calepin, il notait tous les objets qu'il comptait demander à sa tante pour monter notre ménage. J'en étais choquée :

« Mais elle a besoin de ces choses.

– Moi aussi… » me répondait-il.

Puis il m'indiqua les objets que j'aurais à demander moi-même.

Je refusai. Il s'étonna de ma résistance et me dit presque fâché :

« Je vous croyais plus intelligente. »

La rencontre du nègre devint un autre motif de querelle entre nous. Pas plus que Mlle Herminie il ne pouvait supporter la vue du pauvre garçon, qui évitait cependant de sourire lorsque Clément marchait auprès de moi. Mais un soir qu'il me crut seule, sa bouche s'ouvrit large et fraîche et son regard s'arrêta un instant sur le mien.

Clément, qui n'était qu'à quelques pas, eut un mot blessant qui fit brusquement fermer la bouche et détourner les yeux.

J'en restai mécontente et froissée et, le lendemain, en apercevant le jeune nègre, j'éprouvai un remords, comme si ce fut moi qui l'eut offensé.

Il ne m'adressa pas de sourire, quoique je fusse seule. Une tristesse mettait comme un voile très doux sur ses prunelles noires, et en passant très près il me dit :

« J'ai du sang rouge aussi ; et mes mains ne sont pas sales. »

J'avais une nouvelle amie. Peut-être était-elle déjà dans ma chambre du temps de Mlle Herminie, mais je ne l'avais remarquée qu'après son départ. C'était une mouche. Une toute petite mouche, propre, fine, vive et confiante. Dès que le poêle était allumé, elle sortait de sa cachette et faisait entendre sa musique. Je lui parlais :

« Bonsoir, petite mouche. »

Elle volait de ma tête à mes mains, ou bien elle tournait sans se lasser autour de la lampe.

Mais, c'était surtout pendant le repas qu'elle me tenait compagnie. Tout ce qui était sur la table servait à son amusement. Elle franchissait le verre d'eau, escaladait le pain, et se tenait en équilibre sur les pointes de la fourchette. Elle dédaignait les miettes que je disposais de place en place pour elle, et préférait chercher sur la nappe des choses à son goût. Parfois elle venait s'assurer de ce qu'il y avait dans mon assiette. Elle en faisait le tour en se tenant très au bord, puis elle avançait avec précaution, goûtait, secouait la tête comme pour dire qu'il n'y avait là rien de bon et s'en retournait sur la nappe où elle courait dans tous les sens. Quelquefois, elle semblait poursuivre une proie. Elle était tellement lancée qu'elle dépassait le but. Elle faisait alors un brusque mouvement de recul et, après quelques sauts désordonnés, elle paraissait déguster un mets délicieux. Je la regardai de très près. Je pris même les lunettes de Mlle Herminie pour tâcher de voir ce qui la régalait ainsi, mais je ne vis que sa fine trompe qui plongeait dans les fils de la toile et sa tête ronde où les yeux tenaient la plus grande place.

Son dîner fini, elle lissait longuement ses ailes, frottait ses pattes avec soin et se tenait tranquille sur le livre que je lisais ou sur la page que j'écrivais.

Un soir de mai, une fumée lourde et chaude entra comme une bourrasque dans l'atelier.

« C'est le feu », cria Félicité Damoure.

Aussitôt toutes les ouvrières se levèrent.

Gabielle, qui avait fait comme les autres, regarda au-dehors et dit sans hâte :

« C'est la scierie d'en face qui brûle. »

Il n'y avait aucun danger pour nous, la scierie se trouvant assez en retrait de l'avenue. Il s'agissait seulement de tenir les fenêtres fermées pour se garantir de la fumée. Cependant, comme de grandes quantités de bois flambaient et que le vent poussait les flammes de notre côté, les pompiers commencèrent d'inonder du haut en bas la façade de notre maison.

« Couvrez les tissus », disait Mme Dalignac.

Et elle-même entassait les pièces d'étoffe, tandis que Bergeounette m'aidait à ramasser l'ouvrage que des ouvrières peureuses avaient abandonné. Pendant ce temps, Gabielle, les manches relevées très haut et sa jupe enroulée autour des hanches, épongeait l'eau qui entrait malgré les fenêtres fermées. Et chaque fois qu'elle voyait du bois enflammé sauter en l'air en lançant une pluie d'étincelles, elle riait fort et disait :

« Bien joué, monsieur le feu. »

Mme Doublé avait renvoyé en hâte ses ouvrières.

Son appartement donnait sur la cour et ne recevait même pas le jet des pompes. Mais elle avait peur, une peur qui la rendait stupide et humble, et lui avait fait chercher asile auprès de nous. Elle restait près de la porte sans oser sortir ni rentrer, et son air terrifié la changeait tellement que Duretour la houspillait, et que Bergeounette me dit :

« Elle ne serait même pas capable de rendre une gifle. »

Chaque fois que les flammes s'élevaient davantage ou que la fumée augmentait, Mme Doublé retrouvait un peu de voix pour dire :

« Tout va brûler. »

D'après elle les maisons voisines allaient prendre feu, la nôtre aussi, et tout le quartier allait flamber.

Des ouvrières la regardaient, prêtes à la croire ; mais Bergeounette les rassurait :

« Ne l'écoutez pas ! ce n'est qu'une imbécile qui a peur. »

Elle allait de l'une à l'autre, son pas était ferme comme sa voix, et ses gestes ressemblaient à des ordres.

Bouledogue, un chiffon propre en main, faisait reluire le volant nickelé de sa machine.

Mme Dalignac ne remuait pas, mais rien n'échappait à son regard tranquille.

Le feu baissa rapidement, et la fumée commença de se dissiper.

Dans notre maison, des pompiers montaient et descendaient pour s'assurer des dégâts faits par l'eau. L'un d'eux, un jeune sergent au visage frais, entra chez nous. Il s'assit familièrement sur la tablette d'une machine à coudre d'où il pouvait voir le foyer d'incendie qui rougeoyait dans la nuit venue, et il dit à Mme Dalignac :

« Il ne pouvait pas tenir longtemps, toutes les bouches d'eau ont bien fonctionné. »

Il rit en apercevant Gabielle auprès de lui et il reprit d'un ton gai :

« Je ne savais pas qu'il y avait d'aussi belles bouches à Montparnasse. »

Il rit encore et Gabielle fit comme lui.

Tous deux restèrent à se regarder en riant, puis Gabielle prit tout à coup un air sage et gêné et elle se baissa pour chercher à terre des choses qui n'y étaient pas.

D'autres pompiers entrèrent chez nous. Un grand blond fit recoudre sa culotte déchirée au genou, et un petit brun réclama du secours pour sa manche qui ne tenait plus que par un fil à l'épaule.

Les aiguilles entraient difficilement dans le drap mouillé, et, pendant une demi-heure, il y eut des mots lestes et des rires bruyants.

Mais au départ, le jeune sergent fut le seul à dire au revoir.

On devait le revoir en effet. Dès le lendemain, à l'heure de la sortie des ouvrières, il se tenait sur le trottoir d'en face, comme s'il était chargé de surveiller les ruines de la scierie.

« C'est pour moi qu'il vient », nous dit Gabielle.

Et aussitôt elle devint comme transportée de joie. Elle attendit cependant qu'il se fût éloigné pour descendre. Elle fit de même le lendemain, mais le troisième jour, en le voyant se rapprocher de notre maison, elle s'affola :

« Comment lui échapper ? » dit-elle.

Et elle nous supplia, Bergeounette et moi, de dire au jeune homme qu'elle ne faisait plus partie de l'atelier.

Ce fut à moi que le pompier s'adressa :

« Mademoiselle. Dites-moi, la jolie fille… est-ce qu'elle ne travaille plus là-haut ? »

Il avait un air si honnête et si inquiet que je ne tins pas compte des recommandations de Gabielle.

« Si, dis-je, mais elle quitte plus tard parce qu'elle a peur de vous.

– Peur de moi ! » fit-il.

Et son inquiétude sembla augmenter tandis qu'il reprenait :

« Mais c'est pour nous marier ensemble que je cherche à lui parler. »

Il rit, en ajoutant :

« Il n'y a pas un de mes camarades qui ait une femme aussi belle. »

Et tout de suite il me donna son nom et son adresse.

Gabielle ne fut pas joyeuse comme nous l'espérions à cette nouvelle. Elle oublia d'un coup tout le bonheur entrevu et ne songea plus qu'à son histoire du bal Bullier.

« Avant tout, dit-elle, il faut qu'il sache la vérité. »

Et malgré les haussements d'épaules de Bergeounette, elle écrivit une lettre dans laquelle elle racontait simplement son malheur et où elle avouait avec la même franchise l'amour que le sergent lui inspirait.

Plusieurs jours passèrent, puis Gabielle, qui surveillait l'avenue, aperçut un soir le jeune homme accoté à un arbre assez éloigné. Elle rougit violemment et se détourna un peu pour nous dire :

« Celui-là aussi me méprise. »

Et toute frémissante, elle me supplia d'aller chercher la réponse.

« Vous feriez mieux d'y aller vous-même, conseilla Mme Dalignac.

– Oh ! non, répondit Gabielle, s'il me touchait seulement les doigts, je sens bien que je serais perdue. »

Moi aussi, j'avais hâte de connaître la réponse, et tout en prenant la lettre que me tendait le pompier, je demandai :

« Vous êtes toujours décidé à vous marier ?

– Non », fit-il.

Je m'éloignais si vite qu'il lui fallut faire quelques pas en courant pour me rattraper. Des gens passèrent entre nous, pendant qu'il répétait :

« Excusez, excusez, mademoiselle. »

Je m'arrêtais. Il resta tout confus devant moi, puis une colère lui fit lever le poing, et une grande rougeur passa sur son visage tandis qu'il m'expliquait :

« Vous comprenez ? Sa faute serait vite connue, mes camarades se moqueraient, et personne ne nous respecterait. »

Il me parut soudain aussi malheureux que Gabielle, et je le quittai sans rancune.

Pendant toute une semaine, Gabielle eut un rire qui nous obligeait à la regarder chaque fois qu'elle le faisait entendre, puis un soir elle s'attarda encore, pour dire à Mme Dalignac :

« Je voudrais parler à Jacques au sujet de notre mariage. »

LA SAISIE DES MEUBLES surprit Mme Dalignac comme une catastrophe. Elle consulta ses livres avec attention, compara ses dépenses avec son gain, additionna les sommes dont elle était redevable, et comprit enfin qu'elle s'était trompée en ne comptant que sur son courage et sa bonne volonté. Elle comprit en même temps que son atelier allait être détruit et que ses ouvrières seraient sans travail. Alors elle se jugea coupable de négligence. Et en pensant que tout était perdu par sa faute, elle cacha son visage dans ses mains et pleura.

Clément fut comme étourdi par la mauvaise nouvelle. Malgré tout, il avait conservé l'espoir de voir prospérer sa tante. Et s'il ne pleura pas comme elle, il mit aussi ses mains sur son visage.

Lorsqu'il fut plus calme, il chercha un remède au mal qui était dans la maison. Il n'en trouva pas d'autre que l'association Doublé-Dalignac sœurs. Il rappela les mots de Mme Doublé : « Je payerai vos dettes et nous rendrons les machines à ce juif. » Et ce qu'il dit ensuite était si juste et si rassurant pour l'avenir que Mme Dalignac se laissa convaincre et s'abandonna.

Elle vécut peu d'heures tranquilles, car dès le lendemain elle regrettait la parole donnée. Elle disait tout angoissée :

« Avec elle je ne pourrai rien faire de bien. Quand elle est près de moi, il me semble qu'elle ferme la porte de mon cerveau et qu'elle en garde la clef dans sa poche. »

D'autres tourments vinrent la harceler.

Que deviendraient Bouledogue et Bergeounette ?

Elle savait bien que ni l'une ni l'autre n'entreraient dans l'atelier d'à côté. Puis elle se vit seule dans son appartement si bruyant depuis toujours. Elle imagina la porte de communication s'ouvrant à tout moment pour laisser passer Mme Doublé et ses exigences. Et devant les désagréments qu'allait lui apporter l'association Doublé-Dalignac sœurs, elle perdit courage et dit :

« Oh ! mon Dieu ! comme il est difficile de vivre. »

Son chagrin ne diminua pas. Mme Doublé, qui ne savait pas plus cacher sa joie que sa colère, l'augmentait par ses familiarités et ses conseils, et, en très peu de temps, le beau visage de Mme Dalignac se flétrit.

Il me vint une idée. Les sommes qui n'avaient pas été payées par les anciennes clientes représentaient largement les quelques milliers de francs que devait Mme Dalignac, et si on pouvait faire rentrer cet argent, tout serait sauvé.

Mme Dalignac refusa de tenter ce moyen.

« Pas une de ces dames ne consentirait à payer la façon d'une robe usée », me dit-elle.

Cependant, le jour où elle devait donner sa signature d'associée, son chagrin devint si vif, que je partis avec les factures sans vouloir l'écouter.

La première cliente à laquelle je m'adressai s'étonna grandement et promit d'écrire à Mme Dalignac. La seconde rit beaucoup et rappela sa bonne qui revint bourrue et rageuse pour me pousser dehors. La troisième dit :

« En voilà une histoire. »

J'allais de l'une chez l'autre où j'entendais les mêmes mots de regrets ou de révolte, mais je ne me décourageais pas. Coûte que coûte il me fallait de l'argent. J'avais gardé pour la dernière la plus grosse somme, et mon espoir grandissait. C'était une cliente qui habitait tout en haut des Champs-Élysées et qui portait plusieurs noms et titres que Duretour avait transformés en Mme de Machin-Chose.

La femme de chambre disparut avec la facture et revint en m'affirmant que sa patronne était sortie.

Ma confiance était si grande que je décidai d'attendre le retour de la riche cliente. J'attendis longtemps, si longtemps que le silence m'effraya tout à coup, et que je m'aperçus qu'il faisait nuit dans l'antichambre. Je m'inquiétai vivement de l'heure présente, et je remuai dans l'espoir de voir arriver quelqu'un. Presque aussitôt j'entendis un bruit de pas et je reconnus la voix de Mme de Machin-Chose qui demandait :

« Est-ce que cette couturière attend toujours ? »

J'eus un bourdonnement dans les oreilles, et avant qu'il eût cessé, la même voix reprit :

« Renvoyez-la donc. »

Dehors, je restai comme assommée. Les hautes lampes électriques m'éblouissaient de leur lumière et je ne savais plus de quel côté me diriger pour retourner avenue du Maine. Je voulus m'asseoir sur un banc pour essayer de mettre un peu d'ordre dans mes idées, mais une peur de moi-même me fit repartir.

Il me sembla que mes idées tournaient dans ma tête avec une vitesse effrayante et que rien désormais ne pouvait les arrêter.

En rentrant je trouvai Clément et Mme Doublé assis de chaque côté de Mme Dalignac. Tous deux étaient rouges comme les gens qui ont beaucoup parlé, mais si Mme Dalignac restait pâle, je fus surprise de voir que son visage n'était plus crispé, et qu'il gardait au contraire comme un reflet de grand contentement.

Son regard ne se posa qu'un instant sur les factures que je tenais à la main. Elle fit vers Clément un geste que je ne compris pas. Puis elle prit la plume, la trempa deux fois dans l'encrier et signa le papier qui était devant elle.

Sur l'avenue, Clément fit montre d'une joie désordonnée en m'apprenant que sa tante avait donné sa signature de bon cœur parce que Mme Doublé avait promis d'avancer l'argent nécessaire à l'installation d'une boutique de tapissier.

Et comme je ne me réjouissais pas avec lui, il me dit, l'air désagréable :

« Elle n'est pas à plaindre, Mme Doublé saura bien l'enrichir. »

Il n'était pas possible de fermer sur l'heure l'atelier de confectionneuse ainsi que le désirait Mme Doublé. L'engagement pris à la maison Quibu devait suivre son cours jusqu'à épuisement des modèles, ce qui n'arriverait qu'à la fin de l'année, et nous n'étions encore qu'au début d'octobre.

Mme Dalignac prévint cependant les ouvrières afin de laisser libres celles qui voudraient s'en aller tout de suite. Mais toutes décidèrent de rester jusqu'à la fin.

« Hé ! pardi ! on n'est pas pressée d'être mal », disait Félicité Damoure.

Roberte se tortilla longtemps avant de dire :

« Moi, chez une autre patronne, je vais me consommer. »

Bouledogue désirait surtout posséder une machine qui lui permettrait de travailler chez elle tout en soignant sa grand-mère.

Duretour parlait de se marier à la Noël, et Bergeounette était décidée à faire n'importe quoi plutôt que de retourner auprès de son mari.

Mme Dalignac prêtait attention à ce que chacune disait. Elle les aimait et souffrait de s'en séparer.

Elles étaient là, avec leurs caractères différents, méchantes ou bonnes, tristes ou gaies, sottes ou intelligentes, mais toutes courageuses et appliquées au travail.

Il y avait la belle Vitaline qui faisait penser à un diamant bien taillé. Ses cheveux et ses yeux brillaient, ses dents brillaient. Son teint brillait et quand elle remuait, elle semblait jeter de la lumière sur ses compagnes.

Il y avait Julia qui allait figurer le soir dans les théâtres pour gagner de quoi acheter des souliers vernis et des gants de peau. Les souliers qu'elle portait trop courts lui meurtrissaient les pieds, les gants qu'elle portait trop étroits lui déformaient les mains, mais pour rien au monde elle n'eût changé la pointure de ces deux objets.

Il y avait aussi Fernande qui déjeunait de trois morceaux de sucre dans un verre d'alcool, parce qu'elle perdait aux courses, chaque dimanche, le peu d'argent qu'elle gagnait pendant la semaine.

Il y avait encore Mimi l'orpheline qui n'avait pas seize ans et qui élevait sa petite sœur.

Et dans le coin le plus reculé, à l'endroit où le jour pénétrait le moins, il y avait la mendiante. Elle était aussi terne que Vitaline était brillante et elle avait une façon de regarder qui était comme une main tendue. Son ton pleurnichard la faisait souvent rabrouer par les autres. Et Bergeounette qui la détestait l'accusait de tendre une main derrière et l'autre devant.

Un jour qu'elle s'attardait à l'heure de midi, je ne pus supporter sa face implorante, et d'un rapide mouvement je lui passai mon porte-monnaie contenant quelques francs. Elle s'éloigna aussitôt ; mais au lieu de sortir par la porte habituelle, elle traversa la pièce de coupe où je l'entendis s'arrêter l'espace de quelques secondes.

J'y entrai après elle et je me disposais à demander à Mme Dalignac de bien vouloir payer le repas que nous prenions ensemble au restaurant, lorsqu'elle me dit :

« Vous paierez pour moi aujourd'hui, car je n'ai pas le sou. »

Le mouvement d'inquiétude qui m'échappa la fit me regarder plus attentivement. Je rougis alors et elle aussi. Nos regards restèrent en contact, puis comme si une vive lumière éclairait brusquement le chemin que venaient de prendre nos deux porte-monnaie, un rire violent nous saisit. Ce fut comme une vague de gaîté qui nous jeta de droite et de gauche. Le rire si clair, si léger de Mme Dalignac s'élançait et s'éparpillait pendant que le mien large et sonore le suivait et l'accompagnait partout.

Notre déjeuner se composa de rires et de pain sec ce jour-là. Et la mendiante qui gardait au retour l'air triste des gens qui ont faim put croire en nous voyant si gaies que nos mets avaient été copieux et choisis.

Les après-midi de dimanche, lorsque Mme Dalignac était libre, je l'entraînais au jardin du Luxembourg. Elle s'asseyait de préférence aux endroits où s'était assis son mari, et comme lui elle regardait passer la foule.

Nous y retrouvions Gabielle et Jacques avec leurs enfants. Jacques ne se tenait pas beaucoup plus droit qu'autrefois, mais Gabielle portait sa nouvelle grossesse de telle sorte qu'il était bien difficile aux passants de l'ignorer. Elle n'était pas moins fière de marcher entre le petit garçon et la petite fille de Sandrine qu'elle avait su faire rendre à leur père. Le petit Jacques l'appelait maman et ne la quittait guère. C'était un joli enfant qui s'effarouchait de la moindre bousculade et refusait de s'éloigner, tandis que la petite Sandrine se mêlait à tous les groupes et savait toujours retrouver ses parents.

Oh ! comme elle ressemblait à sa mère, la petite Sandrine. Mêmes cheveux soyeux et bouclés, mêmes yeux dont le regard semblait vous avertir que l'on pouvait compter sur elle. Elle n'avait que huit ans et déjà son tout petit visage avait une expression sérieuse.

Jacques était en admiration devant sa fille.

Il lui prenait les mains comme il les prenait autrefois à Sandrine, et il lui disait tout ému :

« Petite chère amie. »

À les regarder Mme Dalignac oubliait sa peine. Elle y pensait encore quand la petite famille n'était plus là, et elle disait comme pour elle seule :

« Ce Jacques... »

Pour moi, c'était surtout le changement de Gabielle qui me surprenait. Elle paraissait si heureuse auprès de son mari que j'osai lui demander en confidence :

« Vous aimez Jacques maintenant ?

– Oui, je l'aime », répondit-elle vivement.

Et tout de suite elle ajouta avec orgueil :

« Lui aussi m'aime. »

Bouledogue ne faisait que passer dans le jardin. Elle nous confiait d'un coup d'œil sa grand-mère, et gagnait au plus vite l'avenue de l'Observatoire.

Puis c'était Clément qui nous rejoignait.

Je le voyais venir de loin. Le haut de son corps gardait beaucoup d'aisance, mais il avait je ne savais quoi qui l'alourdissait par en bas. Et toujours il me faisait penser à un arbre qui se serait déplacé sans jamais sortir de terre une seule de ses racines.

Il s'asseyait auprès de nous, mais s'il prenait beaucoup de place sur le banc, ses remarques sur les passants n'étaient jamais méchantes ni ennuyeuses.

L'automne était doux. Les moineaux gorgés de graines délaissaient le pain qu'on leur offrait, et les pigeons, isolés, ou par groupes dans les arbres, semblaient de gros fruits mûrs tout prêts à se détacher des branches.

Autour de nous, les feuilles tombaient une à une, sans hâte ni bruit.

À l'heure du dîner j'accompagnais Mme Dalignac et Clément chez Rose. Ces soirées du dimanche passées en famille ne me laissaient jamais de regret. Églantine m'embrassait comme une sœur très affectueuse. Les enfants me recevaient avec des cris joyeux, et Rose fraîche et parée me semblait plus belle que les plus belles fleurs du Luxembourg. Elle aussi me recevait affectueusement. Elle n'était pas très flattée de m'avoir pour belle-sœur, mais elle m'aimait à cause de ma ressemblance avec Églantine.

J'avais toujours entendu parler de cette ressemblance sans y apporter la moindre attention. Mais ce soir, parce que Rose insistait en faisant des comparaisons, une curiosité me vint, et je levai le nez vers une glace qui reflétait toute la famille autour de la table et me renvoyait mon image.

Je restais tout d'abord stupéfaite de ma pâleur, et j'eus l'impression que je me voyais pour la première fois.

C'était à moi ce visage aux traits si réguliers qu'il me faisait penser à des lignes tracées sur du papier blanc ?

Non, je ne ressemblais pas à Églantine dont le teint était rosé comme celui de sa sœur et qui avait le front très haut. Ses joues minces avaient bien la même forme que les miennes, et son menton une fossette toute pareille, mais ses yeux, bleus comme les miens, me rappelaient ceux de Mme Dalignac. Et si ses cheveux trop lourds croulaient aussi de tous côtés, la nuance en était plus unie et beaucoup plus claire.

C'était surtout à ses yeux que je revenais. Ils étaient si calmes et si doux qu'on avait de la peine à en détourner les siens. La lumière y entrait profondément et on eût dit qu'il faisait jour derrière eux.

Dans l'espoir de trouver les miens semblables je voulus les revoir, mais je ne les retrouvai pas. Il me sembla voir à leur place deux fenêtres largement ouvertes où quelqu'un se tenait penché.

Mme Doublé n'attendit pas la fermeture de l'atelier pour obliger sa belle-sœur à créer des modèles et faire les essayages de ses clientes. C'était pour Mme Dalignac une fatigue de plus qui la laissait déprimée et nerveuse à l'excès. La journée finie, elle refusait de manger et restait tassée sur un tabouret au lieu de s'étendre sur la chaise longue du patron.

À l'heure du coucher, elle disait :

« Je suis si lasse que j'ai la paresse de me mettre au lit et que l'envie me vient de me coucher dessous comme un chien. »

Elle, qui n'avait jamais été malade, souffrait des reins maintenant. Son beau corps si droit se ployait pendant les heures de travail. Alors, les coudes appuyés sur la table, elle me disait pour s'excuser de ce repos :

« Il y a des moments où je ressens comme une lassitude de mort. »

Mme Doublé n'était pas lasse, jamais elle n'avait paru aussi active. Son acte d'association en main, elle obligeait Mme de Machin-Chose et les autres à payer leurs notes arriérées. Elle savait ce qu'il fallait leur dire pour cela, et la somme rentrée ainsi grossissait de jour en jour.

Mme Doublé reconnaissait que cet argent ne lui appartenait pas, mais elle en remettait le règlement à plus tard ; pour l'instant il lui servait à dédommager le propriétaire et à faire à Clément les avances nécessaires à sa boutique de tapissier.

Clément ne lui savait aucun gré de ces avances. Il les recevait comme son dû, et refusait de lui en donner reçu sous prétexte qu'elle n'avait pas encore sorti un sou de sa poche, et qu'il était tout aussi capable qu'elle de faire payer les anciennes clientes de sa tante.

Mme Doublé en convenait avec lui, mais elle se froissait de son insolence et se vengeait sur Mme Dalignac en lui reprochant sa négligence passée. Elle alla même jusqu'à prétendre que le patron avait manqué de soins faute de cet argent. Et pour la dixième fois peut-être, elle répéta sur le ton élevé, qui lui était habituel :

« Ah ! pôvre frère, c'est une femme comme moi qu'il lui aurait fallu. »

Je crus qu'elle allait sortir violemment comme les autres fois, mais ce fut de mon côté qu'elle se lança pour me dire :

« Je n'aime pas à être regardée de cette façon-là. »

Je baissai les yeux, car je sentais bien que je ne pourrais jamais la regarder d'une autre façon.

Pour meubler sa boutique Clément emportait de chez Mme Dalignac tout ce qu'il lui était possible d'emporter. Il disait seulement à sa tante :

« Je prends ça. »

Elle riait de le voir si chargé, et devant mon air confus, elle disait tout heureuse :

« Laissez donc, ce qui est à moi est à lui. »

À mes reproches Clément répondait :

« Elle laissera prendre cela aux autres, autant vaut-il que ce soit moi qui en profite. »

De notre futur logement il n'était pas question. « L'arrière-boutique suffira », avait dit Clément. Et en deux autres phrases il avait désigné l'emplacement de notre mobilier. « Ici, un lit pour dormir, et là, une table pour manger. »

Cette arrière-boutique était humide et noire.

Jamais le soleil n'y avait pénétré et il s'en dégageait une odeur qui m'obligeait à m'en éloigner dès que j'y entrais.

Clément riait si fort de ma répugnance que je finissais par faire comme lui.

Rien ne le rebutait. Il lavait les murs, grattait le parquet et décorait sa boutique sans accepter aucun conseil.

Le soir, assis bien à l'aise entre sa tante et moi, il disait ses espoirs de richesse, et faisait des projets d'avenir. Maintenant qu'il avait une boutique, il désirait une maison de campagne. Et bien souvent sur une carte des environs de Paris étalée sous la lampe, il suivait du bout de son crayon la Seine ou la Marne, à la recherche d'un endroit joli et d'accès facile. Il me forçait à suivre avec lui, et disait :

« Choisissez-nous un beau pays. »

Je me lassais vite de chercher. Ma pensée s'en allait loin de la Seine ou de la Marne, vers un pays que j'avais choisi depuis longtemps et où j'aurais voulu vivre toujours.

Ce pays, c'était une colline toute fleurie de bruyères roses qui s'appelait la Rozelle.

C'était aussi une rivière étroite et pleine de cailloux blancs qui s'appelait la Vive.

C'était encore un grand bois de sapins qui tenait tête au vent, et dont les grands arbres gardaient à leur pied un rond de sable sec où l'on pouvait s'asseoir et attendre la fin de la pluie. Dans ce pays il y avait un chien qui venait glisser son museau frais au creux de ma main. Et tout près de la rivière, dans une maison grande ouverte au soleil, il y avait un homme d'une trentaine d'années, au regard attentif, et au visage qui ne semblait fait que de douceur et de bonté.

Le 15 décembre approchait. C'était la date fixée pour notre mariage, et déjà Mme Dalignac s'occupait des derniers préparatifs. Cependant, avant de fêter ce grand jour, elle tenait absolument à se rendre sur la tombe de son mari. Elle était obsédée par cette idée depuis plus d'une semaine ; mais comme elle se sentait vraiment souffrante et que le cimetière de Bagneux était loin, elle avait comme une crainte d'y aller seule.

Je ne demandais pas mieux que de l'accompagner, mais pour cela il nous fallait assurer le travail des ouvrières pendant notre absence, et nous avions déjà tant à faire au cours de la journée qu'il nous était impossible de faire plus.

Clément qui ne s'embarrassait d'aucune difficulté nous conseilla de veiller un peu et de partir le lendemain matin avant l'arrivée des ouvrières. C'était en effet le seul moyen qui pouvait nous permettre de nous absenter ensemble, et Mme Dalignac décida de l'employer le soir même. Cette fois encore elle ne comptait que sur son courage, mais comme elle était à bout de forces, elle dut renoncer à la veillée dès le début.

Il n'en était pas de même pour moi. Trois jours seulement me séparaient de mon mariage. J'étais dans un état fébrile qui m'empêchait de sentir la fatigue, et la nuit passa sans que je me fusse aperçue de la longueur du temps.

Vers 5 heures du matin, alors que je finissais de préparer l'ouvrage, un bruit de sabots que l'on traîne en marchant monta de l'avenue. Un deuxième suivit, puis d'autres encore, et bientôt des chocs de roues cognant durement contre les pavés se mêlèrent aux chocs des sabots.

Je ne me souvenais pas d'avoir jamais entendu ce bruit et j'ouvris la fenêtre pour regarder en bas.

C'étaient les balayeurs de la ville qui sortaient d'une baraque proche où ils venaient de prendre leurs instruments de nettoyage. Les hommes roulaient les brouettes chargées de pelles et de tuyaux, et les femmes portaient plusieurs balais sur l'épaule. Tous s'en allaient lentement, avec une démarche lourde comme s'ils étaient déjà fatigués de la journée à venir.

Les chevaux attelés aux tombereaux débouchèrent à leur tour de la rue voisine. Eux aussi avançaient lentement. Leurs fers claquaient à faux sur le pavé. Et sous l'énorme lassitude qui semblait peser sur eux, leur échine se creusait, et leur ventre se rapprochait de terre.

Je refermai la fenêtre quand ils eurent disparu sous les lumières lointaines, mais il me fut impossible de me tenir tranquille.

Pour ne pas réveiller Mme Dalignac que j'entendais remuer et se plaindre en dormant, j'entrai dans l'atelier où il me sembla bientôt que je troublais le repos des machines. À mon passage, l'une d'elles laissa tomber une goutte d'huile. Une autre fit deux tours de roue lorsque je frôlai sa courroie et deux ou trois firent entendre de forts craquements quoique je fusse loin d'elles.

Je revins dans la pièce de coupe, et j'essayai de dormir quelques minutes sur la table, comme au temps des dures veillées, mais ce ne fut pas le sommeil qui vint, ce fut le souvenir d'une scène qui me faisait détester Clément et que les balayeurs m'avaient fait oublier un instant.

La veille, tandis qu'il se préparait à emporter la chaise longue du patron ainsi que trois des meilleurs tabourets, Mme Dalignac l'avait retenu pour lui emprunter une petite somme dont elle avait besoin sur l'heure. Aussitôt, j'avais vu les traits de Clément se durcir et ses prunelles devenir fixes. Il avait posé son fardeau de mauvaise grâce, et compté une à une les pièces blanches en les faisant sonner sur la table, puis en reprenant la chaise et les tabourets, il avait dit d'un ton sec à sa tante :

« Tu n'oublieras pas de me rendre cet argent qui est à moi. »

Le beau regard de Mme Dalignac avait eu comme un chavirement. Elle avait fait oui de la tête, en essayant de sourire, puis elle s'était levée pour aider son neveu qui passait difficilement la porte avec son chargement, et quand enfin elle avait pu sourire, elle s'était tournée vers moi pour me dire :

« Il est bien mal luné, aujourd'hui, notre Clément. »

Ma rancune ne voulait pas s'apaiser. Je ne pouvais éloigner de ma pensée les yeux fixes de Clément, et c'était sans joie que je regardais ma robe blanche étalée sur le mannequin. Le roulement d'un tramway me rappela que nous devions partir à Bagneux de bonne heure, et aussitôt j'éveillai Mme Dalignac.

Dans la grande allée du cimetière il n'y avait personne d'autre que nous, et une frayeur me vint à entendre le bruit de nos pas sur le gravier. Mme Dalignac marchait vite et me dépassait. Elle avançait dans un mouvement qui la soulevait si fort que je voyais toute la semelle de ses souliers.

Ma frayeur augmenta quand il nous fallut prendre les allées de traverse. Elles étaient boueuses et noires, et des fleurs pourrissaient sur toutes les tombes. À chaque instant nous faisions lever des merles. Il y en avait de très noirs au vol vif et aux plumes allongées, mais d'autres étaient gris et courts et semblaient des pierres qui auraient eu des ailes. Ils disparaissaient comme ils étaient apparus et rien ne venait dénoncer leurs retraites.

Je m'assis sur une dalle de granit, tandis que Mme Dalignac se couchait à moitié sur la pierre bombée qui recouvrait son mari.

Elle resta sans mouvement, la joue appuyée sur son bras comme sur un oreiller, et sans l'expression d'intolérable souffrance qui la rendait méconnaissable j'aurais pu croire qu'elle s'était endormie.

Dans ce coin de cimetière où un grand carré de terre restait en friche, les moindres bruits me causaient de longs tressaillements. Les fourrés s'agitaient, et des glissements traçaient des sillons dans les herbes couchées.

Du côté des tombes les choses paraissaient vivre aussi. Une pierre brisée et dressée semblait une tête décharnée implorant on ne savait quel secours d'en haut. Un arbre complètement dépouillé de ses feuilles tendait vers nous ses branches raides et noires, et dans l'allée proche un cyprès gémissait comme s'il était seul à supporter le vent humide.

Deux corbeaux s'abattirent sur une croix blanche. Ils paraissaient épuisés et il leur fallut de longues minutes avant de pouvoir se tenir d'aplomb ; mais à peine avaient-ils trouvé l'immobilité nécessaire à leur repos, que la voix dure d'un autre corbeau qui passait au loin les fit repartir comme en détresse.

Mme Dalignac avait entendu aussi le rude appel, et, comme si elle y répondait, elle demanda :

« Quelle heure est-il ? »

Je tirai de mon corsage la petite montre d'or qu'elle m'avait donnée, et je vis qu'il était 9 heures. Elle sursauta :

« Et l'atelier », dit-elle.

Je dus l'aider à se mettre debout. Elle se plaignit d'une grande faiblesse dans les jambes, et pour marcher elle fut obligée de s'appuyer à mon épaule.

Elle s'inquiétait à l'idée que sa présence manquait aux ouvrières, mais, chaque fois qu'elle voulait hâter le pas, sa tête penchait brusquement en avant. Comme nous allions sortir du cimetière elle m'arrêta :

« Attendez, je ne vois plus clair. »

Je la regardai. Elle n'était pas plus pâle que l'instant d'avant, et dans ses yeux si doux il n'y avait rien de changé.

Elle fit encore un pas, toucha le grand portail comme pour y chercher un nouvel appui, et sans un mot elle s'affaissa malgré mes efforts pour la retenir.

Deux hommes la portèrent dans un hôtel proche. Le médecin qui vint m'attira un peu à l'écart pour me poser quelques questions. Et comme je m'informais de la gravité du mal de Mme Dalignac, il me dit simplement :

« Elle va mourir. »

J'eus un instant l'espoir qu'il se trompait.

Après quelques soins, Mme Dalignac serra ma main qui tenait la sienne, et je vis qu'elle voulait parler. Mais ses lèvres ne remuèrent pas, sa gorge seulement fit de grands efforts et je compris qu'elle disait :

« L'atelier, l'atelier. »

Puis ses yeux se fermèrent. Toute souffrance s'effaça de son visage et son souffle cessa.

Midi sonnait aux églises et sifflait aux usines lorsque j'entrai de nouveau dans l'atelier. Toutes les ouvrières étaient debout, prêtes à sortir. Bergeounette, penchée à la fenêtre, s'assurait que le chemin était libre, et Duretour chantait de sa voix fausse et joyeuse :

Paris, Paris,
Paradis de la femme.

Table des matières